AF399501

Tess Tyler ist das Pseudonym der Autorin Ute Kunz. Sie wurde 1975 in Stuttgart geboren. Mit dem Schreiben von Gedichten und Kurzgeschichten begann sie schon als Kind. Die besten Romanideen kommen oft völlig unerwartet. Tess Tyler liest viel und schreibt immer irgendetwas, gern in verschiedenen Genres und am liebsten über die Vielschichtigkeit menschlicher Beziehungen. Dabei sind ihr liebevoll gezeichnete, einprägsame Charaktere und eine interessante Handlung sehr wichtig.

Vorwort

Manche Geschichten reifen sehr lange in mir, so auch Mord in Hollowfield.

Relativ früh kam Miss Pinky als Protagonistin zu mir, zu einer Zeit, als ich mit meiner Familie noch in Michigan lebte. Sie ist eine Frau, die voller Optimismus durchs Leben geht und alles scheinbar mit links meistert. In einem Bastelladen in den USA lief sie mir sogar über den Weg! Mit einer pinkfarbenen Perücke und in einem farblich passenden Mantel, und mir war sofort klar, wie diese Protagonistin genannt werden muss und dass sie eine Geschichte bekommen wird.

In meinem ersten Konzept war Miss Pinky allerdings das Opfer eines Mordes. Diese Idee ließ ich schnell fallen, denn ein Charakter, der schon am Anfang der Geschichte tot ist, hat wenig Raum, um sich zu entfalten ... Stück für Stück setzte sich der Plot in meinem Kopf zusammen. Mein Cosy Crime sollte in Großbritannien spielen, wo ich selbst als Schülerin ein halbes Jahr und später Urlaube verbracht habe. Doch Miss Pinky ist unbedingt US-Amerikanerin! Also schickte ich sie in das verschlafene, altmodische Nest Hollowfield in Südengland, und durch den Kontrast war der Konflikt bereits vorprogrammiert.

In der Geschichte geht es natürlich um das Aufdecken eines Mordes, aber auch um viel mehr: um Liebe,

Freundschaft, Neid und die Frage, wie gut wir einander wirklich kennen.

Oft dauert es eine Weile, bis ein Plot sitzt. So war es auch bei diesem Roman. Am Ende passte alles zusammen, und ich habe das Buch binnen weniger Monate geschrieben. Vorarbeit und das langsame Kennenlernen der Charaktere lohnen sich also in den meisten Fällen.

Nun wünsche ich euch eine schöne und spannende Zeit in Hollowfield, und hoffentlich wächst euch Miss Pinky ebenso ans Herz wie mir.

Prolog

Ich wusch mir die Hände, immer und immer wieder, mit beißend kaltem Wasser und bis die Haut wund geschrubbt war. Der Herbstregen prasselte unablässig gegen die Fensterscheiben, getrieben von einem wütenden Wind. Auch ich war verbittert. Erbost wegen der Umstände und voller Aggression gegen all das, was geschehen war und somit zu ihnen geführt hatte. Wir waren doch alle in einer Kette von Ereignissen gefangen, für die wir oft nichts konnten. Aus Freunden wurden Gegner, aus Geliebten Feinde und aus Heiligen Sünder. Weil am Ende jeder darauf achten musste, dass er nicht auf der Strecke blieb.

Das Spiegelbild über dem Waschtisch blickte mich entsetzt an, die Schatten unter den Augen waren erschreckend tief, die Mundwinkel hingen träge nach unten – ein Abglanz meines früheren Ichs.

Das Handtuch war wie Schmirgelpapier auf meinem Handrücken. Es war nicht möglich, Schuld auszulöschen. Niemand vermochte sie zu eliminieren, nicht einmal Gott. Er war vielleicht in der Lage, zu verzeihen, aber dieses Gefühl blieb für immer an einem haften. Die Reue war eine Bestie, die ihre Krallen in das Fleisch bohrte. Bis du vor Schmerz schreien musst. Unbarmherzig war sie. Wie das Leben.

Mit dröhnenden Kopfschmerzen setzte ich mich ans Fenster, deckte mich mit einer Wolldecke zu, schloss die Augen *und versuchte angestrengt, an nichts zu denken. Nichts war besser als alles, was geschehen war. Nichts war in der Lage, meinen Geist zumindest für eine Weile zu beruhigen.*

Teil eins

eins

Hollowfield, England, im Jahr 1999

Niemand hatte damit gerechnet, dass sich in Hollowfield, Kent, etwas Derartiges ereignen würde. Es gehörte zum guten Ton, nichts zu erwarten, was vom Alltag abwich.

Fast der gesamte September war mild und sonnig gewesen, die Wiesen strahlten noch saftig grün. Der Frauentee in der Nachbarschaft fand nach der Sommerpause wieder regelmäßig statt, oft sogar im Vorgarten oder auf der Terrasse hinter dem Haus der jeweiligen Gastgeberin.

Anfang Oktober schlug das Wetter um. Belinda Watts machte die Entdeckung an einem trüben Oktoberabend, an dem sich der zähe Nebel gehalten hatte und seine milchige Hand beständig auf die kleine Ortschaft presste. Die Hecken an der Rodney Road waren frisch geschnitten, der Weg zum Haus des jungen Pastors Gray Guss neben der örtlichen Kirche war vom Nieselregen aufgeweicht. Er war vor etwa drei Jahren dort

"

eingezogen, nachdem sein Ziehvater, Pastor Adam Guss, der Kirche den Rücken zugewandt hatte und nach London umgesiedelt war.

Das zweistöckige Haus war in einem guten Zustand, die Fensterläden waren in einem freundlichen Gelb gestrichen, und im hinteren Garten, der den Blick auf die weiten Felder in Richtung Norden eröffnete, stand ein blaues Schaukelgerüst. Nicht selten hatte man Pastor Guss dort sitzen sehen, in einer beigefarbenen Freizeithose mit Karofutter an den hochgekrempelten Hosenbeinen und olivfarbenen Wellingtons, die aussahen, als wären sie mindestens zwei Nummern zu groß. Manchmal las er dort in der Bibel und fütterte die Eichhörnchen, die deswegen schon seine treuen Besucher waren, mit Nüssen. Oder aber er schwang gedankenverloren die langen, schlanken Beine, bevor er sich wieder ins Haus zurückzog, um die Messe vorzubereiten.

Pastor Gray Guss führte ein stilles Leben, und die Gemeinde von Hollowfield war der festen Überzeugung, dass er der beste Pastor war, den der Ort in seiner bisherigen Geschichte gehabt hatte. Nicht nur, dass er ein tiefgläubiger Mensch war, seine Predigten verständlich und mitreißend waren und noch dazu Tiefgang hatten, er war auch noch eine Augenweide! Das gaben die Frauen tuschelnd und hinter vorgehaltener Hand beim sonntäglichen Frauentee zu. Doch auch ihren Männern konnte unmöglich entgangen sein, welch eine Verschwendung es war, dass sich ein Mann mit diesem Äußeren allein Gott verschrieben hatte. Genaugenommen waren die Ehemänner erleichtert, aber das sprachen sie natürlich niemals offen aus.

Belinda Watts, deren Sohn Jeff seit Tagen mit hohem Fieber im Bett lag, machte sich auf den Weg zur Kirche. Die Pforte stand bis etwa zwanzig Uhr offen, das hatte sie sich am späten Nachmittag von Pastor Guss telefonisch versichern lassen.

„Sie klingen müde, Pastor Guss", hatte Belinda am Telefon gesagt, während sie eine ihrer dunklen Locken um den Zeigefinger drehte.

„Nur eine Magenverstimmung, nichts weiter." Pastor Guss war bekannt dafür, dass er nie zum Arzt ging, sondern auf die Selbstheilungskräfte des Körpers vertraute.

„Dann werde ich das Gotteshaus aufsuchen, sobald Jeff schläft." Mit einer dunklen Vorahnung hatte Belinda aufgelegt, das Schlafzimmer ihres Sohnes betreten und den feuchten Lappen auf seiner Stirn gegen einen frischen ausgewechselt. Besorgt streichelte sie ihm über die Wange und ging anschließend in die Küche, um das Abendessen vorzubereiten. Ihre Tochter Jolina zeichnete am Esstisch. Belinda tätschelte ihr im Vorbeigehen liebevoll den Kopf.

Noch hatte sie keine Ahnung, dass sie die letzte Person war, die mit Pastor Guss gesprochen hatte.

Vor der Kirchenpforte bemühte sich Belinda, auf dem groben Fußabtreter den Dreck von den Schuhsohlen zu putzen. Was war das auch für ein Wetter, und es war erst der Beginn der trüben Jahreszeit! Kaum hatte sie die Pforte aufgeschoben, wehte ihr der vertraute Geruch nach Weihrauch und kaltem Gemäuer entgegen.

Sie tunkte ihre Finger in das steinerne Becken mit dem Weihwasser und bekreuzigte sich. Dann schloss sie die Augen und senkte demütig ihr Haupt. Sie murmelte ein Gebet, in dem sie Gott bat, ihren Sohn bald gesund werden zu lassen, ihrer Ehe wieder Leben einzuhauchen und die Schulaufführung nächste Woche einen Erfolg sein zu lassen. Sie musste über die eigenen Gedanken lächeln, denn sie war tatsächlich aufgeregt für Jolina, die die Hauptrolle in dem Stück spielte. Es handelte von einem Kürbis, um den sich niemand kümmerte. Miss Pinky hatte mit den Kindern etwas gezaubert, das Hollowfield bisher noch nicht erlebt hatte. Sie war eine wahre Künstlerin! Belinda war bei der Generalprobe am Vortag dabei gewesen und schwer beeindruckt. Noch dazu war die Moral der Geschichte so herzzerreißend, dass Belinda beinahe geweint hatte.

Nun öffnete sie die Augen wieder und sah sich im vertrauten Vorraum der Kirche um. Zu ihrer Rechten stand das dunkle Holzregal, in dem die Gesangbücher einsortiert waren, und darüber war eine Pinnwand angebracht, an der unter anderem die Schule für die Aufführung warb. Daneben türmte sich ein schräger Stapel bunter Kissen für die Kirchenbänke. Die Hinterteile vieler Gemeindemitglieder, Belindas eingeschlossen, waren zu knochig, um lange schmerzfrei sitzen zu können, und Pastor Guss' Predigten waren lang. Nur an die Farben der weichen Untersetzer konnte sich Belinda nicht gewöhnen, sie waren viel zu grell. Aber was hatte die Gemeinde anderes erwartet, schließlich hatte Miss Pinky den Stoff in London gekauft und die Hüllen eigenhändig genäht, obwohl sie zwei Tage zuvor behauptet hatte, noch nie eine Nähmaschine benutzt zu haben. Diese Frau war ein Wunder und eine Bereicherung für diesen Ort, auch wenn man sich das bei ihrer Ankunft vor fünfzehn Jahren niemals hätte vorstellen können. Belinda schüttelte mit einem zaghaften Lächeln den Kopf und öffnete die Tür, die ins Kirchenschiff führte.

Nach wenigen Schritten fiel ihr Blick auf einen Schemen am Boden.

Etwas lag vor dem Altar.

Ein Schauer lief durch ihren Körper, und sie schlug die Hände vor dem Mund zusammen, um dann ihre Schritte zu beschleunigen. Das Klappern ihrer Sohlen hallte im Inneren der Kirche wider. Sie erkannte Pastor Guss, der bäuchlings auf den Steinfliesen ausgestreckt war, als wäre er vom Himmel gefallen.

„Pastor Guss!" Belinda rannte das letzte Stück und ging schließlich in die Hocke, um nach dem jungen Mann zu sehen. Sein Kopf war zur Seite gedreht. Neben seinem Mund hatte sich ein See aus Erbrochenem gebildet, dessen beißender Geruch in Belindas Nase stieg. Sie erschrak, als sie Pastor Guss' starren Blick aus tiefblauen, unschuldigen Augen bemerkte. War er etwa tot?

„Um Himmels willen, Pastor Guss!" Belinda tastete mit zitternden Händen seinen Hals ab, schob ihren Zeige- und Mittelfinger ein Stück nach oben, dann wieder nach unten. Es war nicht leicht, die Halsschlagader ausfindig zu machen. Vor allem hatte Belinda keine Übung darin. Ihre Kehle wurde eng. Sie drückte ein bisschen fester, aber es war nirgends ein Puls zu spüren. Sie schluchzte unwillkürlich und zog die Hand zurück. Sie war wie gelähmt, dabei musste sie Hilfe holen. Aber ... wozu? Es war ohnehin zu spät.

Belinda hob den Blick nach oben, wo sie Gott vermutete. Schon als Kind hatte sie das getan, auch wenn sie wusste, dass Gott überall sein musste. Er war auch Zeuge dieses schrecklichen Unglücks gewesen. Nur konnte man ihn nicht um eine Aussage bitten.

Belinda erhob sich etwas ungeschickt und überlegte, was zu tun war. Sie musste einen Arzt benachrichtigen, auch wenn er hier nicht mehr würde helfen können. Erneut betrachtete sie Pastor Guss, und ihr Herz pochte immer wilder in ihrer Brust. Dieser Blick, den die Toten hatten! Eine eisige Kälte kitzelte Belindas Rücken entlang. Sie hatte schon einige gesehen, neben ihren Großeltern und ihrem Vater einen lieben Onkel, und jedes Mal verfolgte sie dieser leere, unbeseelte Blick wochenlang in ihren Träumen. Er war Beweis genug, dass der Körper lediglich eine Hülle war. Ohne die Seele war er unansehnlich.

Eine Träne nach der anderen kullerte ihre Wangen hinunter. Sie holte ein Taschentuch aus ihrer Handtasche und stellte sich neben Pastor Guss, um für ihn zu beten. Gerade, als sie *Allmächtiger Vater* gedacht hatte, ging die Tür im Seitenschiff auf, die nur wenige Personen benutzten. Es war Craig O'Connell mit seinem irischen Schopf und der krummen Nase, der die Orgel beherrschte wie kein anderer. Unter seinen Fingern stöhnten die Pfeifen vor Trauer oder lobpriesten den allmächtigen Gott im Himmel, alles zu seiner Zeit.

„Belinda!" Seine Schritte waren so schnell, wie es seine kranke Hüfte erlaubte, während sein entsetzter Blick auf dem leblosen Körper des Pastors ruhte. Nicht gut, dachte Belinda, denn es war in der Tat nicht von Vorteil, eine Leiche zu finden. Auch wenn Belinda selbstverständlich ihre Hände in Unschuld wusch und

Pastor Guss hoffentlich ohne Einwirkung äußerer Gewalt verschieden war. Belinda jedenfalls konnte nichts Verdächtiges erkennen, aber sie war auch keine Detektivin, sondern eine einfache Bauersfrau.

„Was ist passiert?" Craig tat das, was Belinda auch getan hatte, und er schien zu demselben Schluss zu kommen, dass hier jede Hilfe zu spät kam. „Gütiger Gott im Himmel, was ist hier bloß geschehen?" Er musterte Belinda aus seinen blauen Augen, und sie fragte sich, ob er ihr etwas vorwerfen wollte.

„Ich weiß es nicht, Craig." Sie räusperte sich und umklammerte ihre Handtasche. „Ich bin gekommen, um zu beten, und da finde ich Pastor Guss auf dem Boden liegend."

„Wir müssen die Polizei verständigen." Craig blickte um sich, als stünde die nächste Telefonzelle in der Kirche. Dabei war die letzte in Hollowfield vor wenigen Wochen abgerissen worden, nachdem neue Masten, deren Anblick dem Auge wehtat, am Ortsrand errichtet worden waren. Craig hielt nichts von mobilen Telefonen, und Belindas lud zu Hause auf dem Nachttisch.

„Ich gehe zu Fuß, James ist bestimmt zu Hause." Craig rieb sich das Kinn. „Bleibst du bei ihm?"

Belinda bejahte, obwohl sie sich sicher war, dass es für Pastor Guss keinen Unterschied mehr machte. „Oder soll ich gehen?", kam es ihr in den Sinn, wegen Craigs Arthrose und weil sie jünger war, aber da fiel die Tür bereits ins Schloss.

Belinda betrachtete erneut den Toten. Er sah ungepflegter aus als sonst. An seinem Kinn sprossen helle Stoppeln, und sein Haupthaar war so unordentlich, als wäre Pastor Guss eben erst aufgestanden. Dabei war er ein Frühaufsteher. Gewesen. Er trug Stiefel mit matschigen Sohlen, und das in der Kirche, und oben ragten beige Wollsocken hervor. Seine graue Jacke hatte zwei große Außentaschen. Belinda, die von Natur aus neugierig war, war für einen Augenblick versucht, hineinzusehen, entschied sich dann aber, zu warten. Sie setzte sich auf die vorderste Kirchenbank und schlug die Beine übereinander. Die Kühle des Herbstabends kroch allmählich unter ihren Rock, und sie fröstelte.

Es dauerte eine gefühlte Ewigkeit, bis Craig endlich auftauchte, gefolgt von Inspektor James Subtle, der in etwas gehüllt war, das wie ein Bademantel aussah. Seine Füße steckten in wolligen Hausschuhen. Er ging gebückt, wie jemand, der Rückenschmerzen hatte, und grüßte Belinda nur mürrisch, bevor er sich um Pastor Guss kümmerte. Mit einer unbarmherzigen Bewegung, die Belinda einen Stich versetzte, drehte er den Leichnam um. James war bekannt für seinen Mangel an Empathie und seine Verachtung für alles, was das Herz berührte. Jetzt lag Pastor Guss noch hilfloser da. Über seiner Brust spannte ein helles Hemd, es war nirgends Blut zu sehen.

„Hm. Sieht mausetot aus", murmelte James und griff in eine der Jackentaschen. Vielleicht hatte Belinda doch das Zeug zur Detektivin! „Hm." Er zog einen Rosenkranz hervor, den Belinda schon oft bewundert hatte. Er war aus Paternostererbsen gefertigt und mit einem schwarzen Holzkreuz versehen. Die rotleuchtenden Erbsen mit dem schwarzen Punkt an einem Ende erinnerten an kleine, flinke Käfer.

Wieder ein *Hm*, während Inspektor Subtle die andere Tasche inspizierte und nichts fand, das sein Interesse geweckt hätte. Er fischte einen Plastikbeutel aus seiner Innentasche und ließ alles hineingleiten. „Hm, hm, hm."

Innentasche! Belinda stand auf.

„Was glaubst du, ist hier geschehen?" Ihr war auf einmal bitterkalt.

„Woher soll ich das wissen, Belinda?" James zog die buschigen Augenbrauen zusammen. „Bin ich ein Hellseher?"

Nein, das war er nicht. Er war einer der faulsten Polizisten, die Belinda kannte, und ihr Großvater war Polizist bei Scotland Yard gewesen – sie wusste, wovon sie sprach.

Sie warf einen schnellen Blick auf ihre Armbanduhr und sprang auf. „Darf ich jetzt gehen?"

James musterte sie müde. „Ich sollte noch einige Fragen stellen, schließlich hast du Pastor Guss gefunden. Aber in Anbetracht der späten Stunde ..." Er sah zuerst den Organisten, dann Belinda fragend an. Als keiner der beiden etwas erwiderte, wandte er sich mit einem Seufzer wieder dem Leichnam zu. „Hm." Er befühlte noch einmal Pastor Guss' Hals, als hätte ihn Gott in der Zwischenzeit wieder zum Leben erweckt haben können.

Belinda wurde nervös. „Die Innentaschen. Was ist mit den Innentaschen?" Sie trat von einem kalten Fuß auf den anderen. Sie las gern Kriminalromane, aber sie hätte sich niemals ausgemalt, eines Tages selbst in einen derartigen Fall verwickelt zu werden!

„Hm, wenn du meinst." James beugte sich schwerfällig über den Körper des Pastors und entschied dann, sich neben ihn zu knien. Es sah beinahe so aus, als machte er sich für ein Gebet bereit, dabei wusste ganz Hollowfield, dass Inspektor Subtle nicht an die Existenz Gottes glaubte. Er besuchte die Messe nur, um seiner Frau einen Gefallen zu tun, hatte sogar schon mit einem lauten Schnarchanfall die Predigt gestört.

James steckte seine Hand resolut in die erste Innentasche des Jackenfutters. „Nichts." Er zog sie wieder heraus, mit einem weiteren Seufzer, als hätte ihn diese Untersuchung den allerletzten Tropfen Kraft gekostet. „Ich sehe noch in der anderen nach, und dann entschuldige ich euch für heute Abend. Ich werde den Krankenwagen rufen. Obwohl er ja nicht krank ist."

„Er war vielleicht krank." Belinda erinnerte sich an das kurze Telefonat vor dem Abendessen.

„Mir ist da nichts aufgefallen." James sah sie irritiert an. „Ich meine, bei der letzten Messe."

„Nein, nein." Belinda bereute schon, etwas gesagt zu haben. „Ich habe Pastor Guss angerufen, weil ich wissen wollte, wie lange die Kirchenpforte am Abend offensteht." Craig und James sahen sie so fest an, dass sich Belindas Hals zuschnürte. „Normalerweise gehe ich am Abend nicht in die Kirche, aber heute hatte ich das dringende Bedürfnis. Ich wollte für meinen kranken Sohn beten. Pastor Guss klang am Telefon erschöpft, das ist alles. Und da habe ich ihn gefragt, ob es ihm nicht gut ginge. Er sagte, es sei nur eine Magenverstimmung."

„Eine Magenverstimmung mit Todesfolge. Hm." James griff in die zweite Innentasche. „Wenn das mal nicht nach einer Vergiftung klingt."

Vorsichtig zog er etwas hervor, in Zeitlupe und mit den Fingerspitzen, als könnte es sich jeden Augenblick in Luft auflösen und jegliche Spur verwischen. Es war ein exakt zusammengelegtes, cremefarbenes Stück Papier. James erhob sich langsam. Seine Knie knackten wie verdorrte Äste. Während er den Zettel auseinanderfaltete, wurden Craigs und Belindas Hälse immer länger.

„Was ist es?“ Die Spannung kribbelte in Belindas Nacken, und sie musste zugeben, dass die Sache für ihren Geschmack allmählich zu aufwühlend wurde. Sie brauchte dringend eine Tasse Tee. Wo war die entspannende Ruhe, die in Hollowfield zu herrschen pflegte? Das hier würde den ganzen Ort für viele Wochen oder gar Monate aufwühlen!

„Hm.“ James’ Blick wanderte aufmerksam über die Zeilen, die, so konnte Belinda erkennen, getippt worden waren. Schließlich ließ er das Blatt sinken. „Interessant.“

„Sag schon, was hast du gefunden?“ Belinda würde diese Anspannung nicht länger aushalten! „Was steht darin geschrieben, Inspektor Subtle?“

„Es ist ein höchst rätselhaftes Dokument.“ Er sah Belinda aus seinen wässrigen Augen an. Träge zog er ein Taschentuch aus dem Ärmel und putzte sich geräuschvoll die Nase.

„Dürfen wir es nicht wissen?“ Belinda warf Craig einen ermutigenden Blick zu, denn sie war davon überzeugt, dass er ebenfalls wissen wollte, was in der Innentasche gesteckt hatte.

„Wenn es dich so sehr interessiert, Belinda, hättest du vielleicht bei der Polizei anfangen sollen.“ James lachte rau, und sein Bauch wackelte.

Belinda sah beschämt zu Boden. Es gehörte sich nicht, seine Neugierde offen zu zeigen, da hatte Inspektor

Subtle wohl recht. Vielleicht hatte Miss Pinky sie bereits bei einem der Sonntagstees mit ihrem offenherzigen Wesen infiziert. Es war schwer, sich ihrer Art zu entziehen. „Aber James …" Belinda räusperte sich. „Wer hat dir denn den Ratschlag mit den Innentaschen gegeben?"

„Das stimmt!" Craig nickte anerkennend. „Das war Belinda. Sie sollte erfahren, was du gefunden hast, James."

„Na gut, aber ihr versprecht mir, dass es unter uns dreien bleibt. Wir wollen ja nicht, dass die Ermittlungen auf irgendeine Weise gestört werden." James' Augen verengten sich.

„Ehrenwort!" Belinda und Craig sagten es fast gleichzeitig.

„Dass ihr so neugierig seid!" James legte das gefaltete Papier in den Plastikbeutel zu den anderen Gegenständen.

„Jeder ist neugierig, James", sagte Belinda. „Nur nicht jeder gibt es zu."

„Wie dem auch sei." James steckte den Plastikbeutel in die Tasche seines Bademantels. „Es ist ein Brief." Er legte eine lange, theatralische Pause ein. „Ein Brief, der unserem Pastor Guss anscheinend sehr am Herzen gelegen haben muss." Belinda drohte zu platzen, und Craig knetete seine Hände so vehement, dass es allein vom Zusehen wehtat. „Es ist ein Liebesbrief."

Belinda hielt unwillkürlich den Atem an. Ihre Mundhöhle wurde trocken. „Du meine Güte, ein Liebesbrief! An wen ist er denn gerichtet?"

„*Von* wem ist er, das ist die passende Frage."

„Steht es nicht auf dem Papier?“ Craigs Stirn war ein Labyrinth aus tiefen Furchen.

„Natürlich steht es auf dem Papier. Ich möchte euch nur noch ein bisschen auf die Folter spannen.“

„Also James!“ Belindas Wangen glühten auf einmal. Es schien, als wäre James der Einzige hier, der es genoss, sich endlich mit Größerem zu beschäftigen als mit falsch geparkten Wagen oder Müll im örtlichen Park. Er starrte erhaben vor sich hin und tätschelte seine Tasche.

„Es ist ein Liebesbrief. Gerichtet an Pastor Gray Guss.“ Inspektor Subtle machte eine bedeutungsvolle Pause. „Geschrieben von unserer lieben Miss Pinky.“

zwei

Müde saß Miss Pinky über den Esstisch gebeugt und steckte die Einladungskarten für die Geburtstagsfeier ihres Sohnes Kit in knallrote Umschläge. Mit einem Lächeln auf den Lippen betrachtete sie einen der Marienkäfer, dessen Deckflügel mit dicken, schwarzen Punkten man hochklappen musste, um den Einladungstext zu lesen. Sie hatte stundenlang mit Kit gebastelt; nur die Liste mit den Namen der Eingeladenen, die hatte ihr Sohn erst am Vorabend im Bett geschrieben.

„Wie soll ich mich entscheiden, wenn ich nur zehn Kinder einladen darf?", hatte er gefragt und seine Mutter aus seinen dunklen Augen angesehen. Er hatte Benedicts Augen. Miss Pinky streichelte ihm über das widerspenstige, dunkelbraune Haar.

„Du wählst diejenigen aus, mit denen du am liebsten feiern möchtest."

„Das sind aber mehr als zehn. Viel mehr!" Kit schob die Unterlippe vor. Seine gespielte Trauer war zuckersüß gewesen.

„Du kennst unsere Regel: so viele Gäste wie Jahre."

Heute wollte Kit die Einladungen in der Schule verteilen. Zehn Jahre alt war er bald, wie die Zeit verging!

Ein wütender Wind rüttelte an den Fensterläden und ließ Miss Pinky zusammenzucken. Sie würde die Gartenstühle anbinden müssen. Aber zuerst würde sie sich auf den Weg zu Belinda machen, um ihr einen Topf selbstgemachter Hühnersuppe für ihren Sohn Jeff vorbeizubringen.

Noch verschlafen griff Miss Pinky nach ihrer Kaffeetasse und nippte an dem dampfenden Getränk. Sie schloss die Augen, sog den nussigen Duft ein und atmete ein paarmal tief durch. Die letzte Nacht war wenig erholsam gewesen. Die vierjährige Edith hatte schlecht geträumt und war fünfmal aufgewacht, bis Miss Pinky sie schließlich bei sich hatte schlafen lassen. Benedict hatte sich murrend auf die Seite gedreht, und Edith hatte ihre kleinen, kalten Fußsohlen gegen Miss Pinkys Waden gepresst. Ihre goldige Prinzessin!

Zufrieden stapelte Miss Pinky die Karten und steckte sie in eine Plastiktüte, die sie neben Kits Müslischüssel legte. Den Frühstückstisch hatte sie, wie immer, schon am Vorabend gedeckt, während Benedict die Zeitung gelesen hatte.

„In diesem Nest passiert auch rein gar nichts." Er sagte es jeden Abend in nüchternem Tonfall und rückte anschließend seine Lesebrille auf der markanten Nase zurecht, was seinen Worten Nachdruck verlieh. Miss Pinky hätte ihn am liebsten daran erinnert, dass sie nach ihrer Hochzeit vor fünfzehn Jahren geplant hatten, noch vor der Geburt ihres ersten Kindes nach London zu ziehen. Aber sie hielt den Mund, denn sie wusste, woran es lag, dass sie immer noch in Hollowfield wohnten. Es war die Schuld der Lederwarenfabrik der Familie Pretty. Benedicts Treue und ehrenwertes Pflichtgefühl hinderten ihn daran, seinem Heimatort den Rücken zu kehren. Und wenn Miss Pinky ehrlich war, dann hatte sie ihr Umfeld und ihre Tätigkeiten in der Mädchenschule und der Kirche auf eine unerwartete Weise liebgewonnen. Vielleicht war es nicht nötig, jemals nach London zu ziehen.

Sie holte die Dose mit dem Kakaopulver aus der Speisekammer, stellte den Honig auf den Tisch und warf einen Blick auf die Wanduhr. Es war erst kurz nach sechs. Sie betrachtete mit einem warmen Gefühl im Bauch den kleinen Küchentisch, an dem sie gern als Familie frühstückten. Dabei hatten sie ein geräumiges, modern eingerichtetes Esszimmer, aber das benutzten sie nur, wenn Gäste kamen. Hier war es kuscheliger, mit der Tischdecke voller bunter Hennen, den sonnengelben Tellern für Marlon und Pim, den Müslischalen für Edith und Kit und den beiden Eltern-Sitzplätzen an den Tischenden. Es war kaum genügend Platz für den Toasthalter, die Zuckerdose, all die Marmeladen (denn jeder mochte eine andere), Milchkännchen, Müslischachteln und Tee- und Kaffeekannen, doch es war so gemütlich, wie Miss Pinky es in ihrer Kindheit niemals gehabt hatte.

Immer noch verschlafen holte sie den Earl Grey aus dem Hängeschrank über der Spüle, ließ vier Beutel in die Teekanne gleiten und befüllte den Wasserkocher. Anschließend ging sie nach oben, um sich zu duschen und fertigzumachen, denn sie brauchte länger als der Rest der Familie und genoss die Ruhe dieser halben Stunde, bevor nach und nach alle aus den Federn krochen. Sie war von Natur aus keine Frühaufsteherin, aber das Familienleben mit vier Kindern verlangte es so. Damals, in Michigan, hatte sie bis zum Mittag schlafen können.

„Mummy, ich habe Halsweh und Kopfweh!“ Der acht-jährige Marlon stand mit seiner blutroten Kuscheltier-Krabbe im Arm im Badezimmer, als Miss Pinky aus der Duschkabine stieg. Sein hellblondes Haar stand in alle Richtungen ab, und sein Gesicht war noch bleicher als gewöhnlich.

„Leg dich doch wieder ins Bett.“ Miss Pinky rubbelte mit einem Handtuch über ihr kurzes, kastanienbraunes Haar, ging dann in die Hocke und drückte Marlon einen Kuss auf die Stirn. Er hatte auf jeden Fall Fieber. Sie brauchte kein Thermometer, um das festzustellen.

„Mir ist schlecht!“ Die Krabbe landete auf dem Boden.

Instinktiv schob Miss Pinky ihren Sohn sanft an den Schultern in Richtung der Toilette, wo er das erbrach, was sein Magen hergab. Sein Körper zitterte, während Miss Pinky ihm die Stirn hielt und ihm gut zuredete, al-les rauszulassen. Sie wusste, wie es war, wenn man es nicht tat, denn sie hatte es als kleines Mädchen oft falsch gemacht. Ihre Mutter war nicht an ihrer Seite und ihr Vater ständig woanders gewesen. Dann kam das Zeug eben durch die Nase raus.

„Leg dich bitte wieder ins Bett, mein Schatz.“ Sie holte einen Waschlappen, befeuchtete ihn und putzte Mar-lon das Gesicht ab. „Das wird schon wieder.“

Gehorsam trottete Marlon aus dem Badezimmer. Miss Pinky hob das Kuscheltier auf, das sie aus großen, schwarzen Augen anstarrte. „Und du, was hast du für Sorgen?“ Miss Pinky schüttelte ungläubig den Kopf. Sie sprach mit einem Plüschtier!

Rasch trocknete sie sich ab und schlüpfte in ihre All-tagskleidung, denn heute hatte sie keine Termine als Aushilfslehrerin in der örtlichen Mädchenschule. Sie vergewisserte sich, dass Marlon eingeschlafen war, benutzte anschließend routiniert einen schwarzen Kajalstift, schwarzblaue Wimperntusche und ein paar Tupfen getönter Tagescreme, gekrönt von ein wenig Rouge. Zuletzt föhnte sie ihr dünnes Haar und holte die knallpinke Perücke mit dem Pagenschnitt aus dem Schlafzimmer, setzte sie auf und zupfte ein paar Strähnen zurecht.

Benedict war inzwischen aufgestanden und saß am Fußende des Bettes. „Ist Marlon krank?" Er deutete auf ihren Sohn, der mit einem Arm um Edith im Ehebett lag und ruhig atmete. Neben ihm stand eine der gelben Kotzschüsseln, die es unter jedem Bett im Haus gab. Miss Pinky hatte schon zu viele Teppiche reinigen lassen müssen.

„Bestimmt ein Herbstinfekt. Das wird schon wieder." Miss Pinky trat auf Benedict zu und küsste ihn auf den Mund. „Guten Morgen." Manchmal war es nicht leicht, die Trägerin der guten Laune zu sein, aber es machte trotzdem Spaß und alle glücklich.

Als sie wenig später gemeinsam am Frühstückstisch saßen, war Kit auffallend schweigsam, während er seine Vollkornkringel gierig in sich hineinstopfte. Pim bestrich sein Toastbrot mit der gewohnten Sorgfalt, während Miss Pinky geübt Pausenbrote belegte.

„Alles in Ordnung bei euch?" Sie hob den Blick, den nur Benedict erwiderte. Er lächelte sanft, denn er wusste, dass ausschließlich die Kinder gemeint waren. Die Zeit, um sich mit seiner Frau Erin über seine Befindlichkeiten auszutauschen, war am Abend vor dem Einschlafen.

„Muss meine Geburtstagfeier jetzt ausfallen?" Die Kit-Lippe kam zwischen zwei Löffeln zum Einsatz.

„Nein, Marlon ist bestimmt bald wieder gesund."

„Und wenn nicht, dann verschieben wir das Fest eben." Benedict hob die Brauen und zuckte mit den Schultern.

„Ich will es aber nicht verschieben!" Wenn Kit aufgebracht war, dann sprach er beinahe mit einem perfekt britischen Akzent. Es verwirrte Miss Pinky, denn sie empfand einen gewissen Stolz darauf, dass ihr US-Akzent wenigstens ansatzweise in ihren Kindern weiterlebte.

„Wir müssen es nicht verschieben." Sie packte die Brote in Plastikboxen, die mit selbstdesignten Namensaufklebern versehen waren. „In vier Tagen ist dein Bruder bestimmt wieder fit."

Benedict verschwand für wenige Minuten, kehrte in einem beigen Trenchcoat und mit seiner Aktentasche in der Hand zurück, verabschiedete sich mit dem üblichen, trockenen Kuss auf Miss Pinkys Lippen und fuhr ins Büro.

Miss Pinky stattete Kit und Pim mit Regenschirmen aus.

„Das ist ein Baby-Schirm!" Kit warf ihn in die Garderobe. War das schon ein Vorgeschmack auf die Pubertät? Und das würde sie viermal mitmachen müssen?

„Ich habe keinen anderen."

„Ich will einen schwarzen, so wie Daddy!" In letzter Zeit schrie Kit jeden Satz. Punkte am Satzende gab es nicht, und Fragezeichen waren überflüssig, denn Kit wusste alles besser.

„Komm schon, Kit!" Pim zerrte am Ärmel seines Bruders.

Pim war in der ersten Klasse und hatte große Angst davor, am Morgen nicht rechtzeitig in der Schule zu sein. „Ich will nicht zu spät sein!"

„Hört auf damit!" Miss Pinky suchte in den Schubladen des Garderobenschranks nach einem einfarbigen Schirm, fand aber nur tausend Mützen, Handschuhe, Tücher und Kastanien. Aus denen hatten sie Tiere basteln wollen, aber dann waren sie vergessen worden.

„Wir müssen los, Kit!" Pim zog immer kräftiger, bis Kit sich losriss.

„Dann kommen wir eben zu spät, na und?" Er blitzte seine Mutter wütend an.

„Dann wirst du eben nass." Miss Pinky stemmte die Hände in die Hüften und presste die Lippen zusammen. *Nicht mit mir, mein Lieber!*

„Ich geh jetzt!" Pim trat auf seine Mutter zu, drückte ihr einen Kuss auf die Wange, spannte den Schirm mit den grünen und gelben Schnecken auf und verschwand im prasselnden Oktoberregen. An dieses Wetter konnte sich kein Mensch gewöhnen! Es gab immer noch Zeiten, in denen Miss Pinky zumindest den meist blauen Himmel in Michigan vermisste.

„Und jetzt?" Sie sah Kit herausfordernd an, in Erwartung der Lippe, aber sie kam nicht.

„Ich gehe nicht mit einem Schirm, auf dem Eisbären sind!" Kit stürmte ins Garderobenzimmer und kam mit einer gelben Regenjacke zurück, die er über seinen Anorak zog. „Tschüss, Mummy. Bis später." Kein Kuss, nicht einmal mehr ein Abschiedsblick. Mit Wucht fiel die Haustür ins Schloss.

Miss Pinky öffnete die Fensterläden, räumte die Küche auf, fegte die Krümel auf dem Boden zusammen, startete eine Ladung Wäsche, machte die Kinderbetten und vergewisserte sich, dass Edith und Marlon noch tief und fest schliefen.

Bin gleich wieder da

schrieb sie auf einen Zettel, den sie auf ihr Kopfkissen legte. Nur für den Fall, dass einer der beiden wachwurde. Lesen konnte es nur Marlon, aber auch Edith kannte die Notizen ihrer Mutter, die beruhigend auf sie wirkten.

Wieder im Erdgeschoss angekommen, horchte sie ein letztes Mal, ob sich im oberen Stockwerk etwas regte. Es war totenstill. Nur der unablässige Herbstregen trommelte gegen die Fensterscheiben. Miss Pinky holte eine Portion ihrer berühmten Hühnersuppe aus dem Kühlschrank. Mit einem sonderbaren Drücken in der Magengegend setzte sie sich hinters Steuer, um die gute Suppe schnell abzuliefern, bevor sie Edith in den Kindergarten bringen und nach Marlon sehen würde.

Belinda wohnte am anderen Ende des Ortes, nicht weit von der Kirche entfernt. Als Miss Pinky die Abbiegung an der Rodney Road nahm, bremste sie den Wagen ein wenig ab und wandte den Kopf nach rechts, zu Pastor Guss' Haus, das trostlos dastand. Die geschlossenen, gelben Fensterläden waren die einzigen Farbtupfer hinter einem Schleier aus Dauerregen. Miss Pinky beschleunigte wieder und fuhr am Spielplatz vorbei. Wie viel Zeit hatte sie hier verbracht! Mit einem Korb voller Stricksachen oder einer Frauenzeitschrift auf dem Schoß, während ihre Sprösslinge im Sand buddelten oder auf Bäume kletterten. Später lernte sie hier ihre beste Freundin Jamie Higgins kennen, die nur zwei Jahre jünger war und zwei Kinder hatte: Sarah war neun und James sechs. Wie sich herausstellte, wohnte Jamie in Miss Pinkys Nachbarschaft und arbeitete stundenweise als Sekretärin in der Grundschule im Ort. Miss Pinky fiel gleich auf, dass Jamie alle Vorurteile gegenüber Briten in sich vereinte. Sie war Fremden gegenüber sehr zurückhaltend, traute sich kaum, die Dinge beim Namen zu nennen, und ließ nur ab und zu ihren Humor hervorblitzen. Aber wie war das mit den Gegensätzen, die sich anzogen? Mit einem Lächeln auf den Lippen parkte Miss Pinky und stieg aus. Sie hastete über den matschigen Boden, stets bemüht, nichts von der Suppe zu verschütten. Wie oft hatte Benedict sie gemahnt, einen Regenschirm im Auto zu deponieren!

Am Gartentor angekommen, drückte sie ihren Zeigefinger auf den Klingelknopf. Kaltes Wasser rann an ihrem Hals hinunter und unter ihr Oberteil.

„Erin, was machst du denn hier?" Belinda trat mit einem überdimensionalen Schirm aus dem Haus und nahm den gewundenen Weg zwischen Rhododendron-Büschen und Rosenhecken, der zum Eingang führte. Sie sah blass aus. „Du erkältest dich noch!" Sie hielt den Schirm über Miss Pinky und den Topf mit Suppe.

„Du weißt doch, dass ich nie krank werde." Miss Pinky ging neben Belinda her. Als sie schließlich in den Flur trat, sog sie den vertrauten Duft von Belindas Haus ein. Es war ein Gemisch aus nassem Hund, Kuchen und dem Rasierwasser von Belindas Mann Logan. „Eine Mutter kann es sich kaum erlauben, krank zu sein."

„Das stimmt allerdings!" Belinda sah ungläubig auf den tropfenden Topf in Miss Pinkys Händen. „Du hast deine berühmte Suppe mitgebracht? Du bist ein Schatz!" Weil es der Topf nicht zuließ, gab es keine innige Umarmung. Belinda nahm Miss Pinky die Suppe ab und trug sie in die Küche. „Ich würde dir gern Frühstück anbieten, aber ich bin nicht vorbereitet."

„Kein Problem, Belinda, ich muss sowieso gleich wieder los. Marlon ist krank und Edith noch nicht im Kindergarten."

„Das tut mir leid. Es sind so viele krank zurzeit." Belinda senkte den Blick. Eine Weile starrte sie auf den Teppich. Dann atmete sie geräuschvoll ein, und für einen Augenblick kam es Miss Pinky so vor, als wollte ihre Freundin etwas sagen, doch sie blieb stumm. Stattdessen kratzte sie an ihrem Nagelbett, was sie für gewöhnlich beim Frauentee tat, wenn sie nervös wurde, weil sie auf ihren Mann angesprochen worden war.

„Ist alles in Ordnung, Belinda?" Miss Pinky trat einen Schritt auf Belinda zu, deren Eheprobleme im Frauenkreis schon lange kein Geheimnis mehr waren. Sie berührte ihre Freundin sanft am Oberarm. Die Sache mit Logan war ein Thema, bei dem alle großes Verständnis und Mitgefühl an den Tag legten, denn er war Belindas Berichten zufolge alles andere als einfach. In Miss Pinkys Augen war er ein Choleriker.

„Alles bestens." Belinda sah ihre Freundin mit feuchten Augen an.

„Geht es Jeff sehr schlecht?" Miss Pinky wäre gern länger geblieben.

„Er hat immer noch hohes Fieber.“

„Die Suppe wird ihm guttun.“ Miss Pinky lächelte, aber Belinda blieb weiterhin ernst.

„Danke, Erin. Das ist wirklich sehr lieb von dir.“

Die Wanduhr schlug energisch viertel vor acht, als wollte sie daran erinnern, dass es heute noch viel zu erledigen gab.

„Melde dich, wenn du etwas brauchst.“ Miss Pinky öffnete die Tür und trat aus der Wasserpfütze, die sich um sie herum gebildet hatte. „Lass mich das noch aufputzen!“

„Es ist in Ordnung, Erin. Ich mache das schon.“ Belinda öffnete einen Einbauschrank im Flur und holte einen Wischmopp hervor, auf den sie sich lehnte, als könnte sie nicht ohne Hilfe stehen. Miss Pinky runzelte die Stirn. Belinda hatte Schatten unter den Augen und sah elend aus.

„Kann ich dir irgendwie helfen, Belinda?“

„Nein, das kannst du wirklich nicht.“ Belindas Stimme klang erstaunlich kalt, und Miss Pinky überlegte fieberhaft, was vorgefallen sein könnte.

„Du kannst mir immer alles sagen, das weißt du hoffentlich.“

„Ja, ich weiß.“ Belindas Stimme war plötzlich trocken und rau und auf eine sonderbare Art traurig. „Hast du denn heute noch nicht die Zeitung gelesen?“

Miss Pinky griff mit der rechten Hand an ihre nasse Perücke. Sie würde sie zu Hause in Form bringen müssen. Also gab es doch etwas, das Belinda zusätzlich aus dem Gleichgewicht gebracht hatte.

„Nein, ich hatte keine Ruhe. Was ist denn geschehen?“

Tränen liefen Belindas Wangen hinunter. Miss Pinky nahm sie instinktiv in den Arm, doch der Körper ihrer Freundin wurde mit einem Mal ungewöhnlich steif.

„Atme, atme ganz ruhig." Belinda roch vertraut, aber ihr Verhalten war sonderbar.

Einige Schluchzer später löste sie sich aus der Umarmung und war noch bleicher als zuvor. Sie stand auffallend aufrecht, als müsste sie beweisen, dass sie ihre Fassung wiedergefunden hatte. Belinda ließ sich ihre Verletzlichkeit nicht gern anmerken. Wenn sie zusammenbrach, dann musste es einen triftigen Grund dafür geben! In Miss Pinkys Bauch braute sich etwas aus Neugierde und Angst zusammen, gepaart mit der leisen Hoffnung, helfen zu können.

„Möchtest du reden?" Miss Pinky streichelte Belinda über die Schulter. „Du kannst später zu mir kommen."

Doch Belinda schüttelte vehement den Kopf, was Miss Pinky stutzig machte. Sie zögerte eine Weile. „Dann werde ich zu Hause gleich einen Blick in die Zeitung werfen", sagte sie schließlich und versuchte, so zuversichtlich wie nur möglich zu klingen. Da Belinda keine Anstalten machte, auch nur ein weiteres Wort zu sagen, zog Miss Pinky die Tür auf und trat unter das Vordach. Der Regen hatte ein wenig nachgelassen.

Da platzte es aus Belinda heraus, hinter vorgehaltenen, zitternden Händen, sodass Miss Pinkys zunächst glaubte, nicht richtig gehört zu haben. „Pastor Guss ist tot", sagte sie und sackte erneut in sich zusammen. Sie stützte sich gegen die Wand, und ihr Gesicht war zerknittert wie ein zusammengeknülltes Papier.

„Das ist ja schrecklich!“ Miss Pinky trat auf Belinda zu, aber diese hielt ihr einen ausgestreckten Arm entgegen.

„Ich muss allein damit zurechtkommen.“

„Keiner muss mit irgendetwas allein zurechtkommen.“ Miss Pinky war leicht erbost, denn so kannte sie ihre Freundin nicht. Es war ein unausgesprochenes Gesetz im Frauenkreis, dass jede zuhörte und half, wo es nur möglich war.

„Mummy!“ Jeffs Stimme erklang im ersten Stock.

„Ich muss nach oben, entschuldige mich bitte.“ Belinda schüttelte den Kopf und machte sich auf den Weg zur Treppe. „Vielleicht können wir später telefonieren, Erin. Momentan möchte ich allein sein.“

Miss Pinky verstand. Oder versuchte es zumindest.

Verwirrt verließ sie das Haus, überquerte den aufgeweichten Hof und setzte sich wie in Trance hinters Steuer. Gray war tot? Der beste Pastor, den sie in ihrem Leben gekannt hatte, ein Vorzeigebild eines guten Menschen, jemand, der seinen Glauben so sehr verkörperte, dass er damit eine ganze Gemeinde seit Jahren verzauberte. Es war ihr nicht möglich, gegen die Tränen anzukämpfen.

Sie beschleunigte so rasant, dass sie beinahe ein verirrtes Schaf anfuhr, das wild blökend die Fahrbahn überquerte.

Miss Pinky musste sich eingestehen, dass sie nervös war. Das passierte höchst selten.

Zu Hause angekommen, ging sie zunächst in den ersten Stock, um zu kontrollieren, ob Edith und Marlon noch schliefen. Mit einer beißenden Unruhe im Magen holte sie anschließend die zusammengerollte Zeitung

aus dem Briefkasten. Sie nahm am Küchentisch Platz.
Tatsächlich war es nicht zu übersehen – die Titelstory
lautete:

Pastor Gray Guss tot aufgefunden.

Miss Pinky leckte an ihrem Zeigefinger und blätterte
hastig zu dem langen Artikel, in dem berichtet wurde,
Belinda Watts habe den leblosen Körper vor dem Altar
liegend gefunden. Die arme Belinda, deswegen war sie
so durcheinander! Der Werdegang des jungen Pastors
nach dem Umzug seines Ziehvaters nach London
wurde gepriesen, ebenso seine umsichtige, ruhige Art.
Seine Predigten seien die besten in der Geschichte von
Hollowfield gewesen, und überhaupt sei es der größte
Verlust für die Gemeinde, den man sich hätte ausmalen
können. Zuletzt wurde erwähnt, was die Ermittlungen
bisher ergeben hatten: Pastor Guss hatte eine schwere
Magenverstimmung gehabt und war plötzlich verstorben.

Miss Pinky fasste sich an die die feuchten Wangen;
auf ihren Lippen schmeckte sie Salz. Seit dem Tod ihres
Vaters hatte sie nicht mehr geweint. Man hätte vermuten können, dass ihre Tränendrüsen gar nicht mehr
funktionierten.

Mit langsamen Bewegungen erhob sie sich und schal-
tete den Wasserkocher erneut an. Dies war einer der
Augenblicke, in denen selbst sie dringend einen Tee
brauchte, um ihre Nerven zu beruhigen. Sie trat ans
Fenster und betrachtete die Bäume, von denen bunte
Blätter zu Boden fielen. Es war die perfekte Jahreszeit

für den Tod. Alles verwelkte, aber die Natur würde wiederkommen. Nur Gray Guss nicht. Miss Pinky fuhr sich mit dem Handrücken über die Wangen. Was für ein Schlag ins Gesicht! Sie wünschte sich, sie könnte von ganzem Herzen daran glauben, dass nach dem Lebensende noch etwas kam, aber bisher war es ihr nicht gelungen, das zu verinnerlichen. Das Leben war zu bunt und zu bewegt und einfach zu schön, um über solche trüben Dinge nachzudenken!

Der Regen wurde stärker, als weinte der Himmel um einen geliebten Menschen. Für eine Weile verfluchte Miss Pinky diese Kleinstadt, in der sie seit fünfzehn Jahren wie in einer Blase gelebt hatte. Nichts Außergewöhnliches war geschehen, alles war auf eine sonderbare Weise vorhersehbar gewesen und wirkte plötzlich unecht. Heuchlerisch beinahe. Was war in all den Jahren unter den Teppich gekehrt worden? Denn dass ein junger, gesunder Mann nicht urplötzlich tot umfiel, das war Miss Pinky klar. Sie legte die rechte Hand auf ihre Brust und spürte ihr Herz unruhig hämmern. Sie musste an Inspektor Subtle denken und an seine Unfähigkeit. Jemand, der noch nie einen Mord hatte aufklären müssen, war sicher heillos überfordert. Der Inspektor war in der Vergangenheit schon mit Falschparkern an seine Grenzen gestoßen. Miss Pinky schüttelte den Kopf, holte einen Teebeutel hervor und übergoss ihn mit dem Wasser. Da rief Edith nach ihr.

„Ich komme, mein Schatz!" Miss Pinky stellte den Timer für den Tee und rannte nach oben. Edith stand mit rotgeäderten Augen mitten im Schlafzimmer, barfuß auf dem flauschigen, hellen Teppichboden.

„Ich habe so arg Bauchweh!" Kaum hatte sie den Satz ausgesprochen, kam der erste Schwall aus ihrem Mund. Miss Pinky schnappte sich ihre Tochter, um sie ins Badezimmer zu tragen. Es wäre besser gewesen, es nicht zu tun, denn so markierte Edith die gesamte Strecke. Der beißende, säuerliche Geruch stach in der Nase.

„Ab in die Wanne, ich bringe dir etwas zum Trinken." Sie setzte Edith vorsichtig ab und füllte einen Zahnputzbecher mit Leitungswasser.

„Mummy?" Marlon war wach geworden.

„Bin gleich da!" Miss Pinky reichte Edith den Becher und zerrte sich die Perücke vom Kopf.

Edith beschwerte sich über den warmen Wasserstrahl, während Miss Pinky sie behutsam mit einem Waschlappen in Frosch-Optik wusch. Er konnte auch Wasser spucken, aber zu solchen Spielen war Edith jetzt nicht aufgelegt. Wenn sie krank war, dann wollte sie ihre Ruhe haben.

„Mir ist kalt, Mummy!" Das Mädchen zog die Schultern hoch und bibberte ein wenig zu theatralisch. Miss Pinky konnte sich vorstellen, dass sie eines Tages eine berühmte Schauspielerin sein würde.

„Steh auf, ich wickele dich ganz warm ein." Sie holte das rote, flauschige Handtuch vom Haken an der Tür, auf das *Edith* gestickt war. Es war ein Taufgeschenk von ihren Eltern gewesen. Miss Pinky seufzte unwillkürlich, während sie die Vierjährige sachte aus der Wanne hob, auf den Rand setzte und sie in den Arm nahm, um sie zu wärmen. Als Edith nicht mehr zitterte, brachte sie ihr den Sesamstraßen-Schlafanzug – auch ein Geschenk aus den USA – und half ihr beim Anziehen. Ihre Arme waren noch so dünn, ihr Körper so zerbrechlich!

„Am besten legst du dich noch eine Weile zu Marlon und ruhst dich aus." Miss Pinky betrat mit Edith auf dem Arm das Schlafzimmer, wo Marlon in der Zwischenzeit wieder eingeschlafen war. Er umklammerte Miss Pinkys Kopfkissen, sein Atem war vom Fieber getrieben. Wenn er wieder wach war, würde sie ihm einen Ibuprofen-Saft geben.

Miss Pinky zuckte zusammen, als das Telefon im Erdgeschoss klingelte. Sie eilte nach unten und rutschte beinahe aus. Es gab Tage, an denen sehnte sogar sie sich nach Ruhe.

„Ich bin es, meine Liebe!" Es war ihre beste Freundin, Jamie Higgins. „Hast du schon die Zeitung gelesen?"

„Ja, es ist schrecklich." Miss Pinky fuhr sich mit der Hand durch das kurze Haar. Während sie sich um Edith gekümmert hatte, war Gray Guss' Schicksal in den Hintergrund gerückt. So etwas sollte niemals geschehen! Es sollte eine Lebenszeitgarantie von mindestens siebzig Jahren geben, alles andere war ungerecht.

„Es wird Ermittlungen nach sich ziehen." Jamie flüsterte, wie immer, wenn es Neuigkeiten gab, als müsste sie sicherstellen, dass niemand mithörte. Selbst wenn keiner in der Nähe war.

„Woher weißt du das?" Miss Pinkys Neugierde war geweckt.

„Belinda hat es mir gesagt. Ich habe sie vorhin angerufen."

„Richtig, sie hat Gray gefunden." Miss Pinky stellte sich vor, wie schrecklich die Szene gewesen sein musste. „Das tut mir so leid."

„Die Arme ist völlig durch den Wind, das ist klar. Sie ist zum Beten in die Kirche gegangen, und da findet sie den Leichnam des Pastors vor dem Altar."

„Hat sie noch etwas erzählt?" Miss Pinky wusste, was das Thema Nummer eins beim nächsten Frauentee sein würde.

„Nein, ich hatte den Eindruck, dass sie nicht reden wollte."

„So ging es mir heute Morgen auch, als ich Suppe für Jeff gebracht habe."

„Du warst bei Belinda? Das hat sie mir gar nicht gesagt."

„Es ist auch nicht wichtig."

„Aber normalerweise spricht Belinda doch alles aus, egal, ob es wichtig ist oder nicht."

„Das stimmt."

Jamie machte eine lange Pause, die schwer wie Blei wog. Die Sache hatte Belinda definitiv gehörig durcheinandergebracht. Es hatte ganz Hollowfield fassungslos gemacht, dessen war sich Miss Pinky sicher.

„Hast du Zeit für einen Spaziergang heute Nachmittag?" Jamie ging gern spazieren, aber Miss Pinky hatte sich selbst nach all den Jahren in England nicht mit dem Gedanken anfreunden können, zielloses Gehen als Freizeitbeschäftigung zu wählen. „Wir könnten reden."

„Edith und Marlon sind krank. Ich glaube nicht, dass es heute klappen wird."

„Oh, das tut mir leid! Gib ihnen einen dicken Kuss von mir und wünsche ihnen gute Besserung."

„Das werde ich tun, danke, Jamie."

Kaum hatten sich die Freundinnen verabschiedet, schellte es an der Tür. Ungläubig, denn zu dieser Uhrzeit kam sonst niemand vorbei, rannte Miss Pinky ins Obergeschoss, setzte ihre pinkfarbene Perücke wieder auf und rückte sie vor dem Spiegel zurecht, eilte wieder nach unten und zog die Haustür auf.

Dort stand Inspektor James Subtle, in einen dunkelblauen Trenchcoat gehüllt und auf einen Gehstock gestützt. Seine freie Hand ruhte auf seinem runden Bauch.

„Guten Morgen, Erin." Er trat ungefragt ein und brachte matschige Erde mit in den Vorraum. „Ich muss dringend mit dir reden." Er lehnte den Stock gegen die Wand, schälte sich so umständlich aus seinem Mantel, dass Miss Pinky ihm automatisch zur Hand ging, und blieb unschlüssig im Flur stehen. „Darf ich um eine Tasse Tee bitten?"

„Das hast du bereits getan." Miss Pinky lächelte ihn bewusst breit an. „Und wenn du bitte deine matschigen Schuhe ausziehen könntest."

„Natürlich, entschuldige bitte." Er streifte seine Treter ab und stellte sie parallel neben die Fußmatte, als könnte das die Sache mit dem hereingetragenen Dreck wiedergutmachen.

„Was führt dich zu mir?", rief Miss Pinky über die Schulter, während sie auf dem Weg in die Küche war. James' Nichte Cassy war eine Lehrerin an der Hillberry-Mädchenschule, in der Miss Pinky oft aushalf, und in letzter Zeit hatte sie viel mit James gesprochen, weil es Probleme gab, die er nicht nachvollziehen konnte: Cassy war in einen Kollegen verliebt, hatte aber nicht den Mut, es ihm zu sagen. Miss Pinky sollte vorsichtig in Erfahrung bringen, ob der Angehimmelte eventuell Interesse haben könnte. Bisher war sie zu keinem Ergebnis gekommen, und zugegebenermaßen stand diese Frage auch relativ weit unten auf ihrer Prioritätenliste. Wieso konnte nicht Cassy selbst das herausfinden?

„Es geht um den tragischen Tod von Pastor Guss", sagte James und riss Miss Pinky aus ihren Gedanken.

„Ich habe es in der Zeitung gelesen." Sie schaltete den Wasserkocher an und drehte sich zu James um, der nun direkt vor ihr stand. Sie roch seinen süßlichen Pfeifen-Atem.

„Hm", machte er und bog den Kragen seines Hemdes zurecht. „Ich möchte dir ein paar Fragen stellen, bevor ich der Sache weiter auf den Grund gehe."

Miss Pinky war überrascht, denn sie konnte sich nicht vorstellen, welche Fragen das sein könnten. „Woran ist der denn gestorben?"

„Das wissen wir noch nicht." James machte einige bedächtige Schritte in Richtung Wohnzimmer. „Er schien eine heftige Magenverstimmung gehabt zu haben. Woran man eher nicht stirbt."

Miss Pinky musste an Edith und Marlon denken und verscheuchte den Gedanken sofort wieder. „Vielleicht macht ein Magen-Darm-Virus seine Runden", sagte sie so sachlich wie möglich. Auf einmal war ihr in James' Gegenwart unwohl, und Hitze stieg ihr ins Gesicht. „Das kommt im Herbst vor."

„Wir werden sehen, was die Obduktion ergibt." James ließ sich auf das Sofa fallen und schlug die Beine übereinander. Miss Pinky machte eine Kanne Tee, denn sie hatte das bange Gefühl, dass sie heute auch ein paar

Tassen brauchen würde. James' Blicke waren intensiver als sonst, und sie hoffte, dass dieser Vorfall den Inspektor wachgerüttelt und seinen detektivischen Spürsinn geweckt hatte.

„Darf ich mit meiner Befragung beginnen?" James bedankte sich für die Tasse Tee, die Miss Pinky ihm reichte, bevor sie sich zu ihm setzte. Sie fasste sich an die Perücke, die immer noch feucht war.

„Natürlich." Sie nahm einen vorsichtigen Schluck.

James zückte einen Notizblock und einen jener Kugelschreiber, die so gut wie jeder in Hollowfield besaß. Es war ein Werbegeschenk der örtlichen Bank mit dem Slogan *Bei uns ist ihr Geld in guten Händen.*

„Wir alle wissen, dass du Gray näher gekannt hast." James räusperte sich.

„Nun ja, wir haben ihn alle nur so gut gekannt, wie es möglich war." Vor Miss Pinkys innerem Auge erschien Grays Gesicht, und ihr wurde auf einmal schwindelig. „Wir alle wissen, dass er nicht viel geredet hat. Außer bei seinen Predigten. Aber ich meine das alltägliche Gespräch, die kleinen Anekdoten." Miss Pinky seufzte. „Wenn wir ehrlich sind, haben wir nicht viel über ihn gewusst."

„Das macht die Sache nicht leichter." James nippte an seinem Tee und wippte mit dem Fuß.

„Und warum genau suchst du mich auf, James? Es gibt noch keinerlei Hinweise, und du kommst zu mir?"

Ein süffisantes Lächeln huschte über seine Lippen. „Ich bin mir sicher, du kannst dir denken, warum." Er hob die Augenbrauen. Unruhe breitete sich in Miss Pinky aus.

„Ich weiß nicht, worauf du hinauswillst." Sie lächelte, denn etwas anderes fiel ihr nicht ein.

James widmete sich seinem Tee, während er seinen Notizblock auf dem Knie balancierte. Es wirkte unbeholfen. Sie wollte glauben, dass Pastor Guss eines natürlichen Todes gestorben war. Gleichzeitig hatte sie den Verdacht, dass die Obduktion bereits abgeschlossen war und James ihr Wesentliches verschwieg.

„Gibt es da etwas, das ich wissen sollte?" Sie sah ihn eindringlich an. Sie hatten sich immer gut verstanden, aber heute erschien er ihr auf eine unerklärliche Weise distanziert. Beinahe feindselig mit seinem untersuchenden Blick, dabei gab es nichts, was er ihr entlocken konnte! Weil er nicht sofort antwortete, sondern erneut die Teetasse an den Mund führte, dachte Miss Pinky fieberhaft nach. Wusste sie vielleicht wirklich etwas? Sie versuchte, sich an die letzten Gespräche mit Pastor Guss zu erinnern. Natürlich hatten sie jeden Sonntag einige Worte gewechselt, und Gray hatte die vier Kinder gelobt, die *brave Engel* seien. Seine langen Predigten hörten sie sich ohne Gequengel an. Gelegentlich tippte Marlon mit dem Zeigefinger auf sein Handgelenk, damit Miss Pinky ihm die Uhrzeit auf ihrem Handy zeigte, aber das war auch alles. Gray strich manchmal liebevoll über Ediths Kopf und bedankte sich wochenlang für die wunderschönen Kissenhüllen, die Miss Pinky für die Kirche genäht hatte.

„Gibt es etwas, das du mir sagen solltest, Erin?" James' Stimme riss sie aus ihren Überlegungen, die ohnehin nirgends hinführten.

„Ich denke nicht.“ Sie schüttelte den Kopf und zuckte mit den Schultern, fühlte sich unfähig, hier zu helfen, dabei hätte sie es so gern getan!

„Wir wissen, dass deine Wirkung auf deine Mitmenschen eine besondere ist. Anders als wir hier in Hollowfield gewohnt sind.“

Miss Pinky verdrehte die Augen. Ging das wieder los? Sie hatte tatsächlich geglaubt, dieses Thema wäre abgehakt. Dass alle sich schon längst damit abgefunden hatten, dass sie anders war und es so mochte.

„Ich kann mich beim besten Willen nicht erinnern, dass ich etwas über Pastor Guss weiß, das dir weiterhelfen würde.“ Miss Pinky leerte ihre Tasse und holte die Kanne aus der Küche, um James und sich nachzugießen.

„Hattest du je den Eindruck, dass Pastor Guss Feinde hatte?“ Die Frage bestätigte Miss Pinkys Vermutung, dass es sich um Mord handelte.

„Möchtest du mir nicht vielleicht zuerst sagen, was du schon weißt, James?“

„Nein, das möchte ich nicht.“ Sein Lächeln war dünn. „Denn es würde meine Ermittlungen verfälschen.“

„Das ist doch lächerlich! Spätestens übermorgen wird in der Zeitung stehen, dass Pastor Gray Guss ermordet wurde.“

James’ Blick wurde neugierig. „Ist das so?“

„Ich nehme es an, denn sonst würdest du nicht in meinem Wohnzimmer sitzen und mich befragen wollen.“

„Ich will es nicht nur, ich tue es.“

„Von mir aus!“ James’ Gegenwart machte Miss Pinky nervös. Wieso legte er die Tatsachen nicht einfach auf den Tisch? Sie würde liebend gern behilflich sein, das Rätsel um Grays Tod zu lösen!

„Wenn ich ehrlich bin, dann weiß ich nicht, wo ich anfangen soll mit meinen Ermittlungen."

Miss Pinky wunderte sich über James' Ehrlichkeit, nicht aber über die Tatsache.

„Die Zeitungen werden schweigen, keine Sorge. Bis die Angelegenheit klar ist. Nichts von alledem, was ich mit dir oder irgendjemandem berede, wird an die Öffentlichkeit dringen. Die Vermutung liegt nahe, dass es in Grays Leben Dinge gab, von denen wir nichts wussten."

„Die gibt es doch immer." Miss Pinky musste lächeln. „Wir bilden uns immer nur ein, jemanden zu kennen." Ihr Lächeln verstärkte sich, denn James hatte keine Ahnung, was alles beim Frauentee getuschelt wurde! Von wegen Öffentlichkeit.

„Das klingt philosophisch. Das bin ich von dir gar nicht gewohnt, Erin."

„Ich zerbreche mir auch nicht gern den Kopf, weil es meistens nichts bringt. Es ist einfacher, immer aufmerksam und offen zu sein und Probleme direkt anzugehen, das erleichtert vieles im Leben."

„Das lebst du uns seit fünfzehn Jahren vor, meine Liebe!" James prostete ihr mit der Teetasse zu, und Miss Pinky tat es ihm gleich. „Aber vielleicht nimmt es dir nicht jeder ab, dass das Leben ein Kinderspiel ist, das man immerzu im Griff hat."

Sie runzelte die Stirn. Das waren völlig neue Töne! Bisher hatte sie den Eindruck gehabt, dass ihr ganz Hollowfield ihr Glück mit Benedict Pretty und ihren vier wunderbaren Kindern gönnte. War es etwa nicht so?

„Ich weiß nicht, worauf du hinauswillst, James." Sie sah aus dem Fenster, um seinem prüfenden Blick nicht länger standhalten zu müssen. Draußen regnete es immer noch unbarmherzig, und für den Bruchteil einer Sekunde bekam Miss Pinky Heimweh nach Michigan, dem meist wolkenlosen Himmel und den herzlichen Menschen, die Neid so gut wie gar nicht kannten. Jeder war seines Glückes Schmied, war das nicht so?

„Mummy!" Ediths Ruf klang dringend.

„Entschuldige mich bitte." Miss Pinky stand auf. „Marlon und Edith sind krank." Sie rannte nach oben, wo Marlon den Arm um seine kleine Schwester gelegt hatte, die kerzengerade im Bett saß. Kaum hatte sie auf der Bettkante Platz genommen, warf sich Edith in ihre Arme. „Ich habe schlecht geträumt!"

„Und was macht dein Bauch?" Miss Pinky drückte ihrer Tochter einen Kuss auf die Stirn. Höchstens einhundert Grad Fahrenheit. Marlon deckte sich bis zur Nasenspitze zu.

„Tut nicht mehr weh." Edith schmiegte ihren Kopf an Miss Pinkys Brust, und da war wieder diese Wärme, die alles rechtfertigte.

„Ich mache mich auf den Weg!", rief James von unten.

„Ich habe Hunger!" Edith zupfte an der pinken Perücke. „Nimm sie ab! Du bist nicht Miss Pinky, sondern Mummy!"

Mit einem Lächeln nahm Miss Pinky ihre Haarpracht ab, betrachtete die feuchten Strähnen, erhob sich und setzte die Perücke auf eine Halterung, damit sie in Ruhe trocknete. „Das ist ein gutes Zeichen, wenn du Hunger hast." Sie lächelte ihre Tochter an. „Ich hole dir etwas."

Gerade, als sie die Stufen nach unten nahm, fiel die Haustür ins Schloss. Der Signalton der Waschmaschine im Untergeschoss erklang. Miss Pinkys Blick fiel auf die Matschspuren im Flur, die James hinterlassen hatte. Spuren. Wieso waren nicht alle Spuren so deutlich? Welche gab es im Fall Pastor Guss?

Nachdenklich leerte sie einige Salzbrezeln in eine Schüssel, schälte eine Bio-Banane und schnitt sie in Scheiben, die sie liebevoll auf einem Teller anrichtete. Sie stellte das Essen für die Kinder auf einem Beistelltisch ab.

Als sie wieder im Eingangsbereich war, fiel ihr auf, dass eine Schublade im Sekretär aufgezogen war. James hatte geschnüffelt. Hatte er etwa den Verdacht, dass sie in die Sache verwickelt war?

Miss Pinky beschloss, den Teppich zu reinigen, um sich von dem unliebsamen Gedanken abzulenken.

<h1 style="text-align:center">drei</h1>

Am Sonntagmorgen, nur drei Tage nach dem schrecklichen Fund in der Kirche, machte sich Belinda für den Frauentee schick. Sie trug einen anthrazitfarbenen Bleistiftrock, der ihr bis über die Knie reichte, und eine hellblaue Bluse, dazu eine goldene Kette mit einem Kreuzanhänger.

Ihr Mann war beim Golfspielen. Jeff ging es seit dem Vortag besser, es musste an der Hühnersuppe liegen, denn das Gebet war ja ausgefallen. Heute blieb er noch zu Hause, um sich zu erholen. In seinen Bademantel gehüllt und mit einem Buch von Jules Verne lag er auf dem Sofa und hob kaum den Blick, als Belinda ins Wohnzimmer trat. Er war zu ernst für seine zwölf Jahre, weshalb sich Belinda und ihr Mann immer wieder stritten. Sie solle dem Jungen Lebensfreude beibringen. Aber wie tat man das, wenn man das Gefühl selbst kaum kannte?

Belinda zückte ihren Schminkspiegel und betupfte ihre Nase vorsichtig mit Puder. Mit einem kritischen Blick betrachtete sie die feinen Falten, die von ihren Nasenflügeln zu ihren Mundwinkeln verliefen und sie an ihren Großvater erinnerten. Ihre gesamte Mundpartie war die seine. Belinda versuchte, die Linien mit Puder zu füllen, aber es gelang ihr nicht. Anschließend trug sie eine zweite Schicht Wimperntusche auf. Je älter sie wurde, desto mehr hatte sie das Bedürfnis, sich zu schminken. Sie drehte den Kopf hin und her, um zu erkennen, ob ihr Hals hell leuchtete. Miss Pinky war es gewesen, die sie beim ersten Frauentee – diese Frau kannte wirklich keine Scham! – darauf aufmerksam gemacht hatte, dass Belinda stets vergaß, ihren Hals zu schminken, beziehungsweise, dass die Farbe ihres Gesichts-Make-ups mindestens zwei Schattierungen zu dunkel war. Sie war Frau Weißhals. Bei der Erinnerung schüttelte Belinda den Kopf. Im nächsten Augenblick kamen die Gedanken in ihr hoch, die sie seit jenem Abend in der Kirche wie gierige Wölfe verfolgten. Noch rannte sie vor ihnen weg, aber womöglich würde sie sich ihnen bald ergeben müssen. Lag der Gedanke nicht etwa nahe, dass eine vermeintlich perfekte Frau wie Erin Lovejoy, genannt Miss Pinky, nicht so heilig war, wie ihre Fassade vermuten ließ? Die Vorstellung war äußerst unangenehm, und doch machte sich eine gewisse Genugtuung in ihr breit.

„Mum, wann kommst du wieder nach Hause?" Jeff ließ das Buch in seinen Schoß sinken. Belinda zuckte zusammen.

„Du weißt doch, dass der Frauentee immer von neun bis elf Uhr dreißig stattfindet." Sie steckte ihren Spiegel und die Schmink-Utensilien wieder in ihre Handtasche und sah aus dem Fenster. Nach Pastor Guss' Tod hatte es zwei Tage in Strömen geregnet, aber heute schien das erste Mal seit langem wieder eine zögerliche Herbstsonne und ließ das Laub gelb und rot leuchten. Belinda warf einen Blick auf ihre Armbanduhr und beschleunigte ihre Schritte, denn es war bereits kurz vor neun. Heute fand das Treffen in Katherine Terrys Haus am anderen Ende des Ortes statt.

Katherine Terry war, nach Miss Pinky, die wohlhabendste Ehefrau in Hollowfield. Ihr Mann Richard war Bankdirektor in London, wo er sogar eine kleine Wohnung besaß, in der er sich unter der Woche aufhielt. Es wurde – wenn Katherine nicht anwesend war – gemunkelt, dass Richard seit Jahren untreu war. Mit vierundvierzig Jahren war Katherine die Älteste im Frauenkreis, der sich seit über zehn Jahren regelmäßig traf und aus sieben Frauen bestand, die sich über ihre Kinder kennengelernt hatten. Es gab zwei Gründe, um im Freien ungehemmt mit Fremden ins Gespräch zu kommen: Kinder oder Hunde, mit denen man Gassi ging.

Die Idee des Frauentees stammte, wie konnte es anders sein, von Miss Pinky. Die Treffen mit den sechs Freundinnen waren ein Lichtblick in Belindas Leben, aber heute drückte es in ihrer Magengegend, denn sie hatte das dringende Bedürfnis, alle Details ihres Erlebnisses in der Kirche zu teilen, hatte aber Inspektor Subtle ihr Wort gegeben, zu schweigen. Es wäre eine Sünde, dieses Versprechen nicht einzuhalten.

Belinda ging die Carlyle Road entlang, um zur Crescent Road zu gelangen. Die beiden Straßen trafen sich an einem neu errichteten Kreisverkehr, dessen Mitte ein von der in Hollowfield lebenden Künstlerin Shelly Kilvin gestaltetes Mosaik zierte. Die Steine strahlten in der Herbstsonne.

Die Crescent Road war lang und führte aus dem Ort hinaus in Richtung Norden, beinahe bis nach London. Keine begehrenswerte Richtung für Belinda, denn sie hielt nichts von der Hauptstadt. Sie war zu laut, zu hektisch und zu modern. Wer brauchte mehr als sein Heimatdorf?

Nach einem raschen Blick auf die Uhr beschleunigte sie ihre Schritte. Sie würde zu spät sein.

Die Donne Street, in der das Haus der Terrys lag, hatte die Form eines Halbkreises und grenzte an endlos erscheinendes, saftig grünes Weideland. Belinda erkannte sofort Lillys Moped, das sie hinter dem Gartentor abgestellt hatte. Es passte nicht vor die Backstein-Fassade des imposanten Landhauses und die akkurat gestutzten, kugelrunden Hecken, die den Weg zum Hauseingang säumten.

„Belinda!" Keuchend tauchte Selma aus einer der Seitenstraßen auf. „Gott sei Dank bin ich nicht die Einzige, die heute zu spät kommt!"

Selma war die Schwägerin des Organisten Craig, der einen sechzehn Jahre jüngeren Halbbruder hatte. Der Seitensprung des Vaters war bisher der einzige nennenswerte Skandal in Hollowfield gewesen, von dem Belinda wusste. Jetzt hatte sie die Vermutung, dass sich ein weitaus größerer anbahnte.

Kurz vor der Haustür hielt Selma Belinda am Arm zurück. „Hast du schon mit jemandem darüber gesprochen?"

„Was meinst du?" Belinda wusste genau, was Selma meinte, wollte es aber aus ihrem Mund hören.

„Na die Sache mit dem Liebesbrief!" Selma klang außerordentlich aufgeregt, dabei war sie sonst die Ruhe in Person. Also hatte Craig sein Wort nicht gehalten. Dabei hieß es immer, *Frauen* seien Plaudertaschen!

„Nein, ich hatte bisher keine Gelegenheit." Belindas Wangen kribbelten vor Aufregung. Sie kratzte sich am Hals. Selma starrte sie aus weit aufgerissenen, tiefblauen Augen an. „Kannst du dir vorstellen, dass Miss Pinky eine Affäre mit Gray hatte?" Sie redete so laut, dass es Belinda peinlich war. Sie wünschte, Selma könnte flüstern wie Jamie.

„Ich weiß nicht, was ich denken soll." Sie zuckte mit den Schultern.

„So geht es mir auch, seit ich mit Craig telefoniert habe. Die Welt scheint aus den Fugen geraten zu sein!"

Die beiden Frauen betätigten den Türklopfer, einen schweren Messingring, der aus dem Maul eines Löwenkopfes hing. Belinda spürte, dass Selma es kaum aushalten konnte, die Neuigkeit im vertrauten Freundeskreis auszuplaudern.

Katherine Terry öffnete und bat die Freundinnen herein. Im Vorraum duftete es bereits nach Kaffee und Scones.

„Entschuldige bitte, dass wir zu spät sind." Belinda schlüpfte umständlich aus ihrem Mantel. Unruhig knabberte sie an ihrer Unterlippe. Würde Selma tatsächlich alles offen auf den Tisch legen? Belinda hatte ihre Zweifel, ob das rechtens war, schließlich hatten die Ermittlungen gerade erst begonnen, und man konnte viel Schaden mit Mutmaßungen anrichten. Aber wie sollte man es denn interpretieren, wenn ein Liebesbrief von Erin Lovejoy in Pastor Guss' Jackentasche steckte? Doch wer würde solch ein persönliches Schreiben tippen? Das würde nicht einmal Miss Pinky tun. Oder? Liebesbriefe sollten von Hand geschrieben werden.

„Alles in Ordnung?“ Katherine nahm Belinda den Mantel ab und hängte ihn in das Garderobenzimmer. Natürlich wusste sie, was los war, schließlich lasen alle regelmäßig die Tageszeitung. Belinda verbuchte die Frage als rein rhetorisch und lächelte die Gastgeberin an, bevor sie das schicke Esszimmer mit den goldgerahmten Gemälden betrat, in dem alle um den reich gedeckten Tisch Platz genommen hatten. Auf einer Etagere waren Kekse angerichtet sowie Katherines selbstgebackene Scones. Die Marmeladen waren in kleinen, geblümten Schüsseln auf dem Tisch verteilt, in den Tassen dampfte Kaffee oder Tee. Belinda setzte sich neben Selma und strich ihren Rock glatt. Vor ihrer Nase stand eine Schale mit rotbackigen Äpfeln. Lilly korrigierte den Sitz ihres Loop-Schals und sah Belinda an, als erwartete sie etwas von ihr. Eine Aussage vielleicht. Doch Belinda betrachtete lediglich die vertraute Runde. Wenn sie alle Obst gewesen wären, dann war die 27-jährige Lilly ein praller, saftiger Pfirsich, die 30-jährige Ruth eine reife, süße Melone (das Bild passte, denn sie trug eine gigantische Oberweite mit sich herum!), die 36-jährige Jamie ein durchschnittlicher Apfel, die 33-jährige Selma ein ebensolcher, Katherine mit ihren 44 Jahren eine Mandarine, die ein Schuljunge tagelang in seiner Schultasche vergessen hatte, und Belinda vermutlich auch ein Durchschnittsobst, wobei sie das selbst schlecht beurteilen konnte. Erin war eine exotische, interessante Frucht, die jeder gern einmal gekostet hätte – wo war Erin überhaupt?

„Darf ich dir einen Kaffee anbieten?“ Katherine stand plötzlich schräg hinter ihr, mit einer Kanne in der

Hand, die sie vorsichtig über Belindas Kopf hinwegmanövrierte.

„Ja, sehr gern. Dankeschön."

Nachdem Katherine eingegossen hatte, nippten die Frauen simultan an ihren Tassen, als hätten sie es tagelang geprobt. Es war, als lauerte jede darauf, dass eine der anderen endlich den Mund aufmachte.

„Ist es nicht wunderbar, dass nach so vielen Regentagen wieder die Sonne scheint!" Katherine reichte die Etagere herum.

„Absolut!" Ruth nahm sich einen Scone.

„Ich glaube, der Himmel hat um Gray geweint." Kaum hatte sie den Satz beendet, senkte Selma den Blick auf ihren leeren Teller, als hätte sie etwas Unerhörtes gesagt. Dabei waren sie endlich, endlich beim Thema!

„Es tut mir so entsetzlich leid, liebe Belinda, dass du just an dem Abend in die Kirche gehen musstest." Selma legte Belinda eine Hand auf den Unterarm. Sie war schwer wie Blei. „Solch eine Entdeckung zu machen, das wünscht man wirklich keinem."

Belinda schwieg. Es gab nichts dazu zu sagen.

„Mein Schwager hat mich am selben Abend angerufen." Es platzte aus Selma heraus, ohne Vorwarnung. „In Pastor Guss' Jackentasche wurde ein Liebesbrief von Miss Pinky gefunden!"

Ein empörtes Raunen erfüllte den Raum, Augen weiteten sich, Hände fuhren instinktiv vor halboffene Münder.

„Wo ist Miss Pinky überhaupt?" Jamie warf Katherine einen fragenden Blick zu und strich sich eine aschblonde Strähne hinters Segelohr. Sie war Miss Pinkys beste Freundin und wusste normalerweise immer alles als Erste. Ob das hier eine Neuigkeit für sie gewesen war? Oder war sie gar seit Jahren eingeweiht?

„Sie hat gestern Abend angerufen und sich entschuldigt. Ihre Kinder sind krank, und sie selbst hat eine Magenverstimmung.“

Eine Weile sagte niemand etwas. Katherines weiße Perserkatze schlich in den Raum, als wollte sie mithören.

„Ich bin entsetzt.“ Selma tupfte sich mit der Stoffserviette den Mund ab. „Es ist das Letzte, was ich erwartet habe.“

„Pastor Gray Guss war ein ehrenwerter Mann.“ Ruth schüttelte langsam den Kopf. Ihr Lippenstift klebte am Rand der Tasse. „Er hätte niemals so etwas Verwerfliches getan.“

„Wer sagt denn, dass er etwas getan hat?“ Lilly bestrich ihren Scone mit Clotted Cream und Erdbeermarmelade. Dabei wirkte sie so gelassen wie immer. Es war der Vorteil der Jugend, sich nicht so leicht erschüttern zu lassen. Bei Belinda hatte es das Alter mit sich gebracht, dass sie näher am Wasser gebaut war. „Vielleicht war nur Miss Pinky in ihn verliebt?“

„Miss Pinky und unglücklich verliebt?“ Selma runzelte die Stirn und nahm ihre Hand von Belindas Arm, um weiter zu essen. „Das passt nicht zu ihr. Schließlich ist sie glücklich verheiratet.“

„Es passt auch nicht zu ihr, einem Pastor einen Liebesbrief zu schreiben“, bemerkte Jamie trocken.

„Ist euch schon einmal aufgefallen, dass wir nur Miss Pinky zu Erin sagen, wenn sie nicht da ist?“ Belinda musste die Frage stellen, denn sie empfand es als zunehmend grausam, so über Erin zu reden. Es war überhaupt unmoralisch, über nicht Anwesende zu sprechen, und trotzdem taten sie es immer wieder! War es ein unerhörtes Frauending? Ihr Mann warf es ihr ab und zu ebenfalls vor. Im Grunde genommen war es Lästerei.

„Hör doch damit auf, Belinda!" Katherine war entrüstet. „Sie hat sich doch damals selbst so genannt. Wir haben den Namen nicht erfunden."

Belinda starrte auf die Perserkatze, die es sich auf dem Fenstersims bequem gemacht hatte. Es stimmte, dass Erin sich vor fünfzehn Jahren so vorgestellt hatte. Gefolgt von ihrem hellen, ansteckenden Lachen. Miss Pinky solle man sie ruhig nennen, wegen ihrer Perücke, ihrer Lieblingsfarbe und der Tatsache, dass an ihrer rechten Hand der kleine Finger fehlte. Den hatte eine Schnappschildkröte abgebissen, die sie von der Landstraße in ihrem Heimatort in Michigan entfernt hatte. Ein schöner Dank dafür, dass Erin ihr das Leben gerettet hatte! Es war nicht möglich, dass etwas an Erin verlogen war.

Belinda konnte sich noch gut an jenen ungewöhnlich warmen Tag im Juli 1984 erinnern, als Benedict Pretty seine Angetraute Erin Lovejoy aus den USA nach Hollowfield gebracht und der Kirchengemeinde vorgestellt hatte. Er wirkte so fröhlich, dass Belinda beinahe neidisch wurde. Miss Pinky trug ein Kleid und Stöckelschuhe in Pink, und die Blicke der Bewohner von Hollowfield waren ungläubig, als spielte ihnen jemand einen dummen Streich. Aber Miss Pinky war echt! Vielleicht echter als alle anderen Frauen im Ort!

„Was, wenn Miss Pinky versucht hat, Pastor Guss zu verführen?" Selma klang aufgeregt, und sie verschüttete beinahe ihren Tee. „Die Amerikanerinnen sind doch so draufgängerisch, nicht wahr?"

„So etwas würde sie niemals tun!" Jamie war sichtlich empört.

„Was, wenn er sich das Leben genommen hat, weil er es nicht ertragen konnte, der körperlichen Liebe entsagen zu müssen?" Belinda fand, dass sich Ruth mit dieser Mutmaßung zu weit aus dem Fenster lehnte.

„Wir wissen noch rein gar nichts", sagte sie also. „Warten wir ab, was die Untersuchungen ergeben. Es bringt doch nichts, sich mögliche Szenarien auszumalen."

„Es mag nichts bringen, aber es macht Spaß!" Lilly lächelte ein wenig zu verschmitzt. „Endlich geschieht etwas in diesem Kaff."

Das konnte doch nicht ihr Ernst sein!

„Es ist auch gut möglich, dass Pastor Guss eines natürlichen Todes gestorben ist." Katherine war sichtlich bemüht, die Gemüter zu beruhigen. „Belinda hat recht, wir wissen rein gar nichts."

„Da möchte ich widersprechen!" Selma hob die Hand, als wäre sie in der Mädchenschule. „Es wurde ein ominöser Liebesbrief gefunden neben einem Rosenkranz aus Paternostererbsen."

„Den Rosenkranz hat Shelly Kilvins Mutter vor langer Zeit angefertigt, daran kann ich mich erinnern!" Ruths Augen leuchteten. „Gray hat mir einmal nach einer Messe die Gebetskette mit den außergewöhnlichen Erbsen gezeigt."

„Sie sind wirklich wunderhübsch." Belinda sah den Kranz vor ihrem geistigen Auge. „Leuchtend rot im Kontrast zu dem schwarzen Fleck auf jeder Erbse."

„Also ich finde den Brief weitaus interessanter als die Erbsen." Lilly kaute an einem Fingernagel. „Stellt euch nur vor, welch ein Licht das auf Miss Pinky wirft!"

„Was, wenn der Brief gar nicht von ihr stammt?" Belinda konnte die Frage nicht länger zurückhalten. Sie hatte nie glauben wollen, dass Miss Pinky das Schreiben verfasst hatte. Warum auch? Sie war glücklich verheiratet, hatte vier wunderbare Kinder und alles, was man sich wünschen konnte.

„Etwas in mir glaubt, dass Miss Pinky es getan hat." Katherines Blick schweifte ungeduldig durch das Zimmer. „Nicht, weil ich es möchte, sondern weil es auf Dauer unglaubwürdig ist, dass in ihrem Leben immer alles rosarot ist."

Lilly lachte laut auf.

„Aber wir wollen doch nicht, dass Miss Pinky in Schwierigkeiten gerät." In Jamies Blick lag Entrüstung.

„Natürlich nicht." Katherine lächelte beschwichtigend. Nach einer kurzen Pause, die sich wie giftiger Nebel im Raum ausbreitete, fügte sie hinzu: „Aber etwas an Miss Pinky war von Anfang an sonderbar, findet ihr nicht auch?"

Katherine verengte die Augen, und für den Bruchteil einer Sekunde hatte Belinda den Eindruck, dass sich etwas Ungutes zusammenbraute. Sie ließ das Gefühl nicht zu, sondern nahm sich einen Scone und schnitt ihn auf. Es gefiel ihr nicht, dass manche der Anwesenden misstrauisch wurden. Es gefiel ihr nicht, dass solch ein unerhörtes Ereignis ihr Heimatdorf erschütterte. Es gefiel ihr auch nicht, dass Erin nicht hier war, um sich zu verteidigen. Denn das würde sie mit Sicherheit tun.

Oder war sie heute nicht gekommen, weil sie den Vorwürfen nichts hätte entgegensetzen können?

vier

Pastor Guss' unerwarteter Tod, Kits Geburtstagsfeier, die baldige Schulaufführung, der versäumte Frauentee, Benedicts Gelassenheit, die manchmal kaum auszuhalten war – all das schwirrte Miss Pinky durch den Kopf, während sie das Lieblingsessen ihrer Familie, Chicken Parmesan, zubereitete. Manchmal wünschte sie, ihr Mann könnte seine Gefühlsregungen zumindest ansatzweise nach außen kehren, aber nein, es war ihm nicht zu entlocken, was er bei dem Gedanken an den entsetzlichen Tod des jungen Pastors empfand. Miss Pinky schüttelte energisch die Behälter mit Rosmarin und Thymian und vermengte die Kräuter mit der Tomatensauce. Wenigstens waren sie alle wieder gesund, und bis auf das Treffen mit ihren Freundinnen hatte sie nichts absagen müssen. Dinge aufzuschieben oder gar zu streichen war nichts, was sie gern tat. Ein bisschen *Pepto-Bismol* aus der Apotheke, ein Quäntchen Geduld, flaschenweise abgestandene Cola und tütenweise Salzbrezeln, und die Familie war wieder auf dem Damm. Nur der arme Gray hatte es nicht geschafft. Miss Pinkys Augen wurden feucht, während sie die Hähnchenbruststücke in einer leuchtend roten Auflaufform platzierte. Sie hatte viel zu wenig über den plötzlichen Tod des Pastors nachgedacht, weil es erstens nicht ihre Stärke war, konzentriert über eine Angelegenheit zu grübeln, und ihr zweitens ständig die Ablenkung auf die Schulter klopfte wie ein ungeduldiges Kind. Miss Pinky hatte am Vortag mit fünf mexikanischen Grundschulkindern das Lesen auf Englisch geübt, mit Jamie die Spenden für die Suppenküche nach London gefahren, nebenbei den Keller in ein Wohlfühl-Kino mit bunten Sitzkissen und einer Popcorn-Maschine verwandelt und am Nachmittag als Aushilfslehrerin zwei Doppelstunden Sport gegeben. Ihre Pobacken schmerzten immer noch vom Seilhüpfen, denn zwei Schülerinnen hatten sich ein Wettspringen gewünscht, das Miss Pinky nur knapp verloren hatte.

„Jemand zu Hause?" Benedicts Stimme ließ sie zusammenzucken, so sehr war sie in Gedanken gewesen. Wenig später stand er vor ihr, wie immer schick gekleidet und mit diesem festen, freundlichen Blick, der es ihr bereits bei ihrem ersten Treffen angetan hatte. „Wo sind die Kinder?" Er stellte die Aktentasche im Flur ab, hängte den grauen Trenchcoat an die Garderobe und drückte seiner Frau einen Kuss auf den Mund. „Ist alles in Ordnung? Du siehst traurig aus." Er ging in die Küche und klaute eine der Spiralnudeln aus dem Sieb in der Spüle.

„Lass die Finger davon!" Miss Pinky schlug ihm sachte auf den Handrücken, und er gab ihr einen Klaps auf den Po, um sie anschließend an sich zu ziehen und innig zu küssen. Manchmal war es für wenige Sekunden wie früher, als sie sich in Michigan Hals über Kopf ineinander verliebt hatten. Wer hätte gedacht, dass ein Brite auf Geschäftsreise in Bay City auftauchen und ihr dermaßen den Kopf verdrehen würde, dass sie binnen zwei Wochen die Entscheidung traf, ihre Familie und ihr Land zu verlassen, um auf dieser Insel in Europa mit Benedict Pretty, dem Sohn eines Lederfabrikbesitzers, eine Familie zu gründen?

„Es ist wegen Pastor Guss." Miss Pinky öffnete den oberen Ofen, stellte die Nudeln zum Warmhalten hinein, und schob die Auflaufform in den unteren. Immer wieder war sie dankbar für ihre großzügige, US-amerikanische Küche.

„Es ist tragisch, aber da gibt es noch etwas anderes." Benedicts Augenbrauen kräuselten sich. „Wo sind denn nun die Kinder?"

„Sie weihen das Kino unten ein." Ein beklemmendes Gefühl machte sich in Miss Pinky breit. „Ist etwas?"

„Edith auch?" Jetzt hob Benedict die Augenbrauen. „Ist sie nicht ein bisschen zu jung dafür?"

„Der Film ist ab sechs, und sie sitzt auf Kits Schoß." Auch nach bald fünfzehn Jahren Ehe mit ihr machte sich Benedict manchmal über die unmöglichsten Dinge Gedanken! „Bei Bedarf hält er ihr die Augen zu." Sie lächelte, und Benedict schüttelte den Kopf. Auch ihn brachte selten etwas aus der Fassung, aber er sorgte sich um Kleinigkeiten, die bei Miss Pinky nicht die geringste Chance hatten. Das Leben war bunt, und das war gut so. Man hatte keine Zeit, um sich von belanglosen Details aufhalten zu lassen.

„Es wird geredet." Mit einem Seufzer ergriff er Miss Pinkys Arm. „Seit zwei Tagen wird in der Firma geredet."

Sie verstand nichts. Normalerweise kümmerte ihren Mann der Klatsch unter seinen Angestellten nicht, aber jetzt schien ihn etwas zu beunruhigen. „Es wird über dich getuschelt."

Miss Pinky begann, die Gurke für den Salat zu schälen, doch Benedict zog sie mit sich ins Wohnzimmer, wo sie nebeneinander auf dem Ledersofa Platz nahmen. Benedicts Aftershave duftete auf einmal zu würzig, sein Blick war zu streng.

„Es wird gemunkelt, dass du etwas mit dem Tod des Pastors zu tun hast." Er sagte es mit beinahe zusammengepressten Lippen, als kostete es ihn große Überwindung. Dabei war es wichtig, alles in einer Ehe offen auszusprechen! „Es wurde angeblich irgendein Brief in Grays Jackentasche gefunden."

„Davon habe ich bisher nichts gehört!" Sie nahm Benedicts Hand. Natürlich, sie war nicht beim Frauentee gewesen! Hatte sie jemals einen Brief an Gray Guss geschickt? Wann hatte sie überhaupt das letzte Mal eine handschriftliche Mitteilung verfasst? Es war bestimmt ein Missverständnis! „Mach dir bitte keine Sorgen, ich werde es klären."

„Es macht mich ein wenig nervös, Erin." Er sagte es todernst. „Ich kann es mir nicht leisten, dass über dich geredet wird."

„Was willst du damit andeuten?" Ihr wurde warm, und sie griff instinktiv an ihre Perücke. „Dass ich etwas verbrochen habe?"

„Das habe ich nicht gesagt."

„Aber es klang ein wenig so."

„Du weißt, dass ich dir niemals etwas vorwerfen würde."

Eine Weile sagten sie nichts, sondern lauschten dem Surren der Backöfen. Der wütende Herbstwind rüttelte an den Fensterläden, und Miss Pinky sehnte sich da-

nach, mit ihrer Familie im Ehebett zu liegen und zu kuscheln. So, wie sie es immer am Wochenende taten.
Dann war die Welt draußen weit, weit weg.

„Wir wissen beide, dass es besser ist, die Dinge offensiv anzugehen, nicht wahr?“ Benedict warf ihr einen
fragenden Blick zu, der sie überraschte. Schon immer
waren sie offen und ehrlich zueinander gewesen und
hatten auch ihren Kindern von Anfang an beigebracht,
dass Lügen und Gerede hinter dem Rücken falsch waren. Was sollte diese Frage?

„Natürlich wissen wir das“, sagte sie, anstatt ihrer unterschwelligen Entrüstung Luft zu machen, denn es
würde die Situation nicht verbessern. „Weißt du, wie
man auf die Idee kommt? Ich meine, ich habe mich
schon gewundert, als Inspektor Subtle hier aufgetaucht ist, aber da habe ich mir gedacht, dass er mich
befragen möchte, weil ich alle im Ort gut kenne und
viel mit den Menschen rede.“ Sie hielt inne und versuchte, sich an Inspektor Subtles Besuch und ihr Gespräch zu erinnern. Am Ende war es bedeutungslos geblieben.

„Ich habe keine Geheimnisse vor dir.“ Sie meinte es
genau so. Schon immer war sie ein offenes Buch vor ihrem Mann, denn anders konnte sie sich eine Ehe nicht
vorstellen. „Wenn es das ist, was du meinst.“

„Ich weiß nicht, was ich meine.“ Benedict stand auf
und machte einige große Schritte durch den Raum.
Miss Pinkys Blick fiel auf den Kaminsims, auf dem die
Schulfotos ihrer vier Kinder standen, alle in Schuluni-
form und mit einem Engelslächeln auf den Lippen. Niemand würde es schaffen, ihr Familienidyll aufzuwühlen!

„Ich werde Jamie fragen." Sie erhob sich ebenfalls und nahm Benedicts Hand, um sein unruhiges Auf-und-ab-Gehen zu stoppen. „Spätestens beim nächsten Frauentee werde ich in Erfahrung bringen, was hinter meinem Rücken über mich gesagt wird, okay?"

Benedict nickte stumm.

„Ich habe Hunger!" Pim kam die Stufen heraufgetrampelt, rannte zu seiner Mutter und klammerte sich an ihre Beine. Sie ging in die Hocke, küsste seinen Kopf, legte ihre Arme um ihn und sog seinen vertrauten Duft ein. Keine Liebe war stärker als die einer Mutter zu ihren Kindern.

„Ich habe Angst!" Edith war die Nächste. Mit rotgeäderten Augen und verknotetem Haar, das sicher Marlon zu unentwirrbaren Zöpfen geflochten hatte, schmiegte sie sich an ihren Vater.

„Hab ich's nicht gesagt." Benedict hob erneut die Augenbrauen. Er mochte es, wenn er recht hatte. Da sie meistens einer Meinung waren, musste Miss Pinky nur selten um das letzte Wort ringen, und heute hatte sie keine Energie mehr, etwas zu erwidern.

„Was gibt es zum Essen?" Kit trottete in den Raum und ließ sich auf dem Teppichboden fallen.

„Chicken Parmesan. Aber es dauert noch ein bisschen", sagte Miss Pinky. „Wo ist Marlon?"

„Er drückt auf seinem Handy rum." Kit verdrehte theatralisch die Augen.

Da klingelte es an der Tür.

Pim ließ sich lachend auf den Boden fallen und rollte auf dem Teppichboden herum.

„Ich gehe." Mit eiligen Schritten verließ Miss Pinky das Wohnzimmer. Eine ungekannte Unruhe durchflutete ihren Körper.

Draußen war es bereits dunkel. Durch die Verglasung oberhalb der Eingangstür sah Miss Pinky den tintenblauen Himmel, der von grauen Wolken durchzogen war. Als sie die Tür öffnete und Amelia Blacksmith vor ihr stand, spürte sie eine Welle der Erleichterung. Die junge Amelia war die Nichte der Künstlerin Shelly Kilvin.

„Hallo Erin!" Amelia blieb auf dem Fußabtreter stehen. „Ich hoffe, ich störe nicht."

„Du störst nie." Miss Pinky mochte die junge, zurückhaltende Frau. Sie war eine große Hilfe bei Basar-Veranstaltungen, half seit vielen Jahren in der Kirche aus, kümmerte sich rührend um ihre uneheliche Tochter Keira und bot auch in der Grundschule immer bereitwillig ihre Hilfe an. Heute trug sie einen langen, dunkelblauen Wollmantel, den Miss Pinky letzten Herbst aussortiert hatte, und in ihrer Hand einen Jutebeutel mit dem Logo des örtlichen Tante-Emma-Ladens.

„Ich habe die Dekoration für die Halloween-Feier mitgebracht." Sie hielt Miss Pinky den Beutel entgegen. „Ich habe mit Keira Blätter und Kastanien gesammelt. Meinst du, das wird reichen?"

„Bestimmt, und wenn nicht, dann haben wir auch noch ein paar Kastanien."

Am nächsten Wochenende war ein Kinder-Halloweenfest im Gemeindesaal geplant, gegen das sich einige Bewohner zunächst aufgelehnt hatten. Was für ein Unding es doch sei, solch einen heidnischen Brauch auch nur ansatzweise mit der Kirche in Verbindung zu bringen! Doch Pastor Guss hatte in mehreren Predigten im September betont, es wäre in Ordnung, die Räumlichkeiten der Kirche für nicht religiöse Zwecke zu nutzen. Am Ende hatte es die Gemeinde akzeptiert, zumindest dem Anschein nach.

„Ich werde dir natürlich helfen. Aber du weißt ja, dass Keira einen Arzttermin an genau dem Nachmittag hat. Deshalb wird es bei mir ein bisschen später werden." Amelia legte den Kopf schräg und sah Miss Pinky intensiv an. „Ist alles in Ordnung bei dir, Erin? Du siehst müde aus."

„Alles bestens." Miss Pinky erzwang ein breites Lächeln. „Es ist nur viel los in letzter Zeit. Und dann waren die Kinder noch krank." Sie zuckte mit den Schultern. „Aber jetzt freue ich mich auf Kits Geburtstag, die Schulaufführung und natürlich das Halloween-Fest."

Amelias Blick wurde ernst.

„Wenn da nicht die Beerdigung des Pastors wäre." Miss Pinky atmete laut ein und mit einem Seufzer wieder aus. Sollte sie Amelia wegen des Geredes fragen? Sie kannte über den Kindergarten viele Frauen und hatte eventuell schon etwas aufgeschnappt. Wenn Miss Pinky ehrlich war, dann wollte sie diese Anspannung nicht bis zum nächsten Frauentee aushalten.

„Gibt es da etwas, das ich wissen sollte, Amelia?" Sie sah die junge Frau eindringlich an. Amelia war mit ihren dunklen Augen, den von Natur aus perfekt geschwungenen Augenbrauen und den hohen Wangenknochen bildhübsch. Rein optisch war es unverständlich, wie ein Mann sie hatte im Stich lassen können! „Kann es sein, dass wegen des Pastors über mich geredet wird?" Sie legte ihre Hand auf Amelias Arm, wollte aber nicht zu eindringlich wirken oder die scheue Frau einschüchtern. „Es ist in Ordnung, wenn du es nicht sagen möchtest. Ich will nur wissen, ob auch woanders getuschelt wird.“

„Woanders?“ Amelia kräuselte die Augenbrauen.

„Ich habe eben erfahren, dass in Benedicts Firma über mich gesprochen wird.“ Es war in Ordnung, es Amelia gegenüber zu erwähnen, schließlich kannten sie sich seit über zehn Jahren sehr gut und verbrachten im Rahmen wohltätiger Veranstaltungen viel Zeit miteinander. Außerdem mochte Amelia, im Gegensatz zu den Mitgliedern des Frauentees, keinen Tratsch. Vielleicht war sie genau die Richtige, um sich an das Thema heranzutasten.

„Ich habe nur wenig aufgeschnappt, Erin, tut mir leid.“ Sie senkte den Blick, als müsste sie sich für etwas schämen. „Es wird immer wieder ein Brief erwähnt, der in der Tasche des verstorbenen Pastors gefunden wurde.“

Wieder dieser Brief! Miss Pinky musste schleunigst erfahren, was hier los war!

„Außerdem hat die Obduktion ergeben, dass Gray an einer Vergiftung durch Abrin gestorben ist. Das habe ich von einer Nachbarin erfahren.“

„Abrin?“ Miss Pinky dachte angestrengt nach, konnte es aber nicht einordnen.

„Ich muss gehen, Erin, meine Nachbarin passt auf Keira auf und möchte bestimmt wieder nach Hause zu ihrer Familie.“ Miss Pinky wurde das Gefühl nicht los, dass sich Amelia drücken wollte und mehr wusste, als sie zu offenbaren bereit war.

„Ist schon gut, natürlich." Sie ließ den Arm sinken. „Danke für die Blätter und deine Hilfe. Du bist ein Schatz, wie immer."

Ein schüchternes Lächeln flog über Amelias Gesicht, bevor sie kehrt machte und vom Dunkel des Herbstabends verschluckt wurde. Etwas war hier faul. Miss Pinky schloss die Tür, blieb eine Weile im Flur stehen und starrte auf die Zeichnung eines Eichhörnchen, die über dem Sekretär hing. Sie stammte von Marlon. Nervös knetete Miss Pinky ihre Perücke. Sie wollte nicht, dass ihre Kinder in irgendetwas hineingezogen wurden. Genauso wenig wollte sie, dass Benedict wegen ihr im Geschäft Schwierigkeiten bekam. Aber was hatte sie denn verbrochen? Sie hatte immer nur Liebe geschenkt, und jetzt erntete sie Misstrauen?

<h1 style="text-align:center">fünf</h1>

Kits Geburtstagsfeier war ein großer Erfolg, das Regenwetter erbarmte sich und ermöglichte eine lebhafte Schnitzeljagd durch ganz Hollowfield, und das anschließende Pizza-Essen in Miss Pinkys Partykeller sowie der Film erfüllten alle Gäste mit Zufriedenheit. Am Ende waren es doch vierzehn geworden. Nachdem Miss Pinky und Kit auch den letzten Besucher mit einem großen Süßigkeitenkorb an der Haustür verabschiedet hatten, überfiel Miss Pinky ein sonderbares Gefühl. Die Balance in ihrem Leben war gestört, und sie musste sich dieser Tatsache stellen. Mit dem fröhlich plappernden Kit neben sich ging sie die Straßen ihrer Wahlheimat entlang und meinte, bohrende Blicke im Rücken zu spüren. Hier kannte jeder jeden, und weil nie viel passierte, verbreiteten sich Neuigkeiten meistens wie ein Lauffeuer. Standen die Ehefrauen am Fenster, schoben sie die Vorhänge sachte beiseite, um einen Blick auf diese immer noch exotische Amerikanerin zu erhaschen, die heute ihren pinkfarbenen Mantel und ihre ebenso knalligen Leggings trug, dazu farblich perfekt abgestimmte Stiefel?

„Mummy, hörst du mir zu?" Kits helle Stimme riss sie aus ihren unwillkommenen Gedanken. In jüngeren Jahren war sie besser darin gewesen, solche zu verscheuchen.

„Was gibt es?" Sie streichelte ihm liebevoll über den Kopf. Heute war ein guter Tag für ihn, und seine vorpubertären Launen hielten sich in Grenzen. Es hatte nur einen kleinen Zwist gegeben, weil Edith die Popcorn-Maschine umgeworfen hatte.

„Lester hat gesagt, dass seine Mum gesagt hat, dass du in Pastor Gray Guss verliebt warst." Kit blieb stehen und legte den Kopf schräg. „Ist das so?"

Miss Pinkys Atem stockte. Es war allerhöchste Zeit, sich um dieses Gerede zu kümmern, nur war sie zu beschäftigt gewesen. Aber nun, da es sogar ihre Kinder mitbekamen, wollte sie keine Sekunde mehr zögern!

„Du weißt doch, dass ich nur deinen Dad liebe." Sie ging in die Hocke und legte die Hände auf Kits Schultern. Sein Blick war verständlicherweise betrübt. „Die Leute reden, das ist alles. Weil wir nicht wissen, warum Pastor Guss sterben musste."

„Wir müssen alle sterben." Sie hörte sich selbst in den Worten ihres Sohnes und musste sofort an die durchwachten Nächte denken, in denen sie tröstend an seinem Bett gesessen hatte, weil ihn die Angst vor dem Tod nicht zur Ruhe hatte kommen lassen.

„Da hast du recht", sagte sie und streichelte ihm über die Arme. „Aber Pastor Guss war noch sehr jung und ist wegen einer Vergiftung ums Leben gekommen." Sie hatte sich bei Google über Abrin schlaugemacht.

„Und was hast du damit zu tun?" Er runzelte die Stirn.

„Nichts." Sie zog ihren Sohn in eine feste Umarmung. Wie sollte sie es erklären, wenn sie selbst nicht einmal wusste, warum sie in die Sache hineingezogen wurde? „Mach dir bitte keine Sorgen. Alles wird gut werden."

Am Tag der Schulaufführung herrschte typisch britisches Wetter. Miss Pinky hatte bei ihrem Lieblingsladen im Nachbarort einige Kürbisse für die Halloween-Feier gekauft. *Einige* war vielleicht etwas untertrieben, denn durch die Heckscheibe zu sehen war nun unmöglich. Gelbe, grüne, orangene und gefleckte Kürbisse, längliche, runde und ovale hatte sie einen nach dem anderen in ihren Kofferraum gelegt und war über den enormen Preis erstaunt gewesen. In Bay City hätte sie die Dinger für die Hälfte bekommen!

„Danke, Erin, es war mir wieder einmal eine Freude, dich zu sehen!" Justin zupfte seine *Happy-Farm*-Schürze zurecht und reichte ihr einen orangefarbenen Extra-Kürbis, der aussah, als trüge er eine grüne Mütze. „Und der hier ist für die süße Edith."

„Das ist so lieb von dir, Justin, vielen Dank!" Miss Pinky nahm ihn an sich und legte ihn obenauf. War sie auch so extravagant, mit ihrer Optik und ihrer Art, die sie niemals hatte ablegen können? Die sie niemals hatte ablegen wollen! Anfangs hatten sich die Leute beschwert, ihre Stimme sei zu laut. Sie habe keine Manieren. Sie habe den ehrwürdigen Benedict Pretty verführt. In der Tat hatte auch Miss Pinky zunächst kein gutes Bild von Hollowfield gehabt. Es war ihr vorgekommen, als wäre sie nicht willkommen. Seit den Gerüchten über sie bezüglich Grays Tod keimte dieses alte, schwere Gefühl wieder in ihr, und es machte ihr ein wenig Angst. Angst war nur selten gut.

„Alles in Ordnung bei dir?" Justin musste ihre nachdenkliche Miene bemerkt haben.

„Ja, entschuldige bitte, ich war in Gedanken." Sie lächelte ein wenig zu lange.

„Sind wir doch alle mal!" Er berührte sie am Arm.

„Sag mal, hast du irgendwelche Gerüchte über mich gehört?" Sie musste es einfach fragen. „Wird in letzter Zeit über mich geredet?"

Justin zuckte bloß mit den Schultern und fuhr sich mit der rechten Hand durchs Haar. „Nicht, dass ich wüsste."

„Das beruhigt mich, dann ist es bisher in Hollowfield geblieben." Sie hatte beschlossen, die Angelegenheit offensiv anzugehen, schließlich hatte sie nichts zu verbergen. Nach einigen unruhigen Nächten war sie zu dem Entschluss gekommen, dass die ganze Sache ein großes Missverständnis sein musste und dass es an ihr war, es aufzuklären. Aber worin bestand das Durcheinander? Und war sie in der Lage, Klarheit zu schaffen? Den vermeintlichen Mord an Pastor Guss konnte sie wohl kaum aufdecken!

„Die Leute reden, seit es die Menschheit gibt." Justin schenkte ihr einen aufmunternden Blick. „Jetzt bin ich es mal, der zu dir sagt: Mach dir keine Sorgen, Erin Lovejoy! Alles wird bald wieder gut werden!"

Nachdem sie sich freundschaftlich voneinander verabschiedet hatten, stieg Miss Pinky in ihren Mini und fuhr die Landstraße entlang. Die Schafe auf der angrenzenden Wiese wirkten im Nieselregen wie schwach leuchtende Punkte, der graue Himmel wie ein schweres Dach, das beständig nach unten drückte. Miss Pinky mochte es nicht, wenn ihr Gemüt belastet war. Es raubte jede Menge Energie, sich mit Problemen herumzuschlagen, und meistens brachte das Grübeln rein gar nichts. Es war besser, die Dinge direkt anzugehen.

Wenig später stellte sie ihren Wagen auf dem Schulparkplatz ab, denn ein rascher Blick auf die Uhr hatte ihr verraten, dass keine Zeit mehr blieb, um die Kürbisse im Gemeindehaus abzuladen. Es war bereits vier Uhr nachmittags, und die Aufführung begann um halb sechs. Sie hatte den Kindern versprochen, ein letztes Mal zu üben. Außerdem lagen auf dem Beifahrersitz die Programmhefte mit der Besetzung und dem Inhalt des Stückes. Vielleicht sollte sie einige Kürbisse am Rand der Bühne verteilen, schließlich ging es in der Geschichte um diesen einen, degenerierten Kürbis, um den sich niemand kümmerte. Bis ein Mädchen begann, ihn zu wässern, zu streicheln und ihm Lieder vorzusingen. Als er unerwartet groß wurde, erntete das Mädchen neidische Blicke, und von einem Tag auf den anderen wollten plötzlich alle helfen, den Kürbis zu pflegen. Am Ende wollte jeder ihn für sich beanspruchen, für einen Wettbewerb zum größten Kürbis von England anmelden, und es kam zu einem riesengroßen Streit. Bis das Mädchen beschloss, den Kürbis in einer nächtlichen Aktion verschwinden zu lassen, weil er nur für Unruhe gesorgt hatte und seine überdimensionale Größe im Endeffekt ihr Verdienst gewesen war. Es war eine Geschichte über das Gift, das der Neid versprühte. Belindas Tochter Jolina spielte das Mädchen.

Miss Pinky warf einen Blick in den Rückspiegel, zog ihren grellen Lippenstift nach, trug eine letzte Schicht Wimperntusche auf – heute hatte sie sogar daran gedacht, die wasserfeste zu wählen – und stieg aus. Sie straffte die Schultern und ging auf das Schulgebäude zu, als sie leise Stimmen vernahm. Sie kamen vom Hof um die Ecke, auf dem die Tischtennisplatten standen.

Miss Pinky verlangsamte ihre Schritte und merkte, dass ihr Herz galoppierte. Es war nicht ihre Art zu lauschen, und sie erkannte eindeutig ihre beste Freundin Jamie Higgins. Nervös warf sie einen Blick über die Schulter, um sicherzustellen, dass niemand in der Nähe war. Dann schmiegte sie sich an die Wand und hörte gebannt zu.

„Ich habe schon vor fünfzehn Jahren gesagt, dass Miss Pinky nichts als Unruhe in diesen Ort bringen wird." Das war unverkennbar Katherine Terrys raue Stimme.

„Aber sie ist so ein liebenswürdiger Mensch." Selma. „Sie hat immer überall geholfen."

„Ja, nach außen hin ist sie so." Das war eindeutig Lilly. Hatten sie sich alle hinter ihrem Rücken gegen sie verschworen? Was war hier nur los? „So sind die Amerikaner, das wissen wir doch. Wir haben sie nie gemocht. Dem Schein nach immer zuckersüß. Aber das ist eine Täuschung."

„Das stimmt", sagte Katherine. „Und auch nach all den Jahren wird sie eine Amerikanerin bleiben! Sie hat es nie geschafft, sich anzupassen. Denken wir doch nur an ihre alberne Perücke und ihre Kleidung. Was will sie uns damit sagen?"

„Dass sie Miss Pinky ist." In Miss Pinkys Bauch zwickte es beim Klang von Jamies Stimme. Sie würde doch bestimmt nicht mitmachen bei diesem Gerede, oder? „Warum darf sie nicht so sein, wie sie nun einmal ist?"

Miss Pinky war erleichtert, aber in ihrem Hals kitzelte es, und sie konnte nur mit Mühe ein Husten zurückhalten. Eine Weile sagte niemand etwas.

„Weil wir alle nicht nur wir selbst sind, sondern in einer Gesellschaft leben." Diese Aussage passte zu Ruth! Sie war jemand, der alles dafür geopfert hätte, um anderen zu gefallen. „Sie hat uns doch ständig gezeigt, wie einzigartig sie ist. Sie musste immer alles anders machen. Also wenn ich ehrlich bin, dann ging mir das oft gegen den Strich."

Wieder Schweigen. Der Regen wurde stärker. Miss Pinkys Kopf wurde leicht wie ein gasgefüllter Ballon, der davonfliegen musste. Wie war es so weit gekommen, dass sie derart in Ungnade gefallen war? Es störte sie mehr, als sie vermutet hatte! Die Anschuldigungen, die in den nächsten Minuten aufgeregt und wild durcheinander geäußert wurden, verschwammen zu einem undefinierbaren Stimmengewirr. Miss Pinkys Kopf drohte zu zerbersten.

„Sie macht immer alles auf einmal und fliegt von einem Ort zum nächsten. Dabei hat sie eine Familie!"

„Ja, aber sie hat auch eine Haushaltshilfe, die alle zwei Wochen kommt!"

„Natürlich, wenn man sich den reichsten Mann in ganz Kent geangelt hat, dann kann man sich so etwas leisten."

„Ich glaube, sie hat Benedict niemals wirklich geliebt."

„Seien wir doch einmal ehrlich, sie ist eine oberflächliche Frau!"

„Ich möchte nicht mehr, dass meine Kinder die Prettys besuchen."

„Wer weiß, was sie alles verheimlicht! Sie spricht über alles, aber das Wesentliche bleibt verborgen."

„Kein normaler Mensch ist in der Lage, sich um vier Kinder zu kümmern, nebenher an jeder Ecke zu unterstützen und noch an der Schule auszuhelfen.“

„Also ich kann mir gut vorstellen, dass sie eine heimliche Affäre mit Gray hatte.“

„Ja, in Amerika ist alles möglich!“

„Aber wir sind hier nicht in Amerika!“

„Miss Pinky hat damals ein Stück Amerika und somit Verlogenheit mit sich gebracht.“

„Hätte sie lieber mal den blauen Himmel aus Michigan hierhergezaubert.“

„Es ist nie gut, wenn sich Kulturen vermischen. Die Geschichte zeigt, dass das noch nie geklappt hat!“

Miss Pinky hob den Blick zum trüben Kent-Himmel. In ihrer Brust war es heiß und eng.

„Wir sollten das lassen, meine lieben Freundinnen“, sagte Jamie. „Ich glaube, wir machen die Sache nur noch schlimmer.“

Miss Pinky schloss die Augen und versuchte, sich auf ihren Atem zu konzentrieren. In ihrem Magen grummelte es. Das hier war nicht gut. Überhaupt nicht gut.

Teil zwei

eins

Pastor Adam Guss saß mit übereinander geschlagenen Beinen am Fenster in seinem Büro, einem Mansardenzimmer im Londoner East End, und versuchte seit Stunden, die schmerzlichen Gedanken an seinen toten Sohn zu verdrängen. Eigentlich brauchte er kein Arbeitszimmer mehr, denn eine Predigt hatte er seit vielen Jahren nicht mehr geschrieben, und wenn er zu Hause war, dann sah er meist fern. Und jetzt sollte er es wieder tun? Er starrte vor sich hin, unfähig, eine Entscheidung zu treffen. Er kratzte sich an der Schläfe, dort, wo vereinzelte graue Stellen sein dunkles Haar erhellten. Warum nur hatte der neue Pastor von Hollowfield ihn angerufen und darum gebeten, die Totenmesse für Gray zu übernehmen? Es war lächerlich. Er war völlig aus der Übung. Außerdem hatte er seit drei Jahren keinen Fuß nach Hollowfield gesetzt und nicht den Eindruck, dass er dort irgendwem fehlte. Nicht einmal sein Sohn hatte ihn vermisst, wenn man die wenigen Anrufe im Jahr als Indiz betrachtete. Die Vorstellung, wieder in Hollowfield inmitten seiner früheren

Gemeinde aufzutauchen, war absurd. Die Versuchung, Erin anzurufen und sie um Rat zu bitten, war groß. Ihr Urteil war oft richtig. Oder zumindest wegweisend.

Adam dachte in letzter Zeit ständig an den Tag, an dem er Gray bei sich aufgenommen hatte. Ein Waisenkind in verschlissenen Schuhen, mit einem beigen Rucksack voller Bücher, das zunächst nur unwillig die Schwelle seines Hauses in Hollowfield überquert hatte. Adam war selbst noch ein unerfahrener Mann gewesen, was den Umgang mit jungen Menschen außerhalb der Kirche betraf. Liebe zu schenken war ein noch erhabeneres Gefühl, als Liebe zu ernten, und er hatte all seine Liebe auf Gray regnen lassen. Gray war der einzige Mensch gewesen, der sich mit der Zeit seiner Liebe geöffnet hatte. Jetzt war er tot. War woanders. Wo auch immer das war. Adam war sich nicht einmal mehr sicher, ob es einen Himmel gab. Seit seinem Wegzug aus Hollowfield kommunizierte er nicht mehr mit dem lieben Gott. Wenn er denn lieb war. Es gab zu viele Tage im Leben, an denen Adam daran zweifelte, dass Gott es gut mit ihnen meinte.

Vor drei Jahren war er nach London geflohen, seither wohnte er im Obergeschoss des Reihenendhauses der Witwe Ferres. Seinen Lebensunterhalt verdiente er mit weltlichen Gelegenheitsjobs, die Miete zahlte er aus dem Erbe seiner Großeltern, die ebenfalls in London gewohnt und ihr Haus verkauft hatten. Zu der Zeit lebten sie bereits in einem Altenheim.

Adam erhob sich und merkte erst jetzt, dass sein rechter Fuß eingeschlafen war. Sein Kopf fühlte sich schwindelig an, er hatte die letzten Abende zu viel Bier getrunken. Dazu kam, dass sein Nachbar ihm ein wenig von seinem weißen Pulver geschenkt hatte. Es hatte tatsächlich für einige Stunden geholfen, hatte die Sorgen verweht. Aber auch der Alkohol half immer wieder dabei, die Gedanken im Zaum zu halten; er wickelte die Sinne in weiche Tücher. Gray hatte nur selten ein alkoholisches Getränk angerührt, dabei hatte sogar Jesus Wein genossen. Und höchstwahrscheinlich eine Geliebte gehabt. Taumelnd stützte sich Adam gegen den schneeweißen Türrahmen der Küche, bevor er mit langsamen Schritten den Raum betrat und sich an der Spüle ein Glas mit Wasser volllaufen ließ, das er hastig leerte. Wieder überfielen ihn die Erinnerungen an Gray, an die Zeit, in der sie sich oft gestritten hatten. Vielleicht war Adam nicht der Vater gewesen, den sich der anständige Gray gewünscht hatte. Als Inspektor Subtle vor wenigen Tagen zu Besuch gewesen war, hatte Adam das und auch das schwierige Verhältnis zu Gray nicht erwähnt. Warum auch? Es ging den alten, lahmen Inspektor nichts an.

Das heisere Klingeln des Telefons in der Diele ließ Adam zusammenzucken. Seit Grays Tod lagen seine Nerven blank, und alles reizte seine Sinne noch mehr als zuvor. Er hatte eine düstere Vorahnung, wer es sein könnte, war dann aber erleichtert, als er Miss Pinkys freundliche Stimme vernahm. Vielleicht gab es doch so etwas wie Gedankenübertragung.

„Erin, wie schön, von dir zu hören." Adam ließ sich mit dem Telefonhörer auf die Couch fallen und lehnte sich zurück. Wenn es etwas gab, das er in Hollowfield vermisste, dann war es diese außergewöhnliche Frau!

„Hey, Adam. Wie geht es dir?"

Es war keine Floskel, nicht bei Erin. „Es geht mir furchtbar, wie du dir sicher denken kannst." Verlegen fuhr er sich durchs Haar, denn Miss Pinkys Bild erschien vor seinem geistigen Auge. Diese Beine, diese Brüste ... er hätte niemals Pfarrer werden sollen! Es war Unfug, der körperlichen Liebe entsagen zu müssen, es war unbegründet und veraltet. Man konnte Gott lieben und den Menschen. Durch den Verzicht schürte die Kirche nur das Verlangen.

„Ich möchte mein aufrichtiges Beileid aussprechen, Adam."

Er erwiderte zunächst nichts, rief sich die vielen Wochenenden in Erinnerung, in denen Erin zusammen mit Amelia Blacksmith in der Kirche ausgeholfen hatte. Die beiden waren ein gut eingespieltes Team gewesen, ständig am Schnattern, wie Frauen das eben so taten.

„Danke, Erin, das bedeutet mir sehr viel." Eine Träne kullerte über Adams Wange. Bisher hatte er es der Trauer nicht erlaubt, ihn derart zu erfüllen, aber Erins Anruf löste etwas in ihm aus, das er so nicht erwartet hatte. „Stell dir vor, sie haben mich gebeten, die Predigt bei der Totenmesse zu halten." Vielleicht war Erin tatsächlich diejenige, die ihm hier einen Rat geben konnte?

„Das ist ja schrecklich!" Sie klang aufrichtig empört. Schon immer hatte sie offen ausgesprochen, was sie dachte. Das hatte Adam von Anfang an gemocht, dieses unmittelbar Ehrliche. Man musste nicht lange grübeln, um zu wissen, was in ihr vorging.

„Findest du auch, dass es zu viel verlangt ist?"

„Ich stelle es mir äußerst schwer vor. Bei der Totenmesse meines Vaters habe ich kein einziges Wort herausgebracht, obwohl ich einen langen Abschiedsbrief geschrieben hatte, den ich der Gemeinde vortragen wollte.“

„Verständlich.“ Adam räusperte sich. „Du meinst also, Hollowfield wird Verständnis dafür haben, wenn ich absage?“

Ganz davon abgesehen, dass mich dort sowieso keiner vermisst, dachte Adam.

„Hollowfield!“ Erin klang genervt. „Seit Grays Tod zweifle ich jeden Tag ein bisschen mehr daran, dass Hollowfield so ist, wie es nach außen wirkt.“

Adam verstand nicht.

„So unschuldig“, fuhr Erin fort. Sie hatte anscheinend genauso viel Redebedarf wie Adam selbst! „So wohlwollend und christlich.“

„Was ist passiert, Erin?“

„Stell dir vor, sie glauben allen Ernstes, dass ich eine Affäre mit deinem Sohn hatte!“

Adam stockte der Atem. Was für eine gemeine Unterstellung! Oder war es gar nicht so abwegig? Schließlich waren sie alle nur Menschen. „Das ist nicht dein Ernst?“

„O doch, es ist leider die Wahrheit, und ich bin entsetzt.“

„Ich bin auch erschüttert.“

„Inzwischen hat mir meine beste Freundin Jamie anvertraut, dass ein Liebesbrief in Grays Tasche gefunden wurde. Einer, den angeblich ich verfasst habe.“

Adam dachte nach. Er hatte eine Vorstellung, von wem das Schreiben stammen könnte, doch diese Vermutung würde er eines Tages mit ins Grab nehmen. Es war viel zu heikel, sie zu äußern, vor allem für ihn selbst.

„Adam, bist du noch da?“, wollte Erin wissen.

„Ja, entschuldige bitte. Ich weiß nicht, was ich dazu sagen soll.“

„Sag mir einfach, ob es jemanden gibt, der in Gray verliebt war.“

„Woher soll ich das wissen, Erin?“, log Adam. „Seit Jahren habe ich nichts mehr mit Hollowfield zu tun, und der Kontakt mit Gray war auch nicht gerade regelmäßig.“

„Aber du warst jahrzehntelang unser Pastor, und Gray war dein Sohn! Du musst doch etwas mitbekommen haben!“ Die Verzweiflung in Erins Stimme war nicht zu überhören.

„Meinst du nicht, du solltest die Nachforschungen Inspektor Subtle überlassen?“

Erin lachte laut auf. „Ach, der wird nichts herausfinden. Außerdem geht er fest davon aus, dass ich etwas weiß und mir nur jemand auf die Schliche kommen muss. Es ist so lächerlich, Adam!“

„Du glaubst allen Ernstes, dass dir jemand etwas in die Schuhe schieben will? Ich kenne niemanden in Hollowfield und Umgebung, der jemals auch nur einen bösen Gedanken über dich gehegt hat.“

„Das dachte ich auch immer, Adam. Doch wie es aussieht, kippt die Stimmung gerade gewaltig. Du weißt doch, es wird immer ein Sündenbock gebraucht, und es ist einfacher, den angeblichen Beweisen zu glauben, als das Unerhörte zu suchen.“

Das Unerhörte, dachte Adam traurig, davon könnte ich ein Lied singen.

„Der Liebesbrief war nicht von Hand geschrieben!“ Erins Stimme überschlug sich. „Wer druckt denn einen Liebesbrief aus?“

„Es ist der einfachste Weg, um ihn anonym zu machen.“ Kaum waren diese Worte aus Adams Mund gepurzelt, bereute er sie.

„Du meinst also auch, dass mir jemand etwas in die Schuhe schieben will?“

„So leid es mir tut“, gab er mit gedämpfter Stimme zu. „Es sieht wohl ganz danach aus.“

Erin seufzte mehrfach. Adam hatte keinen Zweifel, dass sie bald eine Lawine ins Rollen bringen würde, und ihm war allein bei dem Gedanken äußerst unwohl. Es war nie gut, die Dinge aufzuwühlen, aber was blieb Erin unter diesen Umständen anderes übrig?

„Jedenfalls würde ich die Predigt, wenn ich du wäre, nicht halten“, sagte Erin, und Adam war froh, dass sie das Thema wechselte. „Du kannst hoffen, dass die meisten in der Lage sein werden, das nachzuvollziehen.“

„Eigentlich ist es mir schon lange egal, was sie können oder nicht. Ich habe in all den Jahren gelernt, dass das Schielen auf die anderen überbewertet wird. Am Ende zählt nur das, was man mit dem eigenen Gewissen vereinbaren kann.“ Er musste schwer schlucken.

Nach dem beunruhigenden Telefonat mit Erin setzte sich Adam mit einer Tasse Tee und in eine Wolldecke gewickelt auf seinen Balkon. Es bereitete ihm Sorgen, dass Erin Nachforschungen anstellen wollte. Es war sonnenklar, dass eine Frau wie sie solche Anschuldigungen nicht auf sich würde sitzen lassen. Was waren das bloß für engstirnige Menschen in Hollowfield, dass sie so schnell mit ihrem Urteil waren! Es wäre Adam nicht einmal im Traum eingefallen, Erin zu beschuldigen.

Er nippte an seinem Tee, genoss den würzigen Geschmack auf seiner Zunge, dachte an Gray und bald darauf an Amelia. Er würde ihr weiterhin Schecks schicken, das war er seinem Sohn schuldig, auch wenn seine Vorgehensweise alles andere als anständig gewesen war.

Miss Pinky bemerkte verdrossen, dass sie ihr Umfeld mit jedem Tag misstrauischer beäugte. Nicht, dass irgendjemand unfreundlich zu ihr gewesen wäre, doch die Stimmung war gedämpft. Man konnte es auf den tragischen Tod des beliebten Pastors schieben, aber sie wusste, dass es da viel mehr gab, was die Kleinstadt beunruhigte. Es war nicht ihre Art, sich derart zurückzunehmen, doch sie wollte die Gemüter nicht noch mehr aufwühlen. Zum Schutz ihrer Familie würde sie zuwarten, vielleicht würden sich die Wogen von selbst wieder glätten.

Adam hatte keine Predigt in Hollowfield gehalten, und Grays Sarg war an einem verregneten Nachmittag in ein Erdloch hinabgelassen worden. Die Menschenmenge auf dem Friedhof hatte Miss Pinky den Atem verschlagen, das würde nicht einmal sie bei ihrer Beerdigung toppen können! Die Trauernden standen dicht an dicht gedrängt, mit gesenkten Köpfen und feuchten Wangen, manche jenseits der Friedhofsmauer, weil kein Platz für sie war. Es waren mehr Menschen, als Hollowfield Betten zu bieten hatte. Jeder wusste, dass Grays außergewöhnliche Predigten stets auch Gläubige aus Nachbarorten angelockt hatten. Gray war wie ein Magnet für die Trostsuchenden gewesen, das hatte Adam nie geschafft.

Als Miss Pinky Ende Oktober, nur drei Tage nach der Trauerfeier, unterwegs zum Gemeindehaus war, um sich mit Vorbereitungen für die Halloween-Feier von den unbequemen Grübeleien abzulenken, entdeckte sie Amelia auf dem Friedhof. Schon vor zwei Tagen war sie ihr dort aufgefallen, als sie selbst einen Blumenstrauß bringen wollte. Doch die Schluchzer, die Amelias Körper schüttelten, hinderten Miss Pinky daran, sie in ihrer Trauer zu stören. Auch heute trug Amelia schwarz und kauerte an Grays Grab. Ihr langes Haar hing trostlos herab, wie ein Vorhang, der sie vor fremden Blicken schützte. Miss Pinky schob das Tor auf und näherte sich der jungen Frau, die sie zunächst nicht bemerkte. Gerade, als Miss Pinky Amelia eine Hand auf die Schulter legen wollte, hob diese den Kopf und sah sie aus rotgeäderten Augen an.

„Erin." Kaum hatte sich Amelia erhoben, nahm Miss Pinky sie in den Arm. Ihr Schal verströmte den Geruch von Zwiebeln und Speck. Als Amelia erneut zu schluchzen begann, drückte Miss Pinky sie ein wenig fester. Amelias Schwangerschaft hatte ihr damals den Ruf eines Flittchens eingebracht. Ihr Vater war verstorben, als sie gerade einmal sechs Jahre jung gewesen war, ihre Mutter lebte längst mit einem neuen Partner in Kanada. Das Mitleid mit der armen Frau mischte sich immer wieder mit dem Vorwurf, Amelia sei unsittlich. Der Umgang, den die Gemeinschaft mit ihr pflegte, war somit nur halbwegs verständnisvoll. In Miss Pinkys Augen gab es keine Abstufungen von Toleranz. Wer waren sie denn, um über andere zu urteilen? Vor allem, da über den Vater des Kindes nichts bekannt war. War nicht er der Unmoralische?

Nachdem sich Amelia gesammelt und aus der Umarmung gelöst hatte, lächelte Miss Pinky sie aufmunternd an. „Möchtest du mir ein bisschen im Gemeindehaus mit der Dekoration helfen?"

„Gerne, Erin." Amelias Lächeln verunglückte kläglich.

„Dann komm mit, das bringt dich auf andere Gedanken." Sie hakte sich bei Amelia ein, und die beiden verließen das Friedhofsgelände.

Sie sprachen wenig, während sie die Kastanien und Kürbisse auf den Tischen verteilten. Zuletzt bot Amelia an, den Boden zu fegen, und legte ihren dicken Schal ab. Miss Pinky kontrollierte die Toiletten, die des Öfteren unansehnlich waren, und verstaute tütenweise Popcorn in den Hängeschränken. Sie lächelte bei dem Gedanken an das nahende Fest. Es würde endlich mal wieder eine fröhliche Zusammenkunft werden, auch wenn sie vermutlich von Grays Tod überschattet war.

„Hast du die Getränke schon bestellt?" Amelia lehnte den Besen gegen die Wand. Ihre Wangen und ihr Dekolleté waren stark gerötet, und erst jetzt fiel Miss Pinky Amelias Halskette auf. Herausfordernd leuchteten ihr rote, erbsenförmige Perlen entgegen, dicht an dicht aufgefädelt und mit je einem tiefschwarzen Fleck am Ende.

„Ja, morgen früh kommt alles an. Ich werde hier sein, um die Lieferung entgegenzunehmen." Immer noch starrte sie auf die wunderschöne Halskette. Wo bekam man so eine her? Irgendwo hatte sie etwas Ähnliches schon einmal gesehen!

„Darf ich dich noch zu einem Tee einladen, Erin?"
Amelias Frage überraschte sie, war die junge Frau doch
eher zurückhaltend und oft mit ihrer kleinen Tochter
allein anzutreffen – auf dem Spielplatz oder im Super-
markt, immer mit der Kleinen an der Hand und diesem
mütterlichen, fürsorglichen Blick, den Miss Pinky so
mochte.

„Sehr gerne, schließlich haben wir noch ein paar
Stunden Ruhe, bevor die Schule aus ist", scherzte sie.
„Oder der Kindergarten."

Amelia wohnte in einer schlichten Erdgeschosswoh-
nung. Miss Pinky war bereits einige Mal hier gewesen,
unter anderem, als Amelias Tochter Keira krank gewesen und es Zeit für eine gute Hühnersuppe gewesen
war.

„Mach es dir bitte bequem, ich koche uns einen Tee."
Amelia verschwand in der Küche. Miss Pinky setzte
sich auf das geblümte Sofa, auf dem einige Kinderbücher verstreut waren. Auf dem Boden lagen eine
Fleecedecke, ein Paar Kinderhausschuhe, eine einsame
Socke und ein Plüsch-Koalabär. Das Wohnzimmer war
eng, der winzige Fernseher hockte auf einem Schemel
in der Ecke, auf ihm stand ein Foto von Keira mit einer
glitzernden Schleife im Haar.

„So, aufpassen, sehr heiß." Amelia sagte es, als wäre
sie ein Kind, während sie ihr eine geringelte Tasse ent-
gegenstreckte.

„Ich habe schreckliche Albträume seit Grays Tod",
sagte sie dann und senkte beschämt den Blick. Sie
brauchte also jemanden, der ihr zuhörte. Miss Pinky
mochte diese Rolle und empfand Dankbarkeit dafür,

dass wenigstens Amelia ihr weiterhin vertraute. „Tagsüber könnte ich im Stehen einschlafen, dabei muss ich an vier Vormittagen in der Bäckerei arbeiten."

„Pastor Grays Tod nimmt uns alle mit." Miss Pinky stellte die Tasse ab und nahm Amelias Hand. Sie war kalt und knochig. „Wenn ich dir irgendwie helfen kann, lass es mich bitte wissen."

Amelia sah ihr in die Augen. In den ihren lag unsäglicher Schmerz. „Ich weiß nicht, wie lange ich es noch aushalte, zu schweigen." Eine Träne kullerte über ihre Wange. Bald darauf die nächste. Sie zog ihre Hand zurück, nippte an ihrem Tee, setzte die Tasse ab und ergriff nun ihrerseits Miss Pinkys Hand. Ihre Bewegungen waren fließend, wie in Trance. „Gestern bin ich Inspektor Subtle begegnet, und am liebsten hätte ich ihm alles gesagt."

Miss Pinky verstand nicht, wollte sie aber nicht unterbrechen. Stattdessen blickte sie sie besorgt an.

„Aber wie kann ich mit jemandem reden, den ich kaum kenne, Erin? Noch dazu mit einem Mann!" Amelias Stirn legte sich in Falten. „Ich habe keine Freundinnen wie du, mit denen ich ungezwungen plaudern kann."

Freundinnen, die hinter deinem Rücken tuscheln, dachte Miss Pinky.

„Jahrelang habe ich geschwiegen. Es ist manchmal ganz schön hart, den Mund zu halten."

„Du weißt, dass du mir alles sagen kannst, Amelia. Wenn du möchtest."

„Vielleicht würde es mir guttun." Ein schwerer, langer Atemzug folgte. „Es ist so ironisch, dass ein Mann wie er einen Engel zum Ziehsohn bekommen hat. Wahrscheinlich hat ihm erst das vor Augen geführt, was für ein Mensch er ist." Amelias Blick verklärte sich.

„Ein Mann wie wer?"

„Adam Guss." Die Worte waren ein Zischen, als müsste Amelia sie ausspucken.

„Du magst Adam Guss nicht?" Miss Pinky rutschte nervös an die Kante des Sofas. Sie hatte immer Mitleid mit Adam gehabt, weil er der Gemeinde nie das hatte bieten können, was sie von ihm erwartet hatte.

Amelia war in sich zusammengesackt und starrte gedankenversunken vor sich hin. Miss Pinky wollte sie nicht drängen, hatte aber das Gefühl, dass dieses Gespräch ihr wichtige Einblicke liefern würde. Die streng verborgenen Dinge kamen oft erst dann ans Licht, wenn es brannte. Oder nie.

„Du kannst mir alles anvertrauen, Amelia." Sie tätschelte die Hand der jungen Frau. „Wir sind seit vielen Jahren Freundinnen."

„Ich habe es bisher nur einer einzigen Person gesagt." Amelias Lippen zitterten, und ihre Schultern hingen noch weiter als gewöhnlich nach unten.

„Dann lass mich die zweite sein."

Amelia holte tief Luft und kehrte gedanklich zu jenem Tag zurück, der ihr Leben umgekrempelt hatte.

An einem lauen Sommerabend, kurz bevor Gray von einer Missionsreise in Südafrika zurückkehrte, half Amelia in der Suppenküche in London aus. Adam Guss hatte sie in seinem olivgrünen Mini Cooper mitgenommen, und als sie die leeren Töpfe und Schüsseln in den Kofferraum luden, streifte sein Arm den ihren das erste Mal. Amelia dachte sich nichts dabei. Sie lächelte ihn an, war höflich, sprach mit ihm über das Wetter und das gute Gefühl, das man nach solch einer Aktion hatte. Adam nickte, war gedanklich sichtlich abwesend.

Sie fuhren schweigend zurück in Richtung Hollowfield, und kurz vor Tunbridge Wells nahm Adam eine Abzweigung, die Amelia nicht kannte. Der Weg wurde schmal und immer unwegsamer, bis Adam den Wagen am Waldrand parkte. Im Schatten der Bäume drehte er sich zu ihr um und sah sie eine Weile nur an. Sein Gesichtsausdruck war anders als sonst, so intensiv, als wollte er sie mit seinem Blick verschlingen.

„Hast du Angst?" Seine Hand legte sich an die Innenseite ihres Schenkels. Als sie zusammenzuckte, zog er sie sofort zurück und liebkoste ihre Schläfen, dann ihren Hals. Weil Amelia nicht wusste, was sie tun sollte, war sie stocksteif und unfähig, irgendetwas zu sagen. „Ich habe keine Worte dafür, was ich für dich empfinde, Amelia, aber ich kann es dir zeigen." Adam ließ den Fahrersitz nach hinten gleiten, stellte die Lehne schräg und legte seine Hände um ihre Hüfte, um sie anschließend zu sich zu ziehen. Sie kam sich federleicht vor, ihre Hände waren kalt, während in ihrem Kopf ein Feuer brannte. Sie hatte bisher nur einen einzigen Mann geküsst. Mehr nicht. Als sich seine Hände unter ihr Oberteil schoben und seine Lippen und seine Zunge ihren Hals und schließlich ihren Mund erkundeten, war sie immer noch wie gelähmt. Er hielt inne und sah sie fragend an. Amelia empfand eine Lust, der sie nicht widerstehen wollte. Sie nickte stumm und legte ihre Hand an Adams Nacken. Das, was Adam tat, drohte sie zu verbrennen. Seine Berührungen waren leidenschaftlich. Am Ende war er wie ein ausgehungerter Wolf gewesen.

Miss Pinkys Wangen kribbelten, während sie Amelias Geschichte anhörte. In den Augen der jungen Frau sammelten sich Tränen.

„Es ist lange her, aber es hat Folgen gehabt." Amelia presste die Lippen zusammen.

„Keira?" Miss Pinky wusste, dass diese Frage überflüssig war.

Amelia nickte.

Eine Weile saßen sie so da, eng beieinander und jede in ihren Gedanken gefangen.

„Er ist wohl trotzdem ein guter Mensch." Amelia sah Miss Pinky fest an. „Ich habe nie darüber gesprochen, und er hat mich danach immer in Ruhe gelassen. "

Miss Pinky war nun klar, warum Adam Guss eines Tages fluchtartig den Ort verlassen hatte. Hatte es die Runde gemacht? Dann hätte sie es aber mitbekommen! Oder war Adam nicht mehr in der Lage gewesen, sein Amt gewissenhaft auszuüben, weil die Sünde zu schwer auf ihm lastete? Wusste Gray davon?

„Ich habe es lange mit Erfolg verdrängt, aber jetzt ist alles wieder hochgekommen." Amelia spielte mit einer Haarsträhne. „Ich weiß auch nicht, warum."

„Ja, manchmal überfallen einen die Erinnerungen, nicht wahr?" Miss Pinky legte den Kopf schräg und schenkte Amelia ein warmes Lächeln. Sie hatte nicht vermutet, dass Keira Adam Guss' Tochter war, und doch überraschte sie diese Geschichte nicht allzu sehr. Vielleicht, weil sie aus ihrer Heimat so manches gewohnt war. Auf einmal widerte sie das Gemunkel um Grays Tod mehr denn je an, und der Drang, sich auszusprechen und die Dinge selbst in die Hand zu nehmen, wurden übermächtig. Es war an der Zeit, die Stimme zu erheben.

drei

Alle sieben Frauen erhoben ihre Teetassen gleichzeitig und spreizten den kleinen Finger ab – bis auf Miss Pinky, denn sie hatte an der rechten Hand keinen –, bevor sie die Tassen behutsam an die Lippen führten. Fast eine halbe Stunde lang hatten sie über die gelungene Schulaufführung, das immer grauere, nasskalte Wetter, die Halloween-Party am Abend und Lillys neues Haus, in dem dieses Treffen stattfand, gesprochen, und alle Anwesenden wussten, dass es im Grunde genommen immer noch nur ein einziges Thema gab, in dem sich alle suhlen wollten.

„Ich möchte euch noch etwas sagen", begann Miss Pinky und blickte in die Runde. Belinda rutschte auf ihrem Stuhl hin und her. Sie hatte, seit das Gerede über Erin unaufhaltsam geworden war, ein zunehmend schlechtes Gewissen, denn je mehr sie den anderen zuhörte, desto mehr glaubte sie, dass Erin tatsächlich etwas mit Pastor Guss' Tod zu tun hatte. Dabei wollte sie es nicht glauben!

„Ich möchte euch sagen, dass ich nichts mit dem tragischen Tod unseres geliebten Pastors zu tun habe", sagte Erin.

Das folgende Schweigen lag unangenehm schwer in der Luft, und Belindas Atem ging schneller. Sollte nicht jemand etwas sagen?

„Wir gehen nur von dem aus, was uns zu Ohren gekommen ist“, sagte Katherine emotionslos. Belinda schämte sich für ihre Freundin. Waren die Gemüter inzwischen so vergiftet, dass niemand Mitgefühl mit Erin hatte?

„Wir wissen alle, dass Inspektor Subtle im Dunkeln tappt.“ Erin rollte die Augen und schüttelte den Kopf. Dann biss sie genüsslich in ihren Scone.

„Also mich hat er neulich besucht.“ Lilly zuckte mit den Schultern. „Nicht, dass ich etwas mit der Sache zu tun hätte.“

„Mich hat er auch gefragt, ob ich etwas über Gray Guss wisse.“ Ruths Gesicht war dunkelrot geworden, sie sprach nicht gern in der Gruppe. „Aber was soll ich schon über ihn wissen? Er war unser Pastor, ich denke nicht, dass wir ihn wirklich gekannt haben.“

„Er hat nie über Persönliches gesprochen“, bestärkte Selma Ruths Aussage. „Ich weiß nicht, was Inspektor Subtle von uns erwartet.“

„Er befragt die Falschen“, bemerkte Miss Pinky und wischte sich hastig den Mund mit der Stoffserviette ab. „Und er ist relativ faul, das wissen wir doch alle.“

Ein Raunen ging durch den Raum.

„Es ist bekannt, dass Pastor Guss mit dem Pflanzengift Abrin getötet wurde, das in der Paternostererbse vorkommt“, sagte Jamie. Miss Pinkys Augen weiteten sich.

„Er hatte einen Gebetskranz aus den Erbsen“, fiel Belinda ein. „Aber das weiß auch Inspektor Subtle, schließlich hat er ihn eigenhändig aus der Tasche des Leichnams gefischt.“ Ein kalter Schauer lief Belinda bei der Erinnerung über den Rücken. Eigentlich wollte sie die Sache gar nicht mehr weiter sezieren, und trotzdem war da dieser unterschwellige Drang, es doch zu tun.

„Es sind Wochen seit Grays Tod vergangen, und soviel ich weiß, ist Inspektor Subtle keinen Schritt weitergekommen." Miss Pinky runzelte die Stirn.

„Woher wollen wir das wissen?", fragte Jamie. „Er wird es wohl kaum an die große Glocke hängen."

Eine Weile schwiegen die sieben Frauen. Die Uhr an der Wand tickte, und jede Sekunde kam Belinda vergeudet vor. Die Sache sollte längst geklärt sein, damit hier endlich wieder Ruhe einkehrte! Auch oder vor allem für Erin.

„Du darfst es uns nicht verübeln, dass wir den Liebesbrief von dir an Gray ernstnehmen." Lilly war die Mutigste unter ihnen und beinahe so direkt wie Erin.

„Der Brief war nicht von mir." Miss Pinky lächelte unschuldig. „Ihr glaubt doch nicht allen Ernstes, dass ich in Gray verliebt war?"

Wieder legte sich eine bleischwere Stille über die Frauenrunde. An der Vermutung war nichts Absonderliches, schließlich wussten sie alle, welch wundervoller Mensch Pastor Gray Guss gewesen war. Die Tragik bestand darin, dass sein Beruf es ihm verbot, eine Liebesbeziehung mit einer Frau einzugehen. Oder vielmehr seine Berufung. Die Gesichter der Anwesenden verfinsterten sich, und Belindas Kehle wurde eng.

„Irgendjemand hat den Brief geschrieben, Erin." Es kostete sie große Überwindung, etwas zu sagen, schließlich war sie hin und her gerissen. „Wenn du es nicht warst, wer war es dann? Und vor allem, warum sollte jemand in deinem Namen einen Brief verfassen?

Zu vieles liegt im Dunkeln. Wir haben Angst. Genau deshalb sind wir so verunsichert."

„Angst?" Miss Pinky sprang auf und stemmte die Hände in die Hüften. Die Serviette segelte von ihrem Schoß zu Boden, als wollte sie nicht länger Zeuge dieser absurden Szene werden. Am liebsten wäre Belinda ebenfalls aufgestanden und gegangen. „Wovor habt ihr denn Angst? Vor einem Mörder, der in Hollowfield herumläuft?" Sie sah eine Freundin nach der anderen fest an. Keine von ihnen wagte es, etwas zu erwidern. „Es ist doch lächerlich! Ja, wahrscheinlich ist Gray vergiftet worden, aber wir sollten, anstatt den Schwanz einzuziehen, lieber offensiv damit umgehen und die Augen offenhalten!"

„Das tun wir doch", verteidigte sich Katherine.

„Das tut ihr nicht!" Miss Pinky war sichtlich erbost. „Ihr tuschelt hinter meinem Rücken darüber, dass ich eine Affäre mit Gray hatte."

Jetzt hatte sie es ausgesprochen, und weder Belinda noch die anderen waren in der Lage zu erwidern: *Nein, Erin, so etwas darfst du nicht sagen! Wir glauben nicht, dass es so war! Wir glauben an dich und deine Moral! Wir haben in all den Jahren gelernt, dass du ein durch und durch guter Mensch bist, und daran wird sich nie etwas ändern.*

Stattdessen schwiegen die Damen erneut zu lange, und in der Luft lag ein Misstrauen, das Belinda nur schwer ertragen konnte. Es erfüllte den Raum, hatte seit Wochen alle Bewohner von Hollowfield benebelt. Es war gemischt mit einem Gefühl, dem auch Belinda nach und nach hatte nachgeben müssen: dem Neid auf Miss Pinkys perfektes Leben.

„Ich kann es nicht glauben!" Miss Pinky trat einige Schritte vom Tisch zurück. Sie trug heute ein pinkfarbenes Kostüm, das ihre Figur umschmeichelte.

Belinda missfiel das Drücken in ihrem Bauch, wenn sie Erin betrachtete. Ritt sie tatsächlich auf derselben Welle mit? War sie keinen Deut besser als die anderen Frauen? Sie musste doch etwas zu Erins Verteidigung sagen! Aber sie war sich so unsicher!

Mit entschlossenen Schritten begab sich Miss Pinky in die Diele, drehte sich kurz um und lächelte, verabschiedete sich und zog die Haustür hinter sich ein bisschen zu energisch ins Schloss.

„Ich gehe auch." Jamie stand auf und schüttelte den Kopf. „Es ist nicht richtig."

„Jetzt tu nicht so, Jamie, du hast auch immer fleißig mitgemischt", sagte Lilly. „Es liegt auf der Hand, dass sich unser geliebter Pastor aus unglücklicher Liebe das Leben genommen hat."

„Für mich ist Schluss damit." Jamie legte ihre Serviette zusammen und auf ihren Teller, wo noch ein halber Scone darauf wartete, gegessen zu werden. Der Appetit war ihr sichtlich vergangen. „Ich werde nach ihr sehen, wenn sonst niemand so viel Anstand hat." Ihr Blick war wie tausend Giftpfeile. „Wir sollten niemals vergessen, was Erin in all den Jahren für diesen Ort und auch für uns getan hat. Wenn wir ehrlich sind, dann wissen wir rein gar nichts. Alles beruht auf Mutmaßungen. Und wir geben unserem Drang nach zu tratschen und beschuldigen unsere liebe Freundin."

„Bitte halb so dramatisch, Jamie!" Katherine seufzte. „Wir haben ihr nichts Böses getan."

„Natürlich haben wir das! Seit Wochen tuscheln wir hinter ihrem Rücken und meinen, dass sie das nicht merkt. Warum sagen wir es ihr nicht gleich ins Gesicht?“

„Weil wir wohlerzogene Britinnen sind.“ Ruth sagte es voller Überzeugung. Belinda musste schmunzeln.

„Ist es wohlerzogen, hintenrum zu reden?“ Jamie schien in der Auseinandersetzung aufzublühen, wahrscheinlich war es eine große Erleichterung, sich auf Erins Seite zu stellen.

Belinda biss sich auf die Lippe und nippte an ihrem Tee, weil sie nichts mehr sagen wollte. Stattdessen horchte sie in sich hinein und spürte nur eines: Unsicherheit.

vier

Gerade, als Miss Pinky die Fahrertür ihres Wagens aufriss, legte sich eine Hand auf ihre Schulter. Energisch drehte sie sich um und blickte in die graugrünen Augen ihrer Freundin Jamie.

„Du darfst ihnen nicht böse sein.“

„Wie soll ich da nicht wütend werden?“ Miss Pinky fasste sich an die Perücke, um ihre Hände zu beschäftigen. „Alle fallen mir in den Rücken, und ich soll cool bleiben?“

Jamie zog ihre Hand zurück und lehnte sich gegen das Auto. Sie sah erschöpft aus. „Nein, aber glaube mir, die Wogen werden sich glätten, und alles wird wieder so sein wie früher.“

„Das glaubst du im Ernst? Ich möchte es tun, aber inzwischen fällt es mir zunehmend schwer. Hier ist ein Mord begangen worden, und alle beäugen mich misstrauisch!“ Miss Pinky war entsetzt über die Naivität ihrer besten Freundin.

„Und was willst du jetzt tun?“

„Ich werde die Ermittlungen selbst in die Hand nehmen.“

Jamies Augen weiteten sich. „Das kannst du doch nicht machen.“

„Und ob ich das kann! Wer soll mich denn daran hindern?“

„Erin, die Leute zweifeln ohnehin schon; ich denke nicht, dass du weit kommen wirst.“

„Ich werde nicht so kopflos vorgehen wie Inspektor Subtle.“

„Du solltest ihn nicht schlechtmachen, vor allem nicht vor seiner Schwägerin!“

„Habe ich das getan?“

„Ständig Erin, ständig.“

Miss Pinky wünschte, Jamie würde sie in Ruhe lassen. Alles war in letzter Zeit durchtränkt von dieser miesen Stimmung, und selbst die kleinen Dinge, die sie normalerweise genoss, hatten ihren Glanz verloren. Nicht einmal auf das Halloween-Fest hatte sie Lust, doch wegen der Kinder brachte sie es nicht übers Herz, es abzublasen.

„Du weißt doch, dass ich Probleme nicht gern wälze, bis sie nur noch größer werden“, sagte sie schließlich. „Ich suche lieber nach einer schnellen Lösung.“

„Aber die scheint es in diesem Fall nicht zu geben.“

„Und wenn doch? Ich bin vorhin hellhörig geworden wegen der Paternostererbsen, die Abrin enthalten und damit giftig sind. Amelia Blacksmith trägt eine Kette aus ihnen. Vielleicht sollte ich bei ihr anfangen?“

„Amelia?“ Jamie runzelte ungläubig die Stirn.

Miss Pinky hätte beinahe etwas gesagt, verkniff es sich dann aber, schließlich war Amelias Geständnis nur für ihre Ohren bestimmt gewesen.

„Wie dem auch sei, Jamie, ich nehme das jetzt selbst in die Hand, um euch zu zeigen, dass ich rein gar nichts mit diesem Brief oder gar mit Grays Tod zu tun habe.“

Sie wollte in ihr Auto einsteigen, als Jamie sie erneut an der Schulter berührte. Miss Pinky drehte sich um und sah ihre Freundin mit einem Seufzer an. „Ich möchte gehen, Jamie."

„Darf ich dir helfen?" Jamie rieb sich nervös die Stirn. „Ich meine, die Leute reden vielleicht eher mit mir als mit dir. Du weißt, wie ich das meine."

„Weil du mehr Taktgefühl hast?" Miss Pinky musste bei dem Gedanken an so manche Fettnäpfchen lächeln, in die sie anfangs getreten war. Jamie hatte ihr beigebracht, das Essen nicht sofort in mundgerechte Stücke zu schneiden, um es anschließend nur mit der Gabel zu essen, die kalte Milch zuerst in die Tasse zu gießen und dann den Tee hinzuzufügen, sich höflich in einer Reihe anzustellen und noch so vieles mehr. Wie konnte sie dieses Angebot ausschlagen?

„Das würdest du tun?"

„Ich würde dir liebend gern helfen, Erin. Es muss ja nicht offensichtlich sein." Jamie zupfte an ihrem Schal. „Es ist besser, wenn niemand merkt, dass wir mitmischen, oder?"

„Es ist mir egal, wer was merkt." Die Wut kochte immer noch in Miss Pinkys Brust. Dass so ein Brief derartiges Misstrauen geweckt hatte, war unerhört! Erwogen sie tatsächlich, dass sie, Erin Lovejoy, eine Affäre mit einem Pastor gehabt hatte? Oder ihm zumindest ihre Gefühle in einem Brief offenbart hatte?

„Erin?" Jamie sah sie eindringlich an. „Wir können das alles in Ruhe besprechen, wenn du möchtest. Wir werden bestimmt ein gutes Team sein."

Miss Pinky blieb Jamie eine Antwort schuldig, denn sie wusste nicht, ob es eine gute Idee war. Es stimmte, dass Jamie das Vertrauen aller genoss und eventuell mehr herausfinden würde als sie selbst. Andererseits würde sie Amelias Geschichte mit ihrer Freundin teilen müssen, denn dass die ein Schlüssel zur Wahrheit war, dessen war sich Miss Pinky inzwischen sicher.

Drei Tage später saßen sie und Jamie im Regionalzug in Richtung London und sahen aus dem Fenster, wo die ersten grauen Vorstadthäuser auftauchten. Die belebten Bahnsteige, die modisch gekleideten Fahrgäste, das beschleunigte Tempo ihrer Schritte, all das ließ in Miss Pinky den alten Wunsch keimen, wieder in eine Großstadt zu ziehen. Wer war sie denn, dass sie in Hollowfield versauern musste, nur um es ihrem Ehemann rechtzumachen?

„Erin?" Jamie riss sie aus den beunruhigenden Gedanken. War sie wirklich so weit, ein neues Kapitel in ihrem Leben zu beginnen? „Wo müssen wir aussteigen?"

„Wir fahren bis Charing Cross, von da aus ist es nur ein kleiner Fußmarsch bis nach Covent Garden", erklärte Miss Pinky. Sie hatte am Vortag die Künstlerin Shelly Kilvin in Hollowfield aufgesucht, die mit Gray befreundet gewesen war und ihr bei der Frage nach der Herkunft der Paternostererbsen an Amelias Halskette hatte weiterhelfen können. Sicherlich hatte sie bemerkt, dass Miss Pinky etwas im Schilde führte, aber sie war zurückhaltend geblieben und hatte ihr lediglich einen Tee angeboten, um die Nerven zu beruhigen. Die lagen bei immer mehr Bewohnern von Hollowfield blank, denn die Untersuchungen stagnierten. Oder aber sie wurden geheim gehalten. Was auch immer der Fall war, Miss Pinkys Geduld war am Ende, und sie war davon überzeugt, dass sie schneller sein würde als Inspektor Subtle. Der hatte nämlich soeben seinen Herbsturlaub in Schottland angetreten.

Schweigend fuhren die beiden Freundinnen ins Stadtzentrum Londons und absolvierten den Fußmarsch in Richtung Covent Garden. Miss Pinky fühlte sich pudelwohl. Frisch verheiratet hatte sie oft Ausflüge hierher gemacht, allein oder mit Freundinnen, um sich exotische Halsketten und Armreifen zuzulegen.

„Ich bin seit einer halben Ewigkeit nicht mehr an diesem Ort gewesen!" Jamie blickte nach oben, und Miss Pinky tat es ihr gleich. Über ihren Köpfen spannte sich das blaugrüne Skelett der Dachkonstruktion, die es dem Licht erlaubte, den Markt zu durchfluten. An ihnen drängten Menschenmassen vorbei, überall erklangen Stimmen, hohe und tiefe, einheimische und fremdländische, und Miss Pinky blieb bereits am ersten Stand, der Silberschmuck verkaufte, hängen. Sie kaufte sich einen Ring und überredete Jamie zu zarten Ohrringen in Rosenform.

„Adarshs Stand ist wohl ganz am Ende", sagte sie, nachdem sie die Einkäufe in ihren Handtaschen verstaut hatten. Gestern Abend hatte sie mit Adarsh Kumar telefoniert, einem Händler aus London, der laut Shelly über die nötigen Verbindungen verfügte, um an Paternostererbsen zu kommen. Er hatte wohl damals für Shelly die Erbsen für Grays Gebetsschnur besorgt.

„Hat sich Benedict nicht gewundert, dass du ihn heute mit den Kindern allein lässt?", fragte Jamie unvermittelt.

„Er glaubt, dass wir beide uns vergnügen."

„Tun wir das nicht auch?"

„Auf eine gewisse Weise schon." Miss Pinky musste lächeln. Es war die richtige Entscheidung gewesen, Jamies Angebot anzunehmen, denn sie war eine angenehme Komplizin, und schließlich hörten vier Ohren mehr als zwei – auch zwischen den Zeilen.

Es war nicht schwer, Adarsh Kumar auszumachen. Zusammen mit einer jungen, gertenschlanken Frau stand er hinter einem Tisch voller indischer Gewürze und Dekorationsgegenstände und wirkte mit seiner schmalen Statur, den großen, dunklen Augen und der ebenmäßigen, karamellfarbenen Haut deutlich jünger, als Miss Pinky vermutet hatte.

„Erin Lovejoy, genannt Miss Pinky, wir haben telefoniert." Sie streckte Adarsh die Hand so energisch entgegen, dass sie beinahe am Rüssel einer Elefantenstatue hängengeblieben wäre.

„Erin, ja, ich erinnere mich." Adarsh sprach mit dem typischen, abgehackten Akzent der Inder und drückte zaghaft Miss Pinkys Hand. „So schnell sind Sie gekommen, ich bin sehr beeindruckt!"

Er begrüßte auch Jamie und sagte etwas auf Indisch zu der jungen Frau, bevor er die Freundinnen bat, sich mit ihm in ein nahgelegenes Café zu setzen. Er bestellte Tee und einige Kuchen für alle und fragte höflich, wie er denn weiterhelfen könne.

Miss Pinky lenkte das Gespräch sofort auf das Thema, das Hollowfield seit Wochen in Atem hielt. In Jamies Blick las sie, dass sie gern zunächst ein wenig Small Talk geführt hätte, doch da war es bereits zu spät.

„Von Pastor Guss' Tod habe ich gehört." Adarshs Augen glänzten. „Eine schreckliche Sache! Ich wollte zur

Beerdigung kommen, aber zu der Zeit war ich leider auf einer Geschäftsreise in Indien." Er spielte mit der Stoffserviette, die neben seinem Teller lag, und sah die beiden Frauen abwechselnd und auf eine nervöse Art an, die Miss Pinky unter die Haut ging. „Gibt es Neuigkeiten? Ich meine, ist die Todesursache geklärt?"

Jamie, die neben Miss Pinky saß, platzierte ihre kühle Handfläche auf deren Handgelenk, als wollte sie sie davon abhalten, etwas zu sagen. „Die Ermittlungen gehen gut voran", sagte sie mit einem sanften Lächeln und schenkte ihrer Freundin einen verschwörerischen Blick. Am liebsten hätte Miss Pinky alle Karten offen auf den Tisch gelegt, denn dass Adarsh nichts mit der Sache zu tun hatte, war für sie klar! Oder musste man unter den gegebenen Umständen jeder Person auf dieser Welt misstrauisch begegnen? Sie schüttelte vehement den Kopf. „Gar nichts geht voran." Jamie blickte sie entgeistert an. „Und schon gar nicht gut."

„Ist das so?" Adarsh nahm einen Schluck aus seiner Teetasse. Auf einmal wirkten seine verengten Augen verräterisch auf Miss Pinky, dabei war es eine ihrer wichtigsten Devisen im Leben, den Menschen unvoreingenommen und freundlich zu begegnen. So hatte sie es jedenfalls schon im Kindergarten gelernt.

Unter dem Tisch traf Jamies Fuß unsanft auf ihr Schienbein, aber sie ließ sich nicht beirren. „Es ist so, dass Gray durch das Pflanzengift Abrin ums Leben gekommen ist."

Jamies Blick wurde finster.

„Pastor Gray besaß eine Gebetsschnur aus Paternostererbsen, und es existiert auch eine Kette aus ihnen." Miss Pinky machte eine bedeutungsträchtige

Pause und musterte Adarsh, der ihr Misstrauen inzwischen spüren musste. „In Hollowfield."

Adarsh drehte an einem seiner Silberringe.

„War denn Inspektor Subtle schon bei Ihnen?", fragte Miss Pinky.

„Nein, ich kennen keinen Inspektor Subtle."

„Habe ich es mir doch gedacht!" Miss Pinky war zufrieden mit ihrem Gespür als Detektivin, denn dass die Polizei dieses wichtige Bindeglied zwischen Hollowfield und den Erbsen noch nicht befragt hatte, war ein eindeutiges Zeichen der Unfähigkeit!

Jamie schwieg beharrlich und sichtbar beleidigt.

„Ich rede ganz offen mit Ihnen." Adarsh legte seine zartgliedrigen Hände auf die Tischplatte, als wollte er jede Sekunde aufstehen, tat es aber nicht. Hatte ihre Aussage seinen Fluchtinstinkt geweckt? Womöglich hatte Jamie recht, und es war Vorsicht geboten, denn Grays Tod warf eine Menge Fragen auf. „Da ich Händler bin, habe ich ab und zu mit Paternostererbsen zu tun, die wegen ihrer ansprechenden Optik beliebt sind. Wunderschön sind sie, aber stark giftig. Ich würde sie niemals in die Hände eines Menschen geben, dem ich nicht vertraue."

„Und Sie haben sie an Gray verkauft?"

„Ja, vor einiger Zeit habe ich das tatsächlich getan. Wir waren gute Bekannte und haben uns ab und zu hier in London getroffen, um zusammen einen Tee zu trinken. Er war ein bemerkenswerter Mann." Adarsh seufzte.

„Er zeigte mir seine Gebetskette, die wohl ein Familienerbstück seines Ziehvaters war, und fragte mich nach den Erbsen, deren Optik es ihm angetan hatte. Sie sind hochgiftig, sagte ich zu ihm, und er erwiderte nur: Wie die Liebe.“

Das klang vielversprechend! Grays Tod hatte irgendetwas mit Liebe zu tun! Bei Mord ging es doch immer um Geld oder Liebe! Miss Pinky war ganz Ohr und beugte sich unwillkürlich so weit über den Tisch, dass sie vermutlich mehr Dekolleté zeigte als angemessen.

„Gray bat mich, ihm Paternostererbsen zu besorgen, aus denen eine Mrs Kilvin eine Kette für eine Freundin anfertigen sollte. Mehr hat er nicht dazu gesagt, und ich habe keine weiteren Fragen gestellt. Sie meinen doch nicht etwa ...?“ Jetzt weiteten sich Adarshs dunkle Augen.

„Dass diese Freundin Gray umgebracht hat? Nein!“ Jamie lachte gespielt laut auf.

„Wir denken gar nichts, wir stellen bloß Fragen.“ Miss Pinky sagte es so sachlich, dass sie selbst staunte. So langsam wuchs sie in die Rolle der privaten Ermittlerin hinein!

„Wissen Sie, es ist auch für einen katholischen Pastor legitim, weibliche Bekannte zu haben.“ Adarshs Tonfall war leicht pikiert, als müsste er die beiden Damen zurechtweisen.

„Natürlich, natürlich!“ Jamie tupfte mit der Serviette über ihre glänzende Stirn. „Wir versuchen nur, die Sache besser zu verstehen.“

„Ehrlich gesagt versteht ganz Hollowfield nicht, was geschehen ist.“ Miss Pinky senkte den Blick. Angriff war oft die beste Verteidigung. „In Grays Jackentasche wurde ein Liebesbrief gefunden, den angeblich ich geschrieben habe.“

Wieder ein Tritt unter dem Tisch, diesmal mit mehr Elan. Ein stechender Schmerz fuhr durch Miss Pinkys Schienbein.

„Ich möchte der Sache auf den Grund gehen, schließlich geht es um meinen Ruf. Sie verstehen."

„Ich verstehe Sie absolut." Adarsh schien wenig erschüttert zu sein, Jamie umso mehr. Sie war so bleich wie das Tischtuch. „Aber sollten Sie die Ermittlungen nicht lieber der Polizei überlassen?"

„Das meine ich auch." Jamie erhob sich energisch. „Wir haben Ihre Zeit lange genug in Anspruch genommen, Herr Kumar, und bedanken uns recht herzlich." Sie schenkte Miss Pinky einen entschlossenen, vorwurfsvollen Blick. „Wir werden natürlich die Rechnung begleichen."

Kaum hatten sich die beiden Frauen verabschiedet und einen verdatterten Mann am Tisch zurückgelassen, der sich an seine Teetasse klammerte, runzelte Jamie die Brauen. „Was ist bloß in dich gefahren, Erin?" Ihre Schritte waren so energisch, dass Miss Pinky ihr kaum folgen konnte. Sie zwängten sich durch Menschenmassen, Parfümwolken, auffallend gekleidete Damen mit Hüten und Herren in adretten Anzügen. Miss Pinky hätte es begrüßt, noch ein wenig länger die Stadtluft zu genießen, aber ihre Freundin drängte in Richtung Charing Cross Station. „Das war nicht sehr geschickt. Ich hoffe, das ist dir klar!"

Miss Pinky ergriff Jamies Arm und zwang sie, stehenzubleiben. Sie wirbelte theatralisch herum, und ihr niedergeschlagener Gesichtsausdruck bescherte Miss Pinky sofort ein schlechtes Gewissen. Vielleicht war sie tatsächlich zu direkt gewesen, hatte Adarsh überrumpelt und Jamie nicht einmal die Chance gegeben, sich in das Gespräch einzubringen.

„Es tut mir leid, okay?" Sie lockerte ihre Finger an Jamies Arm, ließ sie aber nicht los. „Vielleicht müssen wir unser Vorgehen in Zukunft besser planen und vor allem einer Meinung sein, wie wir die Sache anpacken."

„Das ist eine durchaus gute Idee." Jamie presste die schmalen Lippen aufeinander und zog ihren Arm weg. Miss Pinky musste an manche Nachmittage auf dem Spielplatz in Hollowfield denken, an denen sie mit Jamie in kindische Streitereien um Kindererziehung geraten und die Versöhnung jedes Mal unvermittelt erfolgt war. So wie jetzt? Doch Jamie verlor kein weiteres Wort zu dem Thema, sondern ging eilig weiter.

Sie mussten eine Weile auf den Zug warten und standen schweigend nebeneinander wie zwei Fremde. War es falsch gewesen, Jamie in die Nachforschungen einzubeziehen? Aber sie hatte ja selbst ihre Hilfe angeboten, und wenn Miss Pinky ehrlich war, dann genoss sie die Gesellschaft ihrer Freundin. Sie würden sich bald über das heutige Gespräch mit Adarsh austauschen. Jetzt schien der falsche Zeitpunkt dafür zu sein, denn Jamie war in Gedanken eindeutig woanders.

Gray hatte also eine Kette aus Paternostererbsen für Amelia anfertigen lassen. Welche Beziehung hatte er zu Amelia gepflegt? Hatte sie sich ihm gar wegen der Sache mit seinem Vater anvertraut? War Gray diese eine Person gewesen, die vor Miss Pinky von dem Vorfall erfahren hatte? Wirre Gedanken jagten wild durch ihren Kopf. Es war gut möglich, dass die Kette bloß eine nette

Geste gewesen war und nichts mit Grays Tod zu tun hatte. Es war vorstellbar, dass er Amelia gemocht hatte, auf eine platonische, unschuldige Art. Warum hätte er sonst ein so besonderes Schmuckstück für sie anfertigen lassen?

„Erin!" Jamie zupfte an ihrem Ärmel. „Der Zug ist da."

Gedankenverloren stieg sie ein und nahm neben Jamie am Fenster Platz. Zeitgleich fassten sie sich an die Frisur, und Miss Pinky musste lachen. „Wir sollten uns nicht streiten."

„Ich streite nicht", sagte Jamie und zuckte fast unmerklich mit den schmalen Schultern. „Ich finde nur, dass du das Gespräch zerstört hast. Wir hätten viel mehr erfahren können."

„Meinst du?"

„Ja, die Menschen reden dann, wenn sie sich wohlfühlen."

„Und Adarsh war eingeschüchtert?"

„Ich denke schon. Er hat bestimmt das Gefühl bekommen, verhört zu werden."

„Aber niemand hat ihn beschuldigt!"

Jamie sagte eine lange Zeit nichts. Der Zug setzte sich träge in Bewegung, und Miss Pinky spürte, wie sich Wehmut in ihrem Herzen ausbreitete. Sie vermisste den Trubel der Großstadt. Die bunten Menschen, die Geschäfte, die Düfte und die Unterschiede. Hollowfield war ein ewig gleichbleibendes Nest, in dem sie, und das dämmerte ihr seit Grays Tod immer mehr, ein Fremdkörper bleiben würde, egal, wie sehr sie sich anstrengte.

„Du darfst es unseren Freundinnen nicht übelnehmen." Jamie schien ihre Gedanken zu lesen. „Wir alle haben unsere Macken, aber im Herzen sind wir gut, glaube mir." Sie legte ihre Hand auf Miss Pinkys, die auf ihrem Oberschenkel ruhte. Ein kalter Schauer lief Miss Pinky den Rücken hinunter.

Belinda Watts traute ihren Augen kaum. Auf dem Marktplatz, inmitten der kleinen Stände mit Käse, Milch, Eiern und gehäkelten Deckchen, war ein Podest mit bunten Fransen aufgebaut, der binnen weniger Minuten von Schaulustigen umzingelt war. Der November zeigte sich von seiner trostlosen Seite, die Platanen um den Platz reckten ihre stumpfen Äste wie mahnende Fäuste in den Himmel, die Luft war klamm und kühl, und Belinda klappte den Kragen ihres Tweedmantels nach oben. Ihr war auf einmal entsetzlich kalt.

„Check, check", erklang eine bekannte Stimme über die Lautsprecher. Belinda atmete tief ein. Die inzwischen vertrauten Gewissensbisse machten ihr mal wieder zu schaffen. Inspektor Subtle war angeblich noch nicht aus seinem Schottland-Urlaub zurückgekehrt, und das Gemunkel, er drücke sich wegen der erfolglosen Ermittlungen, machte unerbittlich die Runde.

„Hallo, Hollowfield!" Da präsentierte sie sich in einem neuen, pinkfarbenen Outfit, das ihr so gut stand wie alles, was sie trug. Die Stoffhose war verboten eng geschnitten, ein breiter Gürtel mit dezenten Glitzersteinen betonte ihre schlanke Taille, eine kurze Jacke mit großen Taschen umschmeichelte die Brustpartie, ein farbenfroher Schal schmiegte sich um ihren Hals, und ihre Perücke saß perfekt und frech auf ihrem Kopf.

Ihre Füße steckten in rosafarbenen Gummistiefeln, die jedoch weitaus schicker waren als die klobigen Boots, die man in Hollowfield für gewöhnlich an Regentragen trug. Wo Miss Pinky bloß ihre Garderobe herbekam? Nach all den Jahren war es immer noch ein kleines Mysterium!

„Hallo-ho, Hollowfield!" Sie winkte der Menge zu, die mit jedem Wimpernschlag größer wurde. Von überall strömten die Menschen herbei; bald würde ganz Hollowfield hier versammelt sein! Belinda ergatterte einen Stehplatz ganz vorn und lächelte in Miss Pinkys Richtung. Neben dem Podest saßen Kit, Marlon, Pim und Edith auf weißen Klappstühlen, engelsgleich und ehrfürchtig zu ihrer Mutter aufblickend.

„Danke, dass ihr hier seid!" Miss Pinkys Lächeln verzauberte, wie immer, und zog alle Blicke auf sich. Wie damals, als Benedict Pretty sie den Bewohnern von Hollowfield als seine Ehefrau vorgestellt hatte. „Es ist mir entsetzlich wichtig, dass ihr mir heute eure Aufmerksamkeit schenkt." *Entsetzlich*, wieso verwendete sie dieses Wort an dieser Stelle? Es klang falsch in Belindas Ohren. Auch wenn die Lage in der Tat entsetzlich war. Das Gerede über Pastor Guss' Tod hatte bereits die Ortsgrenze überschritten, und sogar in London, so hatte Belinda bei einem Arztbesuch neulich feststellen müssen, sprach man darüber. Es war ein Zufall gewesen, dass es ihr zu Ohren gekommen war, aber manchmal öffneten genau solche Situationen einem die Augen.

„Hollowfield trauert immer noch", erklang Miss Pinkys kräftige Stimme. Die Finger ihrer linken Hand umklammerten die Halterung des Mikrofons, ihr exquisiter Verlobungsring funkelte (ein Diamant im Prinzess-Schnitt, er musste Benedict ein halbes Vermögen gekostet haben!), und sie ließ den Blick über die Köpfe der Menschen gleiten. „Der Tod unseres geliebten Pastors Gray Guss steckt als unüberwindbarer Schock in unseren Knochen." Belinda schluckte schwer. Niemand sprach die Dinge so schön aus wie Miss Pinky! „Es ist nicht leicht zu begreifen, warum ein so guter, anständiger, allseits geliebter Mann so jung gehen musste."

Belindas Augen wurden feucht.

„Vielleicht werden wir es niemals hinnehmen können. Manche Dinge sind zu einschneidend, um akzeptiert werden zu können, selbst, wenn uns keine andere Wahl bleibt." Sie machte eine gekonnt lange Pause, um dann mit fester Stimme fortzufahren: „Mir persönlich ist es wichtig, dass die Umstände von Grays Tod so schnell wie möglich aufgeklärt werden. Es ist nicht hinzunehmen, dass wir weiterhin im Dunkeln tappen. Wir wollen alle die Wahrheit wissen, und sei sie noch so bitter." Ein leises Tuscheln erklang, verebbte aber, sobald Miss Pinky erneut das Wort ergriff. „Was mich am allermeisten wurmt, ist die Tatsache, dass geredet wird." Wieder eine ihrer bedeutungsvollen Pausen, in denen sicherlich jeder Anwesende sein Gewissen befragte. So auch Belinda, mit einem flauen Gefühl in der Magengegend. „Ich werfe euch nichts vor, denn wir sind alle nur Menschen und machen uns Gedanken, auch hinter dem Rücken des besten Freundes." Sie schaffte es, bei diesen Worten verständnisvoll zu lächeln. Wie machte diese Frau das nur? „Ich habe so manche schlaflose

Nacht verbracht, nachdem ich mit meinem geliebten Ehemann Benedict über das Thema gesprochen habe. Und ich mache keinen Hehl daraus, dass es mich ungemein stört, dass in Grays Jackentasche ein Brief steckte, den ich verfasst haben soll." Eine Pause, in der es so leise war, dass Belinda bei einem Husten in der Menge zusammenzuckte. Nieselregen setzte ein, dem aber niemand auch nur die geringste Aufmerksamkeit schenkte, denn sie hingen alle gebannt an Miss Pinkys kräftig geschminkten Lippen. „Ich sage euch hier und jetzt und vor Gott, dass ich nicht die Verfasserin des ominösen Schreibens bin! Dass ich keine Affäre mit Pastor Gray Guss hatte!" Ein Raunen ging durch die Menge. „Dass ich nichts mit seinem Tod zu tun habe und bestimmt keine Mörderin bin!"

Belinda lockerte ihren Schal, der auf einmal zu fest um ihren Hals saß.

„Und ich verspreche euch heute, dass ich diese abscheuliche Tat aufklären werde! Wenn jemand unter euch ist, der dazu beitragen kann, dann bitte ich sie oder ihn, mich in einem ruhigen Moment aufzusuchen und mit mir zu reden. Sich mir anzuvertrauen, weil Inspektor Subtle nicht verfügbar ist. Oder weil ich eine Frau bin, die manche Dinge vielleicht besser nachvollziehen kann." Wieder ein erstauntes Murmeln und Tuscheln, begleitet von einigen verhaltenen Hustenanfällen.

Miss Pinky stemmte die Hände in die Hüften. „Eines kann ich euch versichern: Wenn unter uns ein Mörder ist, dann wird es früher oder später ans Tageslicht kommen. Und wenn ich diejenige bin, deren Aufgabe es ist, diese abscheuliche Tat aufzuklären, dann werde ich nicht mit der Wimper zucken. Denn Angst ist für mich ein Fremdwort!"

Miss Pinky verließ resolut das Podest und wandte sich sofort ihren Kindern zu.

Die Menge löste sich allmählich auf. Belinda starrte ungläubig vor sich hin. Niemals hätte sie den Mut gehabt, sich öffentlich auf diese Art und Weise zu äußern. Sie rechnete es Miss Pinky hoch an, doch mit dem nächsten Atemzug bangte sie plötzlich um das Leben ihrer Freundin.

Teil drei

eins

Nach ihrem Auftritt auf dem Marktplatz von Hollowfield kam es Miss Pinky vor, als hätten sich die Gemüter ein wenig beruhigt. Vielleicht, weil ihre Selbstsicherheit sie eingeschüchtert hatte? Oder weil Inspektor Subtle wiederaufgetaucht war und mit einer sonderbar verschlossenen Miene herumlief, die eine leise Hoffnung keimen ließ, dass er in der Zwischenzeit etwas heraufgefunden hatte? Sie war ihm in der Kirche, beim Bäcker und beim Metzger begegnet, und jedes Mal hatte er ihr diese Blicke zugeworfen, die mehr ausdrückten als Worte. Er wusste womöglich etwas, das er noch mit niemandem teilen wollte, weil es zu aufreibend oder eben noch nicht vollkommen geklärt war.

Eine Annahme hatte sich in Miss Pinkys Überlegungen verankert: Gray hatte sich in einer prekären Lage befunden, die schlussendlich zu seinem tragischen Tod geführt hatte. Die fleischliche Liebe hatte mit seiner Berufung zum Pastor konkurriert. Und die Kette aus Paternostererbsen war der Schlüssel zur Wahrheit!

„Bist du bereit?" Jamie riss Miss Pinky aus ihren Gedanken. Die beiden Frauen standen vor dem Spiegel im Eingangsbereich des örtlichen Pubs, in dem sie sich mit Amelia Blacksmith verabredet hatten. Jamies knöchellanges, dunkelblaues Kleid mit weißem Spitzenbesatz mutete für die einfache Örtlichkeit zu schick an, während sich Miss Pinky in ihren schwarzen Leggings und dem pinkfarbenen Sweatshirt wohlfühlte. Entschlossen schob sie die Tür zum Gästeraum auf. Die Kirschholzvertäfelungen an den Wänden wirkten heute dunkler als sonst, und auch der Kronleuchter in der Raummitte schien tiefer zu hängen.

„Ich hoffe, wir sind diesmal besser aufeinander abgestimmt." Jamies Lächeln gefror auf ihren Wangen.

„Natürlich!" Miss Pinky stupste ihre Freundin sanft an der Schulter an. Ihr war schnell klar geworden, dass sie Amelia erneut würde befragen müssen. Am Vorabend hatte sie sich bei einigen Tassen Tee mit Jamie beraten, welche Vorgehensweise am geschicktesten war. Es war schwer einzuschätzen, ob Amelia heute Abend redselig sein würde oder ob sie Jamies Anwesenheit stören würde, aber einen Versuch war es auf jeden Fall wert. Schließlich trug sie die Kette.

Es war Donnerstagabend und nicht viel los im Pub. Der betagte Barkeeper Jerry, ein Urgestein in Hollowfield, begrüßte die beiden mit einem Nicken und entblößte beim Lächeln seinen Gold-Eckzahn. Miss Pinky steuerte auf einen der schwarzen Tische im hinteren Bereich des Raumes zu und nahm Platz. Jamie ließ sich ihr gegenüber auf den Stuhl fallen, als hätte sie einen Schwächeanfall.

„Ist alles in Ordnung, Jamie?" Miss Pinky betrachtete ihre Freundin mit Sorge. Ihre Gesichtshaut war ungewöhnlich blass, und unter ihren Augen prangten Schatten.

„Ja, mir geht es gut. Ich bin nur ein wenig erschöpft. Sarah und James streiten sich zurzeit oft, und du weißt ja, dass Roger immer weniger zu Hause ist." Mit einem Seufzer verdrehte sie die Augen. „Er überlegt sogar, sich ein Zimmer in London zu nehmen, damit er nicht ständig pendeln muss."

Miss Pinky wusste, dass Jamies Ehemann seit wenigen Monaten eine neue Arbeitsstelle in der Stadt hatte und sich Jamie zunehmend mit den Kindern im Stich gelassen fühlte.

„Wenn ich dir irgendwie helfen kann ..."

„Es ist in Ordnung, wirklich! Du bist ein Engel, Erin, aber ich muss das alleine durchstehen." Jamie winkte Jerry zu. „Ich habe so einen Durst. Ist es hier drinnen schrecklich warm oder kommt nur mir das so vor?"

Miss Pinky ließ das Thema fallen und versuchte stattdessen, sich auf das bevorstehende Gespräch mit Amelia einzustimmen. „Lass uns noch einmal rekapitulieren: Wir wissen, dass Gray die Paternostererbsen für die Halskette bei seinem guten Bekannten Adarsh in London bestellt hat, um daraus eine Kette anfertigen zu lassen. Diese Kette trägt Amelia, die eine uneheliche Tochter mit Grays Ziehvater, Pastor Adam Guss, hat." Kaum hatte sie diesen Satz beendet, kribbelte es in ihrer Brust. Es war unvermeidbar gewesen, sie hatte ihre Komplizin Jamie einweihen müssen, und heute würde sie es Amelia erklären. Manchmal war es unmöglich, ein Geheimnis zu hüten, und oft war es besser, es nicht einmal zu versuchen.

„Könnte es sein, dass Amelia den Brief in deinem Namen verfasst hat?" Jamie verengte die Augen.

„Aber welches Motiv hätte sie denn gehabt?" Bei dem Gedanken an Amelia drängte sich Miss Pinky jedes Mal die Überzeugung auf, dass die junge Frau die Unschuld in Person war. Ein Opfer vielmehr, jemand, den das Leben und die Menschen herumschubsten wie einen unwillkommenen Straßenköter. Sie selbst war in einer ähnlichen Lage gewesen, damals in ihrer Heimat und lange, bevor sie das Glück gehabt hatte, Benedict Pretty zu begegnen. Alles in ihr heulte vor Mitgefühl. War es denkbar, dass Amelia ihr, Erin Lovejoy, etwas Böses anhaben wollte? Kaum hatte sie das gedacht, ging die Tür auf und Amelia trat ein. Ihr cremefarbenes Oberteil hing wie ein Sack an ihrem dünnen Körper, und ihre dunkle Jeans war so weit, dass man ihre Stelzenbeine nur erahnen konnte.

„Amelia, wie schön, dich zu sehen!" Miss Pinky stand auf, trat auf die junge Frau zu und drückte sie fest. Amelia roch nach Kraut und etwas Süßlichem, das Miss Pinky nicht einordnen konnte, vielleicht Popcorn. Auf jeden Fall zauberte es Erinnerungen an lange Kinoabende ihrer Jugend in ihr hervor.

Amelia nahm zaghaft zwischen den beiden Frauen Platz, schlug die Beine übereinander, faltete die Hände brav im Schoß und wirkte mit ihren großen, hellbraunen Augen und dem glatt nach hinten frisierten, braunen Haar wie ein verschüchtertes Rehkitz. Sie war kein bisschen aufgetakelt und bildhübsch.

„Tut mir leid, dass ich ein bisschen spät dran bin, ich habe Keira noch zu einer Nachbarin gebracht.“

„Natürlich, kein Problem.“ Miss Pinky schenkte ihr ein ermutigendes Lächeln. Niemals war diese junge Frau an irgendetwas schuld!

Jerry trat an den Tisch und nahm die Bestellungen auf. Miss Pinky war die Einzige, die sich ein Bier gönnte, Jamie und Amelia begnügten sich mit Wasser. Wasser, in einem Pub!

„Ich habe mich Jamie anvertraut“, sagte Miss Pinky unverblümt und beugte sich ein Stück nach vorn, um leise sprechen zu können. „Oder eher: Ich habe ihr dein Geheimnis anvertraut.“

Amelias Gesichtszüge wurden hart, und sie zog die Schultern leicht nach oben.

„Es war nicht anders möglich, Amelia. Denn Jamie möchte mir helfen, endlich die Wahrheit herauszufinden.“

„Dein Geheimnis ist bei mir sicher, glaube mir.“ Auch Jamie beugte sich in einer vertrauensvollen Geste nach vorn und legte eine Hand auf das Knäuel aus dürren Fingern, das verkrampft in Amelias Schoß lag. „Ich habe großes Verständnis für deine Situation und werde nichts von dem, was zwischen uns dreien gesprochen wird, an die Öffentlichkeit tragen. Es sei denn, es wird für die Lösung des Falls notwendig werden, versteht sich.“

Amelias Blick wanderte suchend durch den Raum.

Jerry brachte die Getränke. „Frauenabend?“ Er grinste. „Da wär ich auch mal gerne dabei!“ Mit den ihm typischen, hastigen Bewegungen verteilte er die Gläser und sagte mit einem Zwinkern in Miss Pinkys Richtung: „Prost!" Dann glitt sein Blick zu Amelia, und er begab sich wieder an den Tresen.

„Ich wünschte, es wäre ein ausgelassener Abend." Jamie seufzte schwer.

„Gestern war Inspektor Subtle bei mir." Amelia sagte es so beiläufig, als spräche sie vom Wetter. Jamies Mundpartie spannte sich an, sie kämpfte sichtlich mit ihrer Fassung.

„Dann ist er uns vielleicht doch ein paar Schritte voraus", sagte sie.

„Ist er nicht!" Miss Pinky winkte ab und wandte sich Amelia zu. „Hast du es ihm erzählt?"

„Nein." Amelia sah ihr fest in die Augen. Es war unvorstellbar, wie einschneidend das Erlebnis mit Pastor Adam gewesen sein musste. Bei dem Gedanken zog sich Miss Pinkys Magen zusammen. In all den Jahren und trotz ihrer guten Menschenkenntnis hatte sie niemals auch nur den Verdacht gehegt, dass Adam nach London geflüchtet war, weil Amelia ihm den Kopf verdreht hatte und er ihrem Charme erlegen war!

„Ich habe ihm nichts erzählt." Amelia zog ihre Hände unter Jamies Hand hervor und griff nach ihrem Wasserglas, an dem sie zaghaft nippte. „Er sagte, er wolle nur mit mir reden. Weil ich ab und zu in der Kirche ausgeholfen und Gray gut gekannt habe." Sie stellte ihr Glas ein wenig ungeschickt und zu nah an der Tischkante ab, sodass es beinahe abrutschte, hätte Miss Pinky es nicht festgehalten. „Aber die Sache mit Pastor Adam Guss würde ich niemals einem Mann erzählen."

Jamie nickte verständnisvoll.

„Es ist mir immer noch entsetzlich peinlich“, flüsterte
Amelia.

„Es braucht dir nicht peinlich zu sein.“ Miss Pinky
sprach ebenfalls in einem gedämpften Ton, damit niemand mithören konnte, was aber vor der Geräuschku-
lisse der Barmusik ohnehin unwahrscheinlich war. Außerdem standen die Tische weit genug auseinander.
„Du hast dir nichts zuschulden kommen lassen.“ Die Erleichterung, dass Amelia nichts Wesentliches mit Inspektor Subtle geteilt hatte, und der leise Triumph, dass
Jamie und sie als Frauenteam weitaus mehr in Erfahrung bringen konnten, erfüllten sie mit Stolz.

„Trotzdem habe ich es vor langer Zeit einem Mann er-
zählt“, murmelte Amelia. Miss Pinky wurde hellhörig.
Die Geschichte wurde immer verworrener! „Ich habe es
Gray gesagt.“

„Und der hat seinen Vater zur Rede gestellt.“ Miss
Pinkys Wangen glühten vor Aufregung. Das war der
berühmte letzte Tropfen gewesen, der Adam schließlich veranlasst hatte, aus Hollowfield zu flüchten!

„Ich habe ihn noch nie so aufgebracht erlebt.“ Amelias Augen wurden feucht. „Wir wissen alle, was für ein
ausgeglichener Mann Gray war, aber als ich es ihm ge-
beichtet habe, da dachte ich, dass er gleich losrennt, um
seinen Vater zu töten.“

Eine sonderbar kalte Stille legte sich über die Runde.
Miss Pinkys Herz pochte. Ihr Mund war trocken. Die
Sache wurde immer klarer. Immer heißer. Immer ent-
setzlicher.

„Wusstest du schon, dass du schwanger bist, als zu es
ihm erzählt hast?“

„Ja, er hat mich nach dem Vater meines Kindes gefragt, und da habe ich weinen müssen."

Jamie nickte verständnisvoll.

Große Tränen rannen Amelias Wangen hinunter. Sie starrte auf den Tisch und wischte sich mit dem Ärmel über das Gesicht.

„Oh, du armes Schätzchen, es muss furchtbar für dich gewesen sein, was Adam Guss dir angetan hat." Jamie streichelte ihr über den Arm, woraufhin Amelia energisch den Kopf schüttelte. Miss Pinky versuchte, ihr Mitleid zu verdrängen und sich auf die logischen Zusammenhänge zu konzentrieren. Aber welche waren das? Adam Guss hatte für seine Tat bezahlt, davon war sie überzeugt, denn er hatte der Kirche und seiner Gemeinde den Rücken zuwenden müssen und kämpfte sicherlich heute noch mit einem schlechten Gewissen. Sie sah ihn lieber als einen guten Menschen, als ihn im Nachhinein zu verurteilen.

„Das ist es nicht", flüsterte Amelia. Miss Pinky und Jamie hingen an ihren Lippen. „Nicht nur." Amelia nahm einen großen Schluck aus ihrem Glas und sah Miss Pinky traurig an. „Es ist immer noch wegen Gray."

Es war nicht ungewöhnlich, dass Amelia den ehemaligen Pastor bei seinem Vornamen nannte, das hatten sie in seiner Abwesenheit alle getan. Außerdem waren sie ein eingespieltes Team gewesen, sie, Amelia und Gray. Wie oft hatten sie gemeinsam die Blumen am Altar arrangiert, Taufen vorbereitet, ältere Gemeindemitglieder besucht, Geburtstagsaktionen durchgeführt oder in einem ruhigen Moment gemeinsam in der Bibel gelesen, um eine passende Stelle für die nächste Predigt zu finden. Plötzlich tauchten die Bilder in Miss Pinkys

Erinnerung auf, und sie fasste sich gedanklich an den Kopf. Natürlich! Wie hatte sie das nur übersehen können! Amelia in ihrem schicksten Sonntagskleid mit einem für sie zu tiefen Ausschnitt, wie sie in unbeobachtet geglaubten Momenten den verstohlenen Blick auf Gray richtete. Die zufälligen Berührungen, wenn sie an ihm vorbeiging, so zart wie ein Windhauch. Ihre ständige Verfügbarkeit, wenn es darum ging, Gray in der Kirche oder anderswo auszuhelfen.

„Ich bin ... war ... seit vielen Jahren in Gray verliebt." Es war keine Überraschung mehr, als Amelia es schließlich aussprach. Ihre Augen waren rot, und am liebsten hätte Miss Pinky sie fest in die Arme geschlossen. „Ich habe es ihm nie gesagt, und jetzt kann ich es auch nicht mehr tun." Mit zitternden Schultern schlug sie die Hände vor dem Gesicht zusammen und weinte so bitterlich, dass Miss Pinky wünschte, sie hätten sich einen anderen Ort ausgesucht, um über diese Angelegenheit zu sprechen.

„Aber mein Herzchen." Jamie streichelte Amelia über das Haar. „Ich bin mir sicher, dass Gray gespürt hat, was du für ihn empfindest."

„Was die Sache nicht leichter macht", entfuhr es Miss Pinky. Manchmal schossen Sätze aus ihrem Mund, die besser Gedanken geblieben wären.

„Ich hätte ihm das mit Adam nie erzählen sollen." Amelia war kaum zu verstehen. „Aber ich konnte nicht anders. Es gab einen Moment, in dem ich das Gefühl hatte, dass ich es aussprechen musste. Es platzte geradezu aus mir heraus." Sie legte die Hände auf den Tisch. Miss Pinkys wachsamer Blick fiel auf die Kette aus Paternostererbsen, die unter ihrem Schal hervorblitzte.

Zwischen Amelia und Gray musste sich in all den Jahren ein besonders inniges Verhältnis entwickelt haben. War das Adam vielleicht ein Dorn im Auge gewesen? Oder hatte er nie wirklich etwas für die junge Frau empfunden, sondern war nur ihrer körperlichen Anziehung erlegen?

„Erin?" Jamie sah Miss Pinky mit weit aufgerissenen Augen an. „Ich denke, wir sollten das Thema wechseln."

„Es ist schon in Ordnung." Amelia lächelte zaghaft, während Jamie ihr ein Taschentuch hinhielt, das sie dankend annahm. „Ihr könnt ja nichts dafür. Es war wirklich ein ungünstiges Schicksal, dass ich mich in den Sohn des Mannes verliebe, der mir ein Kind gemacht hat. Und noch dazu in einen Pastor!"

„Es gibt kein Schicksal!" Kaum hatte Miss Pinky diese Worte ausgesprochen, erntete sie Jamies kritischen Blick, beschloss aber, trotzdem weiterzureden. „Wir machen unser eigenes Schicksal, daran gibt es nichts zu rütteln. Es war ein unglücklicher Umstand, das ja. Aber was daraus wurde ..."

„Moooment!" Jamie hob die Hand. Ihre Stirn legte sich in Falten. „Es gibt sehr wohl Dinge, die wir nicht beeinflussen können. Grays Tod ist Schicksal."

Miss Pinky überlegte nicht lange. „Papperlapapp! Vielleicht hätte man ihn verhindern können!"

„Das legt sehr viel Druck auf unsere Schultern, findest du nicht?" Jamies Blick wurde finster.

„So ist es nicht gemeint." Miss Pinky berührte sanft Amelias Oberarm. „Entschuldige bitte, die Sache ist immer noch sehr aufwühlend."

„Wem erzählst du das", sagte Amelia, auf deren Gesicht sich ein Hauch Erleichterung geschlichen hatte.

Manchmal war es ein Segen, Belastendes nicht länger in sich hineinzufressen. Sogar Benedict war in der Lage, Wichtiges vor Miss Pinky zu verheimlichen, aber nicht allzu lange, denn nach so vielen Ehejahren hatte sie Fühler dafür entwickelt und schaffte es, ihm zu entlocken, was er im Grunde genommen sowieso am liebsten aussprechen wollte. Vielleicht war es Gray zum Verhängnis geworden, dass sich die Gemeindemitglieder ihm anvertraut hatten. Seine zuverlässige, gütige Art hatte sicherlich jedem ein Geheimnis entlockt. Am Ende hatte ihn das sein Leben gekostet.

Adam Guss stand am Fenster, sah dem monotonen Regen zu und betrachtete den runden Briefbeschwerer in seiner Hand. Er war durchsichtig, in seiner Mitte war ein dunkelbraunes Holzkreuz eingearbeitet, an dem Jesus Christus hing, und auf der Unterseite war ein ovales Stück schwarzer Filz geklebt. Der Gesichtsausdruck Jesu war gelassen, er hatte Leid ertragen können.

Träge hob Adam die Hand, spürte das Gewicht des Geschenkes, das er von seinem Sohn bekommen hatte, vor so langer Zeit, dass es ihm vorkam, als hätte ihn das Leben um all die Jahre betrogen. Denn seit jenem Tag, an dem er sich endgültig mit Gray verstritten hatte, war alles traurig und die Last seines schlechten Gewissens bleischwer geworden. Die Fülle des Daseins und die Fröhlichkeit waren ihm abhandengekommen, nichts hatte mehr eine Bedeutung. Die Stunden flossen belanglos ineinander, und die Erinnerung schrumpfte zu einem schrecklichen Nichts zusammen, fast so, als wäre nie etwas Bedeutendes in seinem Leben geschehen. Die Sünde machte alles zunichte, vergiftete seine Vergangenheit. Dafür waren sie nicht auf der Welt, um die Zeit durch die Finger rinnen zu lassen und dem Gewesenen nichts abgewinnen zu können.

Adam stellte den Briefbeschwerer sachte auf seinem Schreibtisch ab, fuhr sich mit den Fingern durch das ungekämmte Haar, strich über seine stoppeligen Wangen, bewegte einen Stapel ungelesener Zeitschriften von einem Stuhl auf den Boden und setzte sich dort hin, um nachzudenken. Obwohl er wusste, dass ihm das Erinnern meist Schmerzen bereitete, gab er sich ihm trotzdem hin – oder vielleicht genau deswegen: Weil er das, was ihn krank machte, zuweilen empfinden und nicht verdrängen wollte, wie er es meistens tat. In den ruhigen Momenten musste er sich seinen Fehlern stellen. Ihre Bedeutsamkeit stach im Grau des Alltags hervor. Genau vor diesen Stunden am Abend, in denen er mit sich und in sich gefangen war, fürchtete er sich immer noch am meisten.

Die noch zaghafte Maisonne streichelte die Hecken an der Rodney Road, die der Gärtner wenige Tage zuvor in Form geschnitten hatte. Wie jeden Samstagmorgen kehrte Adam vom örtlichen Bäcker zurück, schwenkte die Tüte voller Brötchen gutgelaunt in der Hand und pfiff ein Kirchenlied, das ihm in letzter Zeit im Kopf herumspukte. Seine Laune war frühlingshaft leicht. Er wollte am Nachmittag mit Gray zum Angeln fahren und am Abend Amelia besuchen, die drei Tage zuvor ihre Tochter Keira zur Welt gebracht hatte. Einen Wonneproppen, wie Miss Pinky gesagt hatte, mit pechschwarzem, dichtem Haar und wunderschönen, dunkelblauen Augen. Adam hatte bei einer Schneiderin im Ort einen Strampelanzug für die Kleine anfertigen lassen, mit bunten Ringeln und gelbem Spitzenbesatz am Kragen und den Ärmeln. Er hielt es für seine Pflicht, den neuen Erdenbürger zu begrüßen, auch wenn ihm allein beim Gedanken daran flau im Magen wurde.

Schon von Weitem sah Adam, dass sein Sohn auf der Schaukel hockte und Besuch von den Eichhörnchen hatte. Wenig später blieb er am Gartenzaun stehen und betrachtete Gray, sein gesenktes Haupt, die zerzausten, dunkelblonden Haare, sein mädchenhaftes Profil, das Adam nach der Adoption damals als erstes an ihm aufgefallen war.

Als er den Hausflur betrat, roch es nicht wie gewöhnlich nach Speck und Rührei, dabei waren Gray und er beim Samstagsfrühstück ein eingespieltes Team, das sich ohne Worte verstand. Verwundert legte er die Bäckertüte auf den Küchentisch, zog die Terrassentür auf und trat hinaus. Der Himmel war babyblau, doch im Westen türmten sich dunkelgraue Wolken auf.

„Guten Morgen!“, rief Adam, denn als er seine Runde durch den Ort begonnen hatte, war Gray noch nirgends zu sehen gewesen. Als sein Sohn nichts erwiderte, machte er einige Schritte in Richtung der Schaukel. Vorsichtig zwar, aber es genügte, damit Gray zusammenzuckte und die Eichhörnchen in die Hecke flohen. Wie in Zeitlupe stand Gray auf, drehte sich zu seinem Vater um und warf ihm einen entsetzten Blick zu. Seit einigen Monaten schon hatte Adam das beklemmende Gefühl, dass Gray ihm etwas sagen wollte. Jetzt dämmerte ihm, dass er ihn darauf hätte ansprechen sollen.

„Du wirst da heute Abend nicht wirklich hingehen, oder?“ Gray verengte die Augen und stemmte die Hände in die Hüften. So hatte er schon als kleiner Junge ausgesehen, wenn ihm etwas missfallen hatte. Aber heute wog seine Geste bleischwer. Sie war erwachsener, beinahe einschüchternd.

„Du meinst nicht, dass es zu meinen Pflichten gehört, mich um die Gemeindemitglieder zu kümmern?“

Dass Gray zunächst nichts sagte, sondern seinen abschätzigen Blick auf Adam ruhen ließ, machte den Pastor mit jedem Atemzug unruhiger.

„Ich halte es für richtig, Amelia meine Glückwünsche auszusprechen", sagte er schließlich so ruhig wie möglich.

„Ich finde es abstoßend." Grays Worte waren ein verächtliches Zischen, und sein Blick sprühte Gift. „Du musst mir nichts vormachen, Adam. Ich weiß genug."

Adam zuckte zusammen und rieb sich den schweißnassen Nacken, hielt dem festen Blick seines Sohnes stand und suchte nach den passenden Worten, fand sie aber nicht.

„Ich habe Amelia nach dem Vater ihres Kindes gefragt, und sie hat mir gesagt, was du getan hast." Gray schüttelte ungläubig den Kopf. „Das hätte ich niemals gedacht."

Zunächst war Adam überrascht, er hätte nicht erwartet, dass Amelia mit jemandem darüber redete. Schon gar nicht mit Gray.

„Wir sind alle nur Menschen", sagte er und machte zwei Schritte nach vorn, blieb jedoch stehen, als Gray eine Hand ausstreckte und ihm signalisierte, nicht näherzukommen.

„Das ist eine lausige Entschuldigung."

„Es ist keine Entschuldigung, Gray, aber ich denke nicht, dass du in der Position bist, mich zu verurteilen."

„Du hast dich an einer jungen Frau vergriffen."

Adam bemerkte erst jetzt, dass sich seine Hände zu Fäusten geballt hatten. Er lockerte seine Finger, ließ die Schultern hängen, versuchte, in Grays Blick Vergebung zu finden. Was sollte diese Anschuldigung? Es war ein schwacher Moment gewesen, den er zu Genüge bereut hatte! Es war ein überholtes Modell, dass die katholische Kirche ihren Priestern fleischliche Genüsse verbot.

„Du kannst mir nichts vorwerfen, Gray." Wieder näherte sich Adam seinem Sohn. Denn er war sein Sohn, auch wenn sie nicht blutsverwandt waren. Das Band, das ihn mit Gray verband, war stärker als alles, was er jemals in seinem Leben empfunden hatte. Ein einziger Fehltritt sollte diese Beziehung nicht zerstören. „Ich habe Buße getan, und das schlechte Gewissen ist mein ständiger Begleiter."

„Es gibt Dinge, die kann man nicht wiedergutmachen." Gray rieb sich den Nacken.

„Aber Vergebung gibt es für alles, nicht wahr?"

„Ja, von Gott." Gray schritt nervös durch den Garten, trat gegen den Holzzaun und kehrte dann zurück, blieb aber in einem gehörigen Sicherheitsabstand stehen. „Ich bin aber nicht Gott."

„Dann erwarte auch nicht von mir, so rein zu sein."

„Rein!" Gray schnaubte aufgebracht. „Wir sprechen hier nicht von rein, sondern von anständig. Du weißt genau, welcher Umgang sich für einen Pastor gehört!"

„Bist du denn niemals in Versuchung geraten?"

Gray schüttelte den Kopf. Seine Schultern waren nach vorn gesackt, und die Schatten unter seinen Augen waren beängstigend tief. Sein unruhiger Atem war für eine Weile das einzige Geräusch.

„Die Versuchung lauert überall", sagte er schließlich. „Ihr zu widerstehen ist unsere Berufung."

Adam trat in die Küche, öffnete entschlossen den Kühlschrank und gönnte sich ein Bier. Während er gedankenversunken am Tisch saß und die Beine hochlegte, dachte er an die Frauen, die ihn seit seinem Umzug nach London glücklich gemacht hatten. Es waren vier gewesen, und das gute Gefühl hatte nur wenige

Tage angehalten. Vielleicht hatte Gray recht und die irdischen Dinge führten niemals zu wahrer Erfüllung. Wütend nahm er einen großen Schluck. Er spürte, dass Tränen in seine Augenwinkel drängten. An Tagen wie heute hätte er seinem Leben am liebsten ein Ende gesetzt. Auch wenn selbst das als Sünde eingestuft wurde. Wer war die katholische Kirche denn, diese Regeln aufzustellen?

Adam erhob sich. Eilig ging er in das Wohnzimmer, schob den Vorhang beiseite und starrte gegen die Scheibe vor dem dunklen Himmel. Ein trübes Grau mit nassen Flecken, die sich mit anderen vereinten und schließlich im Zick-Zack nach unten flossen. Adam weinte. Er bemühte sich nicht einmal, die Tränen zurückzuhalten. Wegwischen wollte er sie auch nicht. Sie setzten sich in seine Mundwinkel, tropften von seinem Kinn. Was war nur aus ihm geworden? Er hatte seine Gemeinde aus egoistischen Gründen im Stich gelassen, anstatt die Sache zu klären. Er hatte versagt, war nicht in der Lage gewesen, die Wogen zu glätten. Warum stellte man so hohe Erwartungen an sich selbst? Ging es nur den Priestern so? Manchmal was das Gewissen eine Bestie, der man nicht entkommen konnte.

Wieder tauchte Grays Bild vor seinem inneren Auge auf, und er weinte stärker. Als er schließlich in sich zusammensackte, sich gegen die Wand lehnte und das Gesicht in den Händen vergrub, fühlte er sich so wertlos wie nie zuvor.

„Miss Pinky?" Die hektische Art, mit der der Anrufer den Namen aussprach, ließ ihn niedlich klingen. „Spreche ich mit Miss Pinky?"

Miss Pinky stand in ihren pinkfarbenen Bademantel gehüllt im Flur, presste das Handy gegen das Ohr und war noch zu verschlafen, um sofort zu begreifen, wer in der Leitung war. Sie hatte nach einem langen Gespräch mit Benedict nur wenig und unruhig geschlafen. Ihr Mann war der Meinung, sie solle die Finger von den Ermittlungen lassen, es würde sie nur unnötig in Verdacht bringen, mit Grays unglücklichem Tod etwas zu tun zu haben. *Unglücklich*, hatte Miss Pinky gedacht, gab es denn einen glücklichen Tod? Aber sie wusste ja, dass Benedict die Dinge gern angenehmer klingen ließ, als sie waren.

„Ich bin es, Adarsh Kumar", sagte die helle Stimme am Telefon.

„Oh, Adarsh, natürlich!" Sie räusperte sich und musste bei dem Gedanken an ihr verunglücktes Gespräch in London schlucken. „Wie schön, von Ihnen zu hören!"

„Ist es Freddy?" Pim war angerannt gekommen und klammerte sich an ihr Bein. „Ist es Freddy?" Freddy war sein neuer bester Freund in der Schule. Da Pim noch kein eigenes Handy hatte, hatte er ihm Miss Pinkys Mobilnummer gegeben, denn ihren Hausanschluss hatten sie vor Kurzem zum Entsetzen der Bewohner von Hollowfield gekündigt. Ein Haushalt ohne Festnetztelefon war für die meisten unvorstellbar.

„Nein, es ist nicht Freddy, mein Schatz." Sachte schob Miss Pinky ihren Sohn von sich. „Aber ich muss kurz in Ruhe telefonieren." Sie streichelte ihm über den Lockenschopf, ging in Benedicts Arbeitszimmer und zog die Tür zu. Es war ihr zuwider, ihre Kinder derart brüsk beiseitezuschieben, aber dieser Anruf klang wichtig. „Ich bin wieder bei Ihnen, entschuldigen Sie bitte."

„Es ist überhaupt kein Problem. Hihi." Er lachte nicht, sondern sagte tatsächlich *Hihi*. „Ich rufe an, weil mir noch etwas eingefallen ist, das Ihnen und Ihrer Freundin Jamie weiterhelfen könnte."

Seine Worte machten sie unruhig. Warum nicht gleich zum Punkt kommen? Sie war ganz Ohr. Ihre Zehen tanzten aufgeregt in ihren roten Plüschpantoffeln.

„Ich hatte ein schlechtes Gefühl nach unserem Gespräch." Oja, das teilte sie mit ihm! Es war das miserabelste investigative Treffen gewesen, das sie sich hätte vorstellen können! „Die Sache mit Gray geht mir sehr, sehr nahe." Adarsh schniefte. „Schließlich waren wir relativ eng befreundet." Das war Miss Pinky neu! Sie hatte immer gedacht, es sei eine rein geschäftliche Beziehung gewesen. „Gray war der einzige Mann, den ich kannte, der es fertigbrachte, im Pub keinen Tropfen Alkohol zu trinken." Eine lange, gequälte Pause. „Ich habe eine sehr hohe Meinung von ihm gehabt." Es klang eindeutig so, als hätte sich das eines Tage geändert. Miss

Pinky setzte sich wie in Zeitlupe in Benedicts weinroten, ledernen Schreibtischstuhl. Ihr war, als könnte jede zu schnelle Bewegung Adarsh verstummen lassen. Was absurd war, denn schließlich sprachen sie nur am Telefon. Doch diesmal wollte sie alles richtig machen. Ihre Zehen zappelten immer nervöser, und sie überlegte, ob sie nachbohren sollte, entschied sich dann aber, abzuwarten, auch wenn Geduld eine ihr fremde Tugend war.

„Es gab einen einzigen Abend, an dem Gray ein Bier angerührt hat", fuhr Adarsh eine halbe Ewigkeit später fort. „Ein einziges Bier. Er hat mich angerufen, wollte sich in London treffen. Was ungewöhnlich war, denn normalerweise liefen wir uns auf Märkten in der Nähe von Hollowfield über den Weg, oder aber ich besuchte ihn im Pfarrhaus. Damals kam er zu mir nach Hause, und ich bot ihm ein Bier an, obwohl ich mir sicher war, dass er es ablehnen würde. Aber siehe da, er sagte ja." Adarsh lachte laut auf. „Die Erinnerung ist wunderschön und tut weh. Beides gleichzeitig. Kennen Sie das, Miss Pinky?"

„Oja, das kommt vor." Ein Lächeln huschte über ihre Lippen. Sie mochte diesen Adarsh und war dankbar für seinen Anruf.

„Jedenfalls hatte ich sofort das ungute Gefühl, dass es etwas Dringendes gab, das Gray mit mir teilen wollte. Schließlich kam es nicht alle Tage vor, dass er zu mir kam. Und noch dazu ein Bier trank!"

Die Bürotür ging auf, und vier Köpfe lugten übereinander durch den Spalt. „Nicht jetzt!" Miss Pinky wedelte mit der freien Hand und schüttelte vehement den Kopf.

„Nicht jetzt?" Adarshs Stimme überschlug sich.

„Ich habe mit meinen Kindern gesprochen."

Die Tür wurde wieder geschlossen.

„Ich möchte Sie nicht lange aufhalten, Erin, ich dachte nur, ich rufe Sie an und nicht die Polizei. Den Umgang versuche ich zu vermeiden, und Sie kommen mir verlässlich vor."

„Das ist eine sehr weise Entscheidung gewesen, danke für Ihr Vertrauen!" Miss Pinky fühlte sich geschmeichelt. Nach dem Gespräch würde sie sofort Jamie anrufen und es ihr erzählen, wenngleich Jamie die Hauptschuld dafür trug, dass ihr Treffen mit Adarsh in die Hose gegangen war.

„Gray hat mir anvertraut, dass Pastor Adam eine junge Frau ... nun ja ... einer jungen Frau ... Sie wissen, was ich meine?"

„Einer jungen Frau ein Kind gezeugt hat? Das hat er Ihnen gesagt?" Die Überraschung in ihrer Stimme war nicht zu überhören. Aber jeder Mensch brauchte wohl ab und zu ein Ventil, wenn die Dinge zu schwer wurden, selbst Pastor Gray Guss.

„Er ist nicht ins Detail gegangen, und ich wollte keine unpassenden Fragen stellen. Schließlich geht es mich nichts an. Ich war nur da, um Gray zuzuhören."

„Verstehe. Und dann?" Miss Pinky hoffte inständig, dass dieses Telefonat der Schlüssel zur Wahrheit war, denn trotz Jamies detektivischen Elans war sie selbst in den letzten Wochen ermattet. Es gab so viele andere, angenehmere Dinge im Leben, um die sie sich kümmern wollte, noch dazu nahte Weihnachten!

„Gray hatte wohl einen heftigen Streit mit seinem Ziehvater. Er war entsetzt, dass Adam keine Verantwortung übernehmen wollte. Gray besuchte Amelia zweimal die Woche und ließ ihr Kleiderspenden aus der Gemeinde zukommen, aber Adam weigerte sich angeblich, den Kontakt zu pflegen. Natürlich war es nicht möglich, sich vollkommen aus dem Weg zu gehen, aber Adam zog sich immer mehr zurück und übertrug viele Aufgaben in der Kirche seinem Sohn."

Nach einer langen Pause fragte sich Miss Pinky, ob ihr diese Information weiterhalf. War es ein bedeutsames Puzzleteil? Es zeigte zumindest, dass das Verhältnis zwischen Gray und Adam nachhaltig gestört war und diese Tatsache Adam womöglich zusätzlich nach London getrieben hatte.

„Glauben Sie mir, Erin, Gray hat alles versucht, um seinen Vater umzustimmen!"

„Aber was hätte Adam denn tun können?"

Adarsh erwiderte zunächst nichts. Es war keine Schande für einen Pastor gewesen, ein Kind aus Nächstenliebe zu adoptieren, aber ein Kind zu zeugen war unerhört.

„Ich denke, Gray wollte nur für ein kleines Stück Gerechtigkeit sorgen, zumindest was die finanziellen Verhältnisse der jungen Mutter betrifft."

„Er wollte also, dass Adam Unterhalt für sein Kind bezahlt?"

„Er forderte es, ja. Er war aufgebracht. Fast so, als wäre er für Amelias Wohlergehen persönlich verantwortlich. Vielleicht fühlt es sich so an, wenn man mit Leib und Seele Pastor ist. Vielleicht ist es die bekannte Nächstenliebe."

Miss Pinky musste an Amelias Geständnis über ihre Gefühle für Gray denken. Hatte auch er etwas für sie empfunden? Hatte das seine Wut auf seinen Vater verdoppelt?

„Das, was Gray mir an jenem Abend in meiner Wohnung anvertraute, klang wie eine Beichte. Eine, die er dringend bei einem Freund ablegen musste."

Miss Pinky verstand gar nichts mehr. Sie saß aufrecht und mit bis zu den Ohren hochgezogenen Schultern in dem Stuhl, ihre Handflächen waren feucht.

„Gray hat Adam erpresst, anders kann man es nicht ausdrücken. Wenn Adam nicht jeden Monat Unterhalt für die kleine Keira zahlt, dann würde er der Gemeinde verraten, welch ein unmoralischer Kerl Pastor Adam Guss ist."

Miss Pinky wippte aufgewühlt mit dem Fuß. So war das also. Weil sich Adam durch gutes Zureden nicht hatte überreden lassen, hatte Gray zu dieser Waffe gegriffen, auch wenn er natürlich gewusst hatte, dass Erpressung nicht die feine Art war.

„Es tut mir leid, dass ich Ihnen diese wichtige Information so lange vorenthalten habe", sagte Adarsh.

„Ich danke Ihnen, dass Sie sie mir jetzt zugespielt haben." Trotz ihrer Verwirrung musste sie lächeln. Was würde sie mit diesem neuen Puzzlestück anfangen? Was würde Jamie dazu sagen?

„Wenn Inspektor Subtle mich aufsucht, werde ich es ihm wohl sagen müssen." Aufrichtige Reue schwang in Adarshs Stimmt mit. „Ich wollte den Umgang mit ihm nicht in die Länge ziehen, schließlich sind meine Bücher nicht ganz lupenrein geführt." Adarsh hüstelte. „Ich hoffe, Sie verstehen das."

„Natürlich." Miss Pinky wippte mit dem Fuß. Sie hatte nie vorgehabt, James' Untersuchungen zu behindern, hatte nur schneller sein wollen als er. Der Vorsprung lag vermutlich immer noch bei ihr. „War er denn schon bei Ihnen?"

„Nein, bisher noch nicht."

Erleichtert ließ Miss Pinky die Schultern sinken.

„Ich werde Inspektor Subtle nicht sagen, dass wir Kontakt hatten", fügte Adarsh mit einem verschwörerischen Unterton in der Stimme hinzu.

„Oh, machen Sie sich bloß keine Sorgen!" Miss Pinky sprang auf und machte einige beherzte Schritte durch den Raum. Sie konnte es kaum noch erwarten, sich mit Jamie zu beraten! „Ganz Hollowfield weiß, dass ich meine Nase in die Angelegenheit stecke."

„Ist das so?"

„Ja, ich habe es auf dem Markplatz verkündet."

„Sie haben was?"

„Ich bin der Überzeugung, dass es immer besser ist, offensiv statt defensiv zu sein, Adarsh." Miss Pinky kickte ihre Slipper von den Füßen. „In dieser Mordsache habe ich nichts zu verbergen. Mir geht es nur gehörig gegen den Strich, dass die Leute mit ihrem Urteil so schnell sind und mich plötzlich so behandeln, als wäre ich verdächtig."

„Das kann ich mir beim besten Willen nicht vorstellen, Miss Pinky."

„Doch, doch, die Menschen werden sonderbar, wenn sie ihr Vertrauen in das Gute im Menschen verlieren, weil die Umstände grauenvoll sind." Sie merkte, dass ihr Hals eng wurde. In der Tat schmerzte es sie am meisten, dass sie die Erfahrung gemacht hatte, dass es in Hollowfield zumindest einen Menschen mit bösen Absichten gab. Einen, der dazu in der Lage gewesen war, den begnadeten Pastor Guss umzubringen. Natürlich gab es Kriminelle auf der Welt, aber doch nicht in Hollowfield!

„Das stimmt wohl, die Menschen werden oft allzu schnell misstrauisch." Adarsh klang nachdenklich. „Aber lassen Sie sich nicht aus dem Konzept bringen, Erin."

„Nein, das werde ich nicht tun. Und danke für Ihren Anruf."

Nachdem sich die beiden voneinander verabschiedet hatten und Adarsh betont hatte, Miss Pinky könne ihn jederzeit anrufen, lehnte sie sich gegen die Bürotür. Sie erschrak über ihr ungewohnt lautes Seufzen und schloss die brennenden Augen. War Adam womöglich für die Tat verantwortlich? Hatte er seinen Ziehsohn aus Angst, er könnte seinen Ruf zerstören, umgebracht? Weil er seine Vergangenheit endlich hatte abschütteln wollen, Gray aber mit seinen Forderungen unerbittlich hart geblieben war?

„Mummy!" Pim hämmerte gegen die Tür. „Mummy, was machst du da drin?"

Ja, was tat sie bloß? Sie wühlte in Dingen, von denen sie am liebsten nichts wissen wollte.

„Ich komme, mein Schatz!" Sie strich sich eine ungehorsame, pinke Strähne aus der Stirn und setzte ein unbekümmertes Lächeln auf. Zumindest innerhalb der Familie wollte sie in einem Paradies leben. Entschlossen zog sie die Tür auf und schloss ihre vier Kinder eines nach dem anderen in die Arme.

vier

„Wir haben höchstens einmal in der Woche Sex." Jamie war auf dem mauvefarbenen Sofa in sich zusammengesackt, der Tee auf dem Beistelltisch dampfte nicht mehr, und die müde Wintersonne hatte beschlossen, ihren Dienst aufzugeben. Vergeblich hatte Miss Pinky in der letzten halben Stunde versucht, mit ihrer Freundin Blickkontakt herzustellen. Schon bei ihrer Ankunft im Haus der Higgins hing *Heute ist ein schlechter Tag* in der Luft, so, wie es in letzter Zeit bei Jamie immer häufiger vorgekommen war. Dabei hatte Miss Pinky über etwas ganz anderes reden wollen.

„Es liegt nicht nur an Roger." Jamie strich mit ihren blassen, knochigen Händen über ihren dunkelgrauen Rock. „Ich fühle mich oft wie ausgelaugt."

„Du bist noch eine junge Frau, Jamie, nicht einmal vierzig!" Miss Pinky rutschte auf dem Sofa hin und her. Das hier passte nicht in ihre Investigationen! Gleichzeitig wusste sie, dass Jamie sonst niemanden zum Reden hatte, denn die anderen Frauen in ihrer Runde sprachen, wenn überhaupt, nur mit hochroten Köpfen und sichtlichem Unbehagen über solche intimen Themen. Zudem war es nichts für den Frauentee, sondern etwas, das nur beste Freundinnen miteinander teilten.

„Trotzdem begehre ich Roger nicht so, wie ich sollte.“ Jamie legte die Hände in einer Gebetshaltung zusammen, was unpassend erschien, denn den lieben Gott bat man um vieles, aber sicher nicht um mehr Lustgefühle im Bett!

„Roger ist kein einfacher Ehemann, nicht wahr?“ Miss Pinky legte den Kopf schräg und betrachtete Jamie mitleidsvoll. Es tat ihr weh, sie so leiden zu sehen. Sie hatte mit Benedict von Anfang an häufigen und wunderbaren Sex gehabt, und daran hatte sich auch nach der Geburt der Kinder nichts geändert. Natürlich waren sie nun älter, und die Frequenz ließ ein wenig nach. Die überschwängliche Begierde der ersten Monate, in denen sie Mühe gehabt hatten, wenige Stunden die Finger voneinander zu lassen, hatte sich verflüchtigt. Aber sie war durch eine zärtliche, verlässliche Liebe ersetzt worden, die nach all den Ehejahren sicherlich ein Goldschatz war, der manchen verwehrt wurde.

„Wenn ich ehrlich bin, stört es mich, dass Roger eine Glatze bekommt“, sagte Jamie plötzlich und blickte nach oben, jedoch in Richtung des Fensters und nicht in Miss Pinkys Augen, als müsste sie ins Leere sprechen, um diese Ehegeheimnisse ausplaudern zu können. „Im Sommer schwitzt er ganz fürchterlich, wenn wir uns lieben, und ich kann es nicht leiden, dass er nach dem Sex augenblicklich einschläft.“

Um Himmels willen, Miss Pinky wollte nichts weiter darüber hören! Jedes Mal, wenn Roger ihr über den Weg laufen würde, hätte sie dieses Bild des nassgeschwitzten Mannes, der nach dem Coitus selig schlummerte, vor Augen! Es war zu viel Information! Die

Schlafzimmertür sollte geschlossen bleiben, selbst vor der besten Freundin.

„Erin, ich habe wirklich ein Problem damit." Jamie wischte sich eine Träne von der Wange. „Ich weiß, dass es eine Nebensache im Leben ist, aber sie ist zu einer Last geworden. Manchmal frage ich mich, ob es richtig war, den ersten Freund zu heiraten."

„Bestimmt war es richtig! Wenn die Liebe einen trifft …"

„Aber ich weiß nicht, ob es bei Roger die große Liebe war." Jamie zuckte mit den Schultern. „Oder bei mir. Unsere Familien haben sich gekannt, es kam jedem so vor, als *müsste* es passen."

Miss Pinky hörte geduldig zu, dabei brodelte es in ihr. Doch es war unmöglich, von diesem Thema, das Jamie sichtlich beschäftigte, auf die Erpressung zu lenken, mit der Gray das Verhältnis zu seinem Vater nachhaltig beschädigt hatte.

„Du hast wenigsten einen Vergleich, Erin." Jamies Stimme war belegt. „Du hattest fünf oder sechs Freunde vor Benedict, nicht wahr?"

Miss Pinky dachte nach. „Acht."

„Siehst du! Ich habe mich immer nur nach Männern verzehrt, aber nie das Glück gehabt, Liebe zu ernten."

Miss Pinky fiel dazu nichts ein. Verliebtheit war ein Wort, das sie seit der Eheschließung nicht mehr zu ihrem Vokabular zählte. Gewiss gab es attraktive Männer, auch in Hollowfield, aber die Zeiten des Sich-Verzehrens waren vorbei. Erstens, weil sie glücklich verheiratet war, zweitens, weil sie es respektierte, wenn andere Männer gebunden waren, und drittens, weil sie neben Familie, Haushalt und Arbeit gar keine Zeit dafür hatte!

„Wie dem auch sei, es tut mir leid, dich damit zu belasten." Jetzt sah Jamie ihr in die Augen. Die ihren waren verquollen und der Blick so traurig, dass Miss Pinky ihre Freundin am liebsten in den Arm genommen hätte. „Ich weiß, dass mir niemand helfen kann. Nur ich selbst kann lernen, mit der Situation zurechtzukommen."

„Und wenn du mit Roger darüber redest?" Es war das Naheliegendste überhaupt, sie brauchte nur an ihre allabendlichen Gespräche mit Benedict denken, und waren sie noch so müde!

„Es ist mir peinlich, es ihm gegenüber zu erwähnen. Du bist eine Frau, das ist etwas anderes."

„Aber er ist dein Ehemann!" Es wollte nicht in Miss Pinkys Kopf, dass es Dinge gab, über die man mit seinem Mann nicht reden konnte.

„Trotzdem, ich wurde anders erzogen. Meine Eltern haben sich nicht einmal vor uns Kindern geküsst!"

Es war unvorstellbar, aber Miss Pinky beschloss, nicht weiter darauf einzugehen. Stattdessen nutzte sie die nun folgende Pause, um das Thema zu wechseln.

„Adarsh Kumar hat mich angerufen", sagte sie und sah in Jamies Blick sofort aufflammendes Interesse. Wahrscheinlich war es gut, sie auf andere Gedanken zu bringen.

Kaum hatte sie das Telefonat zusammengefasst, rückte Jamie auf dem Sofa vor und schenkte ihrer Freundin einen besonders wachen Blick.

„Und du denkst jetzt dasselbe wie ich, nicht wahr?", fragte sie mit einem aufgeregten Ton in der Stimme.

„Dass Adam Guss seinen Ziehsohn auf dem Gewissen hat, weil der ihm das Leben zunehmend zur Hölle gemacht hat?“

„Aber Adam hatte seiner Gemeinde und Hollowfield doch schon längst den Rücken gekehrt.“ Der Gedanke, dass Adam so etwas getan habe könnte, schmerzte Miss Pinky.

„Das ist unerheblich“, sagte Jamie sachlich. „Es war ein Versuch zu fliehen, die Vergangenheit hinter sich zu lassen. Trotzdem war da dieser Schandfleck in seinem Leben und noch dazu ein Beweis, die kleine Keira! Wer weiß, was Gray alles von seinem Vater gefordert hat.“

Miss Pinkys Kopf glühte. Befanden sie sich nun auf der Zielgeraden, nur noch wenige Schritte davon entfernt, den Mord an Gray zu lösen? Und Inspektor James Subtle tappte weiterhin im Dunkeln, weil er die Verbindung von der Paternostererbsen-Kette zu dem Händler Adarsh Kumar niemals hergestellt hatte? Und weil es Dinge gab, die Frauen ausschließlich unter sich besprachen?

„Es gibt nur einen Weg, um herauszufinden, ob Adam der Täter war.“ Miss Pinky erschrak über die eigene, zittrige Stimme. „Wir müssen ihn so bald wie möglich in London aufsuchen.“

„Und du glaubst, dass er sich verraten wird?“

„Wenn wir uns geschickt anstellen, dann ja.“

„Aber er ist ein gerissener Mann. Er wird uns vielleicht nicht einmal empfangen.“

„Ich habe noch ab und zu telefonischen Kontakt zu ihm und nie das Gefühl gehabt, dass er sich mir gegenüber abschottet.“

„Ist das so?" Jamie hob die Augenbrauen und wirkte für den Bruchteil einer Sekunde fremd. Doch dann lächelte sie.

„Ich halte ihn nach wie vor für einen guten Menschen, Jamie. So schnell urteile ich nicht." Der vorwurfsvolle Unterton war kaum zu überhören, doch Jamie reagierte nicht darauf.

„Adam ist ein hinterhältiger Kerl, glaube mir." In Jamies Blick mischte sich Wut. „Ein Mann, der sich niemals Gott hätte versprechen sollen. Denn im Grunde genommen sind alle Männer triebgesteuert, ob sie es wahrhaben wollen oder nicht." Sie stand energisch auf, zog erbost die Augenbrauen zusammen. „In ihnen steckt etwas Animalisches, das uns Frauen nicht selten überrumpelt. Sieh dir die arme Amelia an! Was hat sie leiden müssen! Und selbst wenn Adams Gewissen ihn ab und zu gequält hat, am Ende hat er sich dem Weltlichen ergeben. Wer weiß, welch ein Lotterleben er in London führt!"

„Aber Gott hat uns so geschaffen, Jamie, mit all unseren Gefühlen. Auch denen der Lust."

„Das ist nicht dein Ernst, oder? Ein Pastor muss in der Lage sein, die Lust auszuschalten. Oder aber zu ihr zu stehen. Eine Gratwanderung ist unmöglich."

Die Freundinnen sagten lange Zeit nichts, bis Miss Pinky das Wort ergriff, um Jamies Anschuldigung die Spitze zu nehmen: „Aber wenn es tatsächlich Adam gewesen ist, dann ergibt der Brief in Grays Jackentasche immer noch keinen Sinn."

„Der Brief muss rein gar nichts mit dem Mord zu tun haben, Erin, kapier das doch!"

„Ein Zufall also?"

„Ein Streich, mehr nicht.“

„Ein dummer Streich“, bemerkte Miss Pinky.

„Allerdings.“ Jamie trat auf sie zu und legte eine Hand auf ihren Oberarm. „Und lass uns jetzt aufhören zu streiten. Wir sollten lieber unseren baldigen Besuch bei Adam Guss vorbereiten.“

fünf

Langsam nahm Miss Pinky die mit einem grauen, fleckigen Teppichboden überzogenen Stufen zu Adams Wohnung. Es war der schwerste Besuch ihres bisherigen Lebens.

„Hopp, hopp!" Jamie drängelte, aber Miss Pinky hatte seit dem Telefonat mit Adam am Vortag ein sonderbares Gefühl, als hätte er ihr in all den Jahren ihrer doch recht engen Freundschaft viel Bedeutendes verschwiegen. Aber taten sie das nicht alle im Grunde genommen zu einem gewissen Grad? Und warum sollte man auf einmal die Karten offen auf den Tisch legen? Ein stechender Schmerz fuhr durch ihre linke Schläfe. Weshalb war sie in all das hineingeraten?

„Warum bleibst du stehen, Erin?" Jamies Hand lag plötzlich fest auf ihrer Schulter. „Ist etwas?"

„Ich bin mir nicht sicher, ob es eine gute Idee ist."

„Was?" Jamie stellte sich neben sie auf die Stufe. Träge drehte sich Miss Pinky zu ihrer Freundin um. Heute sah sie wie frisch aus dem Ei gepellt aus, trug einen schicken Hosenanzug und einen weihnachtlich-verspielten Schal. Ihre Wangen waren gerötet, ihre Augen leuchteten. „Wir sind doch nur hier, um mit Adam ein wenig über Gray zu plaudern. Und gestern am Telefon hatte er gesagt, es sei in Ordnung, nicht wahr?"

Es stimmte, auch wenn das Gespräch alles andere als erbaulich gewesen war. Adams Stimme hatte geklungen, als hätte jemand einen Sack über seinen Kopf gestülpt. Miss Pinky hatte im Lauf des Telefonats zunehmend den Verdacht gehegt, dass er zu viel getrunken oder gar etwas anderes eingenommen hatte.

„Ich habe Scones gebacken, das wird ihn freuen. Sie waren heute Morgen noch warm." Jamie schenkte ihr ein ermunterndes Lächeln und tätschelte die dickbäuchige Stofftasche, die neben ihrem Oberschenkel baumelte. „Er mag die, glaub mir."

Jeder mochte Scones! Auch Miss Pinky hatte sich, kaum war sie in Hollowfield eingetroffen, sofort in das Gebäck verliebt. Er war der Grund dafür gewesen, dass sie überhaupt auf die Idee der Frauentees gekommen war.

„Warum haderst du jetzt mit dir, Erin?" Jamie zog ihre Hand zurück und legte einen Zeigefinger an den Mundwinkel. Ihre Lippen waren heute auffallend dunkel geschminkt, und Miss Pinky wunderte sich, warum dieser Besuch ihre Freundin mit so viel Vorfreude erfüllte. Jemandem den Vorwurf zu machen, den eigenen Sohn – Ziehsohn hin oder her – auf dem Gewissen zu haben, war auf jeden Fall keine erbauliche Aussicht.

„Diese Frage stellst du mir allen Ernstes?" Ihr Kopfschmerz wurde intensiver. „Wir besuchen einen Mann, unseren ehemaligen Pastor, um ihm vorzuwerfen, dass er seinen Ziehsohn vergiftet hat. Und da soll ich gelassen sein?" Sie schüttelte ungläubig den Kopf. Manchmal wurde sie aus Jamie nicht schlau.

„Aber so machen wir das doch nicht. Wir gehen sachte vor, so, wie wir es besprochen haben. Wir sagen ihm, dass wir von der Liebelei mit Amelia wissen und zeigen uns verständnisvoll."

„Sind wir das denn?"

„Das ist doch egal, Erin! Adam muss auf jeden Fall das Gefühl bekommen, dass wir es nachempfinden, weil er eben auch nur ein Mann ist."

„Und du glaubst, dass er uns das abnimmt?"

„Wenn wir unsere Rollen gut spielen, dann ja."

Miss Pinky seufzte unwillkürlich. Musste man die Menschen bei einer Befragung derart manipulieren?

„Ich bin mir sicher, dass sich Adam im Laufe unseres Gesprächs verraten wird." Jamie nahm eine weitere Stufe. „Vielleicht wartet er nur darauf, dass ihm jemand ein Geständnis aus der Nase zieht. So ist es doch manchmal, nicht wahr? Ein kleiner Schubs, und schon ist man in der Lage, sein Gewissen zu erleichtern."

„Bei dir klingt es einfach." Eines musste sie Jamie lassen: Sie ging professionell und scheinbar emotionslos vor, fast wie eine Meisterdetektivin! Sie selbst verließ zunehmend der Mut. Auch heute Nachmittag, als sie ihre Kinder mit der Nanny hatte zu Hause lassen müssen, hatte sie das schlechte Gewissen durchbohrt, weil sie Dinge tat, von denen sie besser die Finger lassen sollte. Weil sie ihre Familie und andere Aktivitäten seit vielen Wochen vernachlässigte und sich in etwas hineinsteigerte, das ihre Kompetenzen deutlich überschritt. Und was, wenn Benedict Recht hatte und sie sich durch ihr Einmischen nur unnötig verdächtig machte?

„Glaube mir, er freut sich bestimmt über unseren Besuch", sagte Jamie mit Überzeugung, die aber nicht auf

Miss Pinky abfärbte. „Er wohnt hier seit Jahren so einsam.“

„Aber er hat es doch selbst so gewollt!“ Miss Pinky war der festen Überzeugung, dass das schlechte Gewissen Adam seit dem Vorfall mit Amelia zunehmend zerfraß. Er war kein Mann, der so etwas auf die leichte Schulter nahm.

„Komm schon, Erin.“ Jamie nahm zwei weitere Stufen, drehte sich um und zwinkerte ihr zu. Nach einem tiefen Atemzug folgte sie ihrer Freundin schließlich.

Von dem schmalen, muffigen Flur gingen auf beiden Seiten zwei Türen ab. Als die beiden Frauen wenig später vor der beigen Wohnungstür standen, galoppierte Miss Pinkys Herz so schnell in ihrer Brust, dass es ihr Angst machte.

Nirgends war ein Klingelknopf zu sehen. Unten waren sie hereingekommen, als eine alte Dame mit ihrem Hund das Gebäude verlassen hatte. Jamie klopfte einmal. Nichts. Miss Pinky versuchte vergeblich, mit einem vorsichtigen Räuspern den hartnäckigen Frosch im Hals loszuwerden. Bald darauf klopfte Jamie ein zweites Mal. Wieder nichts.

„Vielleicht macht er einen Mittagsschlaf?“, bemerkte Miss Pinky.

„Er ist kein alter Mann, Erin!“ Die Empörung in Jamies Stimme war unverkennbar und überraschte Miss Pinky. Jamies Aufgewecktheit passte rein gar nicht zu ihrem Charakter.

„Ich mache auch manchmal einen, wenn mir danach ist und es meine Aufgaben zulassen“, gestand Miss Pinky.

„Du?" Jamie lachte heiser. „Das glaube ich nicht! Du bist doch so energiegeladen wie niemand sonst in Hollowfield!"

Miss Pinky ging nicht auf den Kommentar ein. Wirkte sie so unerschöpflich auf ihre Freundinnen? Hatten sie ein falsches Bild von ihr, weil sie nicht alles ungefiltert nach außen kehrte? Aber wer tat das schon?

Jetzt trommelte Jamie mit den Fingerknöcheln mit Nachdruck gegen das Holz. Dreimal schnell hintereinander, doch in der Wohnung blieb es still.

„Soll ich ihn anrufen?" Miss Pinky zückte ihr Handy. „Ich habe aber nur seine Festnetznummer." Jamie nickte stumm. Aber auch das laute Klingeln, das durch die Tür zu vernehmen war, änderte nichts.

„Sonderbar." Jamie korrigierte den Sitz ihres Dutts und presste die Lippen zusammen. „Und jetzt?"

„Lass uns warten. Er wird schon auftauchen." Miss Pinky ging zu den Stufen, machte es sich auf der obersten bequem und streckte die Beine aus. Sie schloss die Augen. Wenn sie ehrlich war, dann war sie um jede Minute froh, die sie gewann, um sich zu sammeln.

Ein Klimpern ließ sie zusammenzucken. Wenig später kam ein älterer Herr die Treppe hochgekeucht, der aussah, als hätte er seit Tagen nicht geschlafen. Sein Haar stand unordentlich vom Kopf ab, sein heller Trenchcoat war dreckverschmiert, und je näher er kam, desto intensiver wurde der Alkoholgeruch, den sein Atem verströmte.

„Hallo", sagte er und stocherte zitternd mit dem Schlüssel am Schloss herum.

„Darf ich Ihnen helfen?“ Miss Pinky stand auf und streckte ihre Hand aus. Dankend reichte der Mann ihr den Schlüssel.

Die Tür ging nur schwer auf. Im stockdunklen Flur leuchteten zwei grüne Tieraugen.

„Danke, mein Schatz.“ Der Mann tätschelte Miss Pinkys Arm und betrat träge seine Wohnung. Dabei stolperte er beinahe über die Schwelle.

„Wissen Sie vielleicht, wo Adam Guss ist?“ Sie stellte die Frage, ohne zu überlegen, denn was hatte sie schon zu verlieren? Und der Fremde machte den Anschein, als wollte er sein Reich sofort wieder verschließen und mit nichts und niemandem zu tun haben. „Wir sind bei ihm eingeladen.“ Es entsprach nicht ganz der Wahrheit, klang aber besser als *wir kommen, um ihm einen Mord anzuhängen.* „Und jetzt warten wir hier schon eine Weile, aber er scheint nicht zu Hause zu sein. Ans Telefon geht er auch nicht.“

„Wie soll er ans Telefon gehen, wenn er nicht zu Hause ist?“ Der Mann lachte heiser auf.

„Er könnte eingeschlafen sein. Oder gestürzt.“ Sie klang so aufgeregt, wie sie war.

„Adam ist oft nicht da.“ Der Nachbar musterte sie eindringlich. „Sind Sie mit ihm verwandt?“

„Nein, nicht verwandt, aber wir sind gute Freunde aus Hollowfield.“ Jamie hatte sich ebenfalls erhoben und stand nun neben Miss Pinky. „Das ist der Ort, in dem Adam einmal Pastor war“, sagte sie, als der Mann nur mit leerem Blick in Richtung Flur starrte.

„Adam war mal Pastor?“ Jetzt lachte er laut auf. „Das ist ein Witz, oder?“

Wenn Miss Pinky ehrlich war, dann wunderte es sie kaum, dass Adam nicht über seine Vergangenheit sprach.

„Er und ich gehen manchmal zusammen in den Pub, aber ich weiß nichts über diesen Ort oder Freunde, die er dort hat." Sein Tonfall war mürrisch geworden, ein eindeutiges Zeichen dafür, dass ihn die Unterhaltung nervte.

„Könnten Sie uns vielleicht behilflich sein? Ich meine, was, wenn ihm etwas zugestoßen ist?" Miss Pinky ließ es so dringend wie möglich klingen. „Haben Sie Adams Handynummer?"

Der Nachbar runzelte die Stirn und ging in die Hocke, um einer erschreckend hageren, schwarzen Katze, die sich an sein Bein schmiegte, über das Fell zu streicheln. Er presste seine eingefallene Wange gegen den Kopf des Tieres. Als er sich wie in Zeitlupe wieder aufrichtete, hatte Miss Pinky die Hoffnung beinahe aufgegeben.

„Ich habe tatsächlich einen Zweitschlüssel zu seiner Wohnung, weil er sich am Anfang immer mal wieder ausgesperrt hat. Sie wissen schon, nachdem er den Müll runtergebracht oder die Post geholt hat." Er schüttelte den Kopf. „Unser Adam ist ein zerstreuter Mann, nicht wahr?"

Natürlich war es nicht angebracht, sich in Adams Abwesenheit Eintritt in sein Zuhause zu verschaffen. Trotzdem fragte Miss Pinky vorsichtig: „Und wenn wir kurz, mit Ihnen zusammen natürlich, einen Blick in die Wohnung werfen? Nur um sicherzustellen, dass alles in Ordnung ist?"

„Vielleicht sieht er mit Kopfhörern fern und hat unser Klopfen nicht gehört?", brachte sich Jamie ein.

„Es wäre wirklich nett." Miss Pinky setzte ihr bezauberndstes Lächeln auf.

„Hier!" Jamie kramte doch tatsächlich in ihrer Handtasche und holte eine 50-Pfund-Note heraus, die wie frisch gedruckt aussah. Miss Pinkys Wangen wurden heiß. War das eine gute Idee?

Über die Lippen des Nachbarn huschte ein Lächeln, das Mut machte. War er ein Typ, der sich so leicht bestechen ließ? Sie hätte Jamie diesen Schachzug gar nicht zugetraut!

„Aber das bleibt unter uns", sagte Jamie, nachdem der Fremde den Geldschein in seine Jackentasche gestopft hatte, kurz verschwand und mit einem Schlüssel zurückkehrte, den er ihr mit einem Nicken in die Hand drückte. „Ich brauche da nicht mitzugehen. Bringen Sie den Schlüssel einfach wieder."

Jamie stürmte auf den Eingang zu, als könnte sie es kaum noch aushalten. Die Tasche mit den Scones ließ sie im Flur stehen und schob rasch die Tür auf, während Miss Pinky noch überlegte, ob ihr Handeln nicht grob unhöflich war.

„Komm schon, Erin!" Jamie warf einen raschen Blick über die Schulter und winkte energisch.

Im engen Flur roch es nach verbranntem Toast und herbem Aftershave. Die Luft war abgestanden, als hätte man wochenlang nicht gelüftet, und an der Wand neben der Garderobe reihten sich leere Bierflaschen. Ehrfürchtig trat Miss Pinky ein. Wohin war Adam in den letzten Jahren nur abgerutscht? Selbstvorwürfe, dass sie sich besser um ihn hätte kümmern müssen, keimten auf einmal in ihr auf.

„Adam!", rief Jamie. „Adam, bist du da?"

Es kam keine Antwort. Jamie schubste eine nur angelehnte Tür mit zwei Fingern an und reckte den Hals. „Sein Schlafzimmer", sagte sie, bevor sie, gefolgt von Miss Pinky, eintrat. Der Raum war verdunkelt und ein Durcheinander. Kleidung lag am Fußende des ungemachten Bettes, auf einem Sessel und auf dem Teppichboden. Der schwere Geruch von Schlaf, Schweiß und Alkohol hatte die Luft so sehr durchtränkt, dass Miss Pinky kaum atmen wollte.

„Also hier ist er nicht." Jamie verließ das Zimmer, ihre Gesichtszüge waren nun sichtlich angespannt. Ein lauter Seufzer entfuhr ihr.

Überzeugt, dass Adam außer Haus war, wollte Miss Pinky kehrtmachen, anstatt sich in dieser verwahrlosten Behausung umzusehen. Doch Jamie ging entschlossen weiter, betrachtete ein Bild, das an der Wand neben einer Tür hing, die wohl in den Wohnbereich führte. Jamie öffnete auch die nächste Tür. Trübes, bedrückendes Herbstlicht drang durch das Wohnzimmerfenster in den Flur.

„Wir sollten wieder gehen, Jamie." Miss Pinky kratzte sich am Kopf. In letzter Zeit war ihr die Perücke immer wieder unangenehm. Es musste an ihrer trockenen Haut in der kalten Jahreszeit liegen. „Lass uns gehen, er ist nicht hier."

Aber Jamie hatte bereits den nächsten Raum betreten. Kaum war sie nach links abgebogen, erklang ein schriller Schrei. Er durchschnitt die Luft wie ein scharfes

Messer. Miss Pinky zuckte zusammen. Ihre Hände waren kalt. Sie eilte ihrer Freundin hinterher und blieb ungläubig und wie angewurzelt im Wohnzimmer stehen. Das Blut gerann ihr in den Adern. Und ob Adam zu Hause war! Dort, halb unter dem ovalen Esstisch und mit aufgerissenen Augen, weit von sich gestreckten Gliedern und einem offenen Hosenladen, lag Adam Guss.

Teil vier

eins

Als Miss Pinky und Jamie drei Tage später Inspektor Subtles Haus am Ortsrand aufsuchten, wären sie vor der Tür beinahe mit dem Organisten Craig O'Connell zusammengestoßen.

„Jamie!" Craig fuhr sich mit der fleischigen Hand durch den Schopf. Dann blieb er wie angewurzelt stehen und starrte Miss Pinky aus seinen stahlblauen Augen verwundert an. „Erin!"

„Hallo Craig." Miss Pinky klang so niedergeschlagen, wie sie war. Adams Tod war der berühmte letzte Tropfen gewesen, der ihr klargemacht hatte, dass es an der Zeit war, diese absurden Privatermittlungen einzustellen. Selbst nach fünf Tassen Beruhigungstee und zwei Melatonin-Tabletten hatte sie am Abend nach ihrem Besuch in London nur mit Mühe einschlafen können. Zu laut dröhnten die Sirenen des Rettungswagens noch in ihren Ohren. Das Bild von Adam Guss, wie er auf einer Bahre aus seiner heruntergekommenen Wohnung getragen wurde, verfolgte sie bis in ihre Träume.

„Was macht ihr denn hier?" Craig faltete die Hände vor dem Bauch.

„Das Gleiche könnten wir dich fragen!" Jamie hob die Augenbrauen und wirkte erstaunlich unbekümmert.

„Es geht immer noch darum, dass ich die Polizei benachrichtigt habe." Er rümpfte die schiefe Nase. „Ihr wisst schon, nach Pastor Gray Guss' Tod." Genervtes Augenrollen. „Dabei habe ich schon tausendmal beteuert, dass ich nur an der Orgel üben wollte."

Miss Pinky war ganz Ohr. Hegte Inspektor Subtle etwa die Annahme, dass Craig etwas mit dem Mord zu tun haben könnte? Oder trat er bei seinen Ermittlungen so sehr auf der Stelle, dass er wieder ganz von vorn anfing? Hatte er etwa nicht dieselbe Vermutung wie sie und Jamie? Über James' Vorgehen war nie etwas über die Presse verbreitet worden, und James selbst nahm ohnehin kaum am öffentlichen Leben teil, sodass er einem nur selten über den Weg lief. Seine Frau ließ sich ebenfalls kaum blicken. Seine Schwägerin Selma hätte man ausfragen können, aber deren unnahbares Wesen machte das schwer.

„Ja wer kommt denn da?" James erschien im faden Licht des Flurs. Seine von Krümeln übersäte Strickjacke hing lose herab und verriet, dass er abgenommen hatte. „Das ist aber eine Überraschung!"

„Tja, dann verabschiede ich mich." Craig nickte und machte sich mit eiligen Schritten davon, wie jemand, der gerade noch einem verheerenden Urteil entkommen war.

„Craig gehört zum Kreis der Verdächtigen?" Miss Pinky trat ungefragt ein und reichte James die Hand. „Im Ernst?"

„Alle Bewohner von Hollowfield sind potenziell in den Fall verwickelt", bemerkte James sichtlich genervt und begrüßte Jamie. „Alle außer mir, versteht sich."

Er bat die Freundinnen an einen kleinen Küchentisch, der nur spärlich gedeckt war und Frühstücksspuren aufwies, und bereitete eine Kanne Tee vor.

„Was machen die Ermittlungen?", fragte Jamie. Eigentlich war Miss Pinky nach ihrem schrecklichen Fund davon ausgegangen, dass James sie und Jamie spätestens am nächsten Tag zu sich auf die Polizeistation bitten würde. Doch es war still geblieben. Manchmal war die Ruhe angsteinflößender als der Tumult.

„Ich habe von dem bedauerlichen Umstand gehört, dass ihr beide unseren früheren Pastor leblos in seiner Wohnung in London aufgefunden habt." James führte seine Teetasse an die Lippen. „Das tut mir sehr leid."

„Es war furchtbar!" Jamie legte die Hände theatralisch an ihre Wangen. „Wie konnte so etwas nur passieren?"

„Wir gehen von Selbstmord aus." James sagte es so selbstverständlich, dass sich Miss Pinky die Nackenhaare sträubten. „Ebenso bei Pastor Gray Guss."

War das die neue Mode der Polizei, dass jeder Mensch, der verstarb, sofort damit bezichtigt wurde, sich selbst das Leben genommen zu haben? Dabei war dieser Fall sonnenklar! Es war Mord! Stundenlang hatte sie die Sache mit Jamie von links, rechts, oben und unten beleuchtet. Wie konnte es sein, dass ein Polizeiinspektor so unfähig war? Oder spielte er ihnen nur etwas vor, um sie zu testen?

„Also ich glaube keine Sekunde an Selbstmord." Miss Pinky sah dem Inspektor fest in die Augen.

„Wer hätte Pastor Adam Guss denn etwas Böses anhaben wollen?", fragte James und legte den Kopf schräg. Sein Blick war wenig investigativ, eher verschlafen.

Da fällt mir sofort jemand ein, dachte Miss Pinky.

„Eine Sache macht mich aber immer noch stutzig." James lehnte sich nach vorn, stellte die Ellenbogen auf den Tisch und bettete das Kinn in den großen Händen. „Und diese Frage ist nach wie vor die brennendste für mich. Wer hat dir, liebe Erin, etwas antun wollen? Ich meine natürlich indirekt, denn der Brief in Grays Tasche ist nach wie vor ein Rätsel."

Miss Pinkys Gedanken jagten wild durcheinander. Gemeinsam mit Jamie war sie zu dem Entschluss gekommen, dass der Brief womöglich nur verwirren sollte und gar nichts mit der Angelegenheit zu tun hatte. Oder aber ein schlechter Scherz gewesen war, den Gray zufällig am Tag seines Todes mit sich herumgetragen hatte. Wenn jemand ihr, Erin Lovejoy, einen Fallstrick hatte legen wollen, dann stellte sich tatsächlich die Frage, ob nicht immer noch ganz Hollowfield befragt werden sollte. Aber wer verfügte schon über so viel Feingefühl, jedem Einzelnen seine intimen Geheimnisse zu entlocken? Dass es in jedem Haushalt von ihnen nur so wimmelte, das war klar!

„Wir haben den Fall bereits gelöst, James." Jamie sagte es mit einer Ironie in der Stimme, die an Unverschämtheit grenzte. Auch wenn es der Wahrheit entsprach, wünschte sich Miss Pinky, ihre Freundin hätte es mit mehr Taktgefühl an den Inspektor herangetragen. Doch in letzter Zeit schien Miss Pinkys Direktheit auf Jamie übergesprungen zu sein und ihr übliches Zaudern wiederum von Miss Pinky Besitz ergriffen zu haben! Jamie war es auch gewesen, die zu diesem Besuch bei James gedrängt hatte.

„Hm." James' Augen weiteten sich. „Ist das so?"

„Nun ja, wir haben uns so unsere Gedanken gemacht", sagte Miss Pinky, und kaum hatte sie diese Worte ausgesprochen, dämmerte ihr, dass dies der Zeitpunkt war, um die Karten offen auf den Tisch zu legen – Mitgefühl hin oder her!

„Deswegen seid ihr also gekommen, um mir zu sagen, dass ihr meinen Fall für mich gelöst habt?" Ein Schmunzeln legte sich auf James' Lippen. „Das ist allerliebst!"

„Du nimmst uns nicht ernst?" Jamie klang entrüstet. „Du hättest uns vielleicht von Anfang an in deine Ermittlungen einbeziehen sollen, James. Frauen haben oft ein gutes Gespür bei so etwas."

„Dann müssten alle Polizisten Frauen sein?" Sein Lächeln war nun höhnisch.

„Auf jeden Fall sollte es mehr Frauen bei der Polizei geben, ja!" Jamies Wangen röteten sich. Miss Pinky war von ihrer Entschlossenheit und ihrem unerschütterlichen Mut beeindruckt.

„Was wollt ihr beiden Hübschen mir denn sagen?" James amüsierte sich sichtlich, was Miss Pinky beunruhigte. War ihre Theorie wasserdicht, oder hatten sie etwas übersehen, das James bereits wusste?

„Du oder ich?" Jamie blickte Miss Pinky mit Überzeugung in die Augen und nickte ermutigend. „Wir haben doch alles durchgesprochen, nicht wahr?"

„Na dann!" Miss Pinky stand auf und räusperte sich. Es war, als müsste sie ein Plädoyer vor Gericht halten, und der Gedanke jagte ihr einen kalten Schauer den Rücken hinunter. „Jamie und ich haben uns tatsächlich ein wenig schlau gemacht." James hatte sich zurückgelehnt, die Arme vor der Brust verschränkt, und hörte interessiert zu. Das Lächeln war von seinen Lippen verschwunden. „Wir hoffen, das ist in Ordnung." Die Frage, die rhetorisch gemeint war und auf die James auch nicht einging, kam wahrlich zu spät, sollte aber der Höflichkeit dienen. „Jedenfalls gibt es einen klaren Verdacht, wer Gray umgebracht hat. Wir haben mehrfach mit Amelia Blacksmith gesprochen." Miss Pinky machte eine Pause, um James die Gelegenheit zu geben, anzumerken, dass auch er bereits mit Amelia geredet und seine Schlüsse gezogen hatte, aber der Inspektor verengte nur die Augen. „Adam Guss hat sie vor vielen Jahren verführt. Keira ist seine Tochter. Als Gray das erfahren hat, gab es wohl einen heftigen Streit zwischen Vater und Sohn, weil Gray meinte, Adam müsse sich mehr um sein Kind kümmern und zu ihm stehen. Wir können nur ahnen, wie sehr sich das Verhältnis zwischen Adam und Gray in den Jahren verschlechtert hat. Adam Guss hat seinen eigenen Ziehsohn vergiftet, weil er diese Last nicht mehr ertragen konnte." Miss Pinky ließ wieder Raum für eine Reaktion. „Vielleicht hat es ihn auch gestört, dass Gray ein Vorzeige-Pastor geworden war. Einer, den Hollowfield mehr liebte als ihn zu seiner Zeit des Dienstes für die Kirche."

„Hm", war alles, was James von sich gab.

„Außerdem hatte Adam Angst, Gray könnte eines Tages sein Geheimnis lüften und seinen Ruf vollends beschmutzen. Allein schon, weil ihre Beziehung immer mehr den Bach runterging. Dass Gerede über seine größte Sünde entsteht und er sein Gesicht verliert, das wollte er trotz seines Umzugs nach London nicht riskieren.“

„Interessante Annahmen.“ James verschränkte die Hände im Nacken.

„Wir haben die Sache gut durchdacht, James.“ Jamie wippte mit den Knien. „Du solltest ernsthaft erwägen, dass es die Wahrheit ist.“

„Ich wusste nichts von der Sache zwischen Adam und Amelia.“ Es war also wirklich so, dass sich Amelia nur ihnen beiden anvertraut hatte. „Es ist ein wesentlicher Baustein in der Sache, das sehe ich ein.“ Er rieb sich nachdenklich das Kinn. „Wenn ich ehrlich bin, habe ich mich nie gefragt, wer Keiras Vater ist. Eine junge, hübsche Frau wie Amelia hat bestimmt viele Verehrer, und London ist nicht weit. Sie hat oft in der Suppenküche ausgeholfen, was weiß ich, was sie dort sonst noch getrieben hat.“ Für einen Augenblick tat er Miss Pinky leid.

„Wir wollten nur helfen, James.“ Jamie klang beinahe reuevoll.

„Und die Sache mit Adam?“ Der Inspektor wirkte nicht erbost, sondern eher interessiert und dankbar für die Hilfe.

„Adam Guss wurde ebenfalls ermordet.“ Jamie sprang auf. „Ich habe dieser Amelia noch nie über den Weg getraut.“

„Amelia hat Adam auf dem Gewissen?“ James klang verwirrt.

„Amelia war jahrelang in Gray Guss verliebt“, erklärte Miss Pinky. „Womöglich hat sie denselben Verdacht gehabt wie wir. Wer weiß. Oder aber es war Amelias späte

Rache für das, was Adam ihr einst angetan hat. Weil ihr einsames Leben ihr immer mehr über den Kopf gewachsen ist."

Eine Weile herrschte Stille im Haus. Draußen krächzte eine Krähe.

„Selbst wenn ihr recht habt", begann James, „wird es schwer sein, diese Behauptungen zu untermauern. Unmöglich sogar. Was Adam angeht, hat er, wenn die Sachlage so ist, wie ihr behauptet, seine gerechte Strafe bereits bekommen. Möge er in Frieden ruhen." Er senkte den Blick. „Aber Amelia, die ist eine harte Nuss!"

„Du musst sie nur am richtigen Tag erwischen." Jamie nahm wieder Platz. Ihre Finger tanzten auf den Knien. „Wenn du dich geschickt anstellst, wirst du ihr ein Geständnis entlocken, schließlich will doch jeder Straftäter am Ende sein Gewissen erleichtern, nicht wahr?"

„Morgen werde ich erfahren, woran Adam Guss gestorben ist", sagte James. „Wie wäre es, wenn wir unser Gespräch vertagen und einmal tief durchatmen?" Er lächelte sanftmütig. „Ich habe den Eindruck, dass ihr beide ziemlich aufgewühlt seid." Er nahm einen Schluck aus seiner Tasse. „Was mehr als verständlich ist. Kein Mensch möchte eine Leiche finden."

„Das ist eine gute Idee." Jamie gab ihrer Freundin Zeichen. „Wir können uns morgen im Pub treffen, wenn du Zeit hast."

James begleitete die beiden Frauen zur Tür und verabschiedete sich dankend.

Miss Pinkys Kopf schien mit Watte ausgestopft zu sein. Ein feiner Nieselregen fiel vom grauen Himmel.

„Und das war's, Jamie?" Sie sah ihre Freundin an. „Unsere Ermittlungen sind abgeschlossen?"

„Auf jeden Fall." Jamie blieb hinter dem Gartentor stehen und streichelte ihr über den Arm. „Was denkst du denn? Wir haben James alles gesagt, was wir wissen, jetzt ist er an der Reihe. Wenn er es jetzt nicht hinbekommt, diesen Fall zu lösen, dann ist er wirklich ein unfähiger Polizist."

„Aber ich bin mir nicht hundertprozentig sicher." Der Zweifel nagte an Miss Pinky. Das Hadern, das sie in letzter Zeit immer häufiger und jetzt mit Nachdruck heimsuchte, erfüllte sie mit jedem Tag mehr. Vor allem dann, wenn sie sich bewusst machte, was für eine schwerwiegende Anschuldigung sie eben ausgesprochen hatten. „Ich hatte immer nur Mitleid mit Amelia. Die Vorstellung, dass sie einen Menschen getötet hat, ist furchtbar."

„Es steht den Menschen nicht auf die Stirn geschrieben, was sie heimlich im Schilde führen, Erin!"

Miss Pinky wollte nicht an ihrer Menschenkenntnis zweifeln. Auch wenn es viel Verborgenes auf dieser Welt gab und jeder ein Recht auf Privatsphäre hatte, so konnte doch ein Gefühl, dass jemand ein guter Mensch war, einen nicht blind machen. Oder etwa doch? „Sicherlich gibt es Böses in der Welt, aber Amelia?"

„Du hast doch selbst gehört, dass Amelia unsterblich in Gray verliebt war." Jamie seufzte. „Sie ist ein zartes Pflänzchen. Ein armes, ungebildetes Mädchen, das nur mit seiner Schönheit punkten kann. Sie hat Adam den Kopf verdreht, aber ihr Herz unglücklich an seinen Sohn verloren. Ihr Leben mit einer unehelichen Tochter muss die Hölle sein."

„Und jetzt kommt sie ins Gefängnis, und Keira bleibt allein zurück?"

„Hör auf, so zu denken, Erin! Wir überlassen alle weiteren Ermittlungen der Polizei. Wir haben alles getan, was in unserer Macht stand, und ich finde, wir waren ziemlich erfolgreich.“

„Es fühlt sich aber nicht wie ein Erfolg an.“

„Wir haben doch selbst erlebt, dass Amelia ein Wrack ist. Wer weiß, was sie uns noch alles vorenthalten hat?“

„Es geht nicht nur darum, was jemand sagt, sondern wie er es tut.“ Miss Pinky ging zügig in Richtung ihres Wagens. Sie wollte zur Weihnachtsbaumfarm, obwohl die Vorweihnachtszeit dieses Jahr ein wenig an Glanz verloren hatte.

„Du machst dir wirklich viel zu viele Gedanken, Erin.“ Jamie ergriff Miss Pinkys Hand. „Hör zu, du solltest dir ein wenig Entspannung gönnen. Die letzten Wochen waren für uns alle anstrengend, und du hast so viel Energie in diese Sache gesteckt, dass du jetzt völlig ausgelaugt bist.“ Ihr Lächeln war zuckersüß. „Ich habe dir meine Hilfe angeboten, aber jetzt ist die Sache für mich abgehakt. Ich trete hiermit zurück, Erin. Ich möchte nichts mehr mit dieser Angelegenheit zu tun haben. Wir können nichts mehr tun.“

Verunsichert trat Miss Pinky auf ihr Auto zu und drückte auf den Türöffner an ihrem Schlüssel. „Ist schon gut, Jamie.“ Sie zog die Fahrertür auf. Ihre Augen brannten.

„Du bist mir nicht böse, oder?“, rief Jamie.

„Ist schon gut.“

„Wir sollten versuchen, wieder in der Gegenwart zu leben. Bald ist Weihnachten! Und dann feiern wir ein grandioses Silvester und schreiben das Jahr 2000! Es geht immer weiter, Erin.“

Miss Pinky knallte die Tür zu, weil sie nicht wollte, dass Jamie ihr beim Weinen zusah. Nichts fühlte sich richtig an. Sie freute sich auf den Abend, wenn sie in Benedicts Armen liegen und seiner beruhigenden Stimme lauschen konnte. Er war ihr Ankerplatz, den sie heute mehr brauchte denn je. Die Sache war aus dem Ruder geraten. Zuerst hatte die Gemeinde hinter ihrem Rücken über sie geredet. Dann hatte ihre Ansprache auf dem Marktplatz die Gemüter beruhigt. Jetzt war auch noch Adam tot. Und Amelia eine Mörderin? Jamie hatte die Sache abgehakt, aber für Miss Pinky klaffte die Wunde weiterhin und wollte nicht verheilen. Ihr liebe Menschen versanken in einem Schlamassel, das niemand leugnen konnte. Wie groß waren doch die Geheimnisse, die hinter jeder Ecke brodelten! Wie unwesentlich war das meiste, das sich an der Oberfläche zutrug. Und wie erschreckend düster das, worüber sie fast nie sprachen.

zwei

„Die Polizei von Hollowfield wird eure Ausführungen ernst nehmen und weitere Nachforschungen anstellen." James' Stimme war bedacht, doch in Miss Pinkys Ohren klang sie wie Donnergrollen. Am Vorabend war sie, während Benedict ihr sanft über das Haar gestreichelt hatte, gut eingeschlafen und bis jetzt erholt gewesen. Mit einem Mal war dieses Gefühl wie weggewischt.

„Spann mich bitte nicht auf die Folter, James!" Miss Pinky presste das Handy ans Ohr und setzte sich auf das Ehebett. Das Wasser in der Dusche rauschte, sie hatte noch nicht einmal die Kinder geweckt, so früh am Tag war es.

„Ich habe schon gestern die Ergebnisse von der Obduktion erhalten. Außerdem haben die Untersuchungen der Beweisstücke vor Ort ergeben, dass sich in Adam Guss' Pfefferstreuer nicht nur Pfeffer befand."

„Sondern?" Miss Pinkys Herz pochte wild.

„Wir haben es wieder mit Abrin zu tun. Irgendjemand weiß genau, wie giftig diese Paternostererbsen sind. Adam Guss ist an derselben Vergiftung gestorben wie sein Sohn Gray."

„Also wieder ein Mord!"

„Hm. Alles ist offen, Erin. Bitte sage liebe Grüße an Jamie, wenn du sie das nächste Mal siehst. Jedenfalls danke für eure Hilfe, ich werde sie mir zu Herzen nehmen und die Ermittlungen mit mehr Dampf leiten. Ich gebe zu, dass ich die Sache habe schleifen lassen, weil ich dachte, dass sich Gray selbst das Leben genommen hat. Aber nach alledem, was du und Jamie mir gestern erzählt habt, bin ich mir da nicht mehr so sicher. Außerdem sind mir das zu viele Zufälle. Und zwei Tote innerhalb kürzester Zeit, bei Gott!"

„Wenn ich dir irgendwie helfen kann …"

„Nein, Erin! Du wirst dich jetzt wieder um deine Angelegenheiten kümmern und mich in Ruhe nachforschen lassen. Du hast deine herzallerliebste Familie und nichts zu befürchten. Ich habe dich nie verdächtigt, sondern bin nur meiner Pflicht nachgekommen, alle Personen zu befragen, bei denen ich es für nötig halte. Jetzt beginne ich von vorn." Die Resignation in seiner Stimme war nicht zu überhören.

„Wie du meinst." Miss Pinky atmete tief durch. „Danke, dass du mich angerufen hast."

Nachdem sich die beiden verabschiedet hatten, saß Miss Pinky noch lange auf der Bettkante und ließ die Stille in sich hineinsickern. Die Dusche war abgestellt, bestimmt putzte sich Benedict gerade die Zähne. In etwa einer halben Stunde würde sie Kit, Marlon und Pim wecken, Pim noch mit einer langen, innigen Umarmung. Zuletzt Edith, sobald die drei Jungs in der Schule waren. Für heute Vormittag hatte sie dem neuen Pastor versprochen, in der Kirche beim Basteln der Adventsdekoration zu helfen. Sein Name war Mike Mitchum, und er mochte um die fünfzig Jahre alt sein. Mit seinem stark ergrauten Haar und den kleinen,

dunklen Knopfhaugen erinnerte er an einen Dachs.
Sein Umgangston war ruhig, aber kühl.

Um zehn Uhr stand sie vor der Tür des Gemeindehau-
ses, von der die Farbe an vielen Stellen abblätterte.
Auch ein Job, aber erst im Frühjahr.

„Erin! Wie schön, dass du hier bist." Mike zog die Tür
auf und führte sie an einen der drei Tische, auf denen
Tannenzweige, rote Bänder und kleine Holzengel ausgelegt waren. „Amelia arbeitet heute, aber Belinda wird
bald kommen, dann sind wir in etwa einer Stunde fertig, ganz bestimmt." Mike holte drei Tassen und eine
Thermoskanne mit Kaffee hervor.

Während sie Zweige zusammenband und Mike im
Nebenraum verschwand, fragte sie sich, wo Amelia arbeitete. Natürlich war sie auf Geld angewiesen, aber
wenn man darüber nachdachte, dann hatte sie in den
letzten Jahren allzu oft Zeit für freiwillige Tätigkeiten
gehabt. Die Miete für ihre Wohnung war bestimmt
nicht hoch, aber trotzdem. Hatte ihr Adam doch regelmäßig Geld für Keira zukommen lassen? Der Gedanke,
noch einmal mit Amelia zu reden, drängte sich Miss
Pinky immer wieder auf. Seit Adams Tod vermutete sie,
dass es mehr gab, als Amelia bisher zugegeben hatte.
Aber was würde die junge Frau dazu bewegen, alles zu
sagen? Wer wollte schon alles preisgeben, besonders,
wenn es so schmerzhaft war?

Als Belinda endlich auftauchte, war Miss Pinky erleichtert über die Ablenkung von ihren diffusen Gedanken, die ohnehin nirgendwo hinführten. Trotzdem war
Adam Guss' Tod ein Thema, das unweigerlich früher
oder später wieder aufkam.

„Ich weiß nicht, was ich dazu sagen soll." Belinda klang stark betrübt. „Du weißt ja, dass ich niemand bin, der jauchzend durchs Leben geht, aber diese Tode von Menschen, die ich gut gekannt habe, machen mich zunehmend depressiv."

„Lass den Kopf nicht hängen." Miss Pinky befestigte einen der Engel mit einem Band. Es sah aus, als hätte sie ihn erhängt.

„Wie kannst du immer mit einem Lächeln weitermachen, Erin? Ich bewundere dich dafür!"

Oh, ich lächle vielleicht, aber in mir tut sich vieles, dachte Miss Pinky.

„Wäre mein Großvater noch am Leben", sagte Belinda, „dann würde ich ihn anrufen. Bei Scotland Yard hat er noch so verzwickte Fälle binnen kürzester Zeit gelöst, aber hier in Hollowfield tut sich ja gar nichts! Weißt du denn, ob James auch nur ein kleines Stück weitergekommen ist bei seinen Ermittlungen?" Sie hielt in ihren Bewegungen inne und sah Miss Pinky erwartungsvoll an. „Oder du, wenn wir schon beim Thema sind? Wolltest du nicht Licht ins Dunkel bringen?"

„Doch, aber die Angelegenheit gestaltet sich komplizierter als gedacht."

„Das heißt, es gibt keinen Verdächtigen?"

„Es gibt Mutmaßungen." Miss Pinky wollte Belinda nicht einweihen. Etwas in ihr schrie, dass die Geschichte noch allzu unausgereift war und etwas nicht stimmte. „Aber du weißt ja, dass man Beweise braucht. Oder eben ein Geständnis."

„Mein Großvater hat immer gesagt", Belinda hob den Zeigefinger, „dass es am Anfang der Ermittlungen meist in die völlig falsche Richtung geht. Man landet sozusagen in einer Sackgasse, um dann alles noch einmal gründlich zu überdenken. Und dann kehrt man um, und es eröffnen sich neue Wege, von denen einer ans Ziel führt.“

„Das Naheliegende ist falsch?“ Miss Pinky band energisch eine Schleife. Was, wenn Amelia tatsächlich nichts mit den Toden zu tun hatte und sie die ganze Zeit etwas Wesentliches übersehen hatte?

„Oft ist es so. Oder aber man möchte die andere, ebenso naheliegende Lösung, gar nicht erkennen.“

„Ich weiß nicht, Belinda.“

„Doch, doch! Wir sehen oft nur das, was wir sehen wollen. Oder was unsere Lage begünstigt.“

Die beiden Frauen schwiegen eine Weile. Draußen setzte erneut starker Regen ein. Alles in Miss Pinkys Kopf drehte sich, und sie musste sich hinsetzen. Hatte sie sich eine Erkältung eingefangen oder war es die Erschöpfung der letzten Wochen, die jetzt ihren Tribut forderte?

Sie stützte den Kopf in die Hände.

„Ist alles in Ordnung, Erin?“ Belinda beugte sich zu ihr. „Du siehst blass aus.“

„Es geht schon.“

„Du solltest nach Hause gehen.“

Wahrscheinlich hatte Belinda recht und es war an der Zeit, zuzugeben, dass es keinen Sinn mehr hatte, sich in die Ermittlungen einzumischen. Trotzdem flüsterte eine Stimme in ihrem Kopf, dass Amelia unschuldig war. Und sie hatten James’ Aufmerksamkeit auf die arme, junge Frau gelenkt! Wie konnte sie das nur wieder rückgängig machen?

drei

Amelia war nicht bei der Arbeit, sondern lag im Bett, nachdem sie Keira in die Vorschule gebracht hatte. Die graue Wolldecke hatte sie bis zum Kinn hochgezogen und starrte an die Wand, an der ein feiner Riss verlief. Das monotone Prasseln des Regens bereitete ihr Kopfschmerzen. Auch ihre Augen taten weh, denn sie hatte seit Adams Tod viel geweint. Vielleicht war er der einzige Mann auf der Welt gewesen, der sie aufrichtig geliebt hatte, nur hatte sie es zu spät begriffen. Oder waren Gefühle nichts, was man mit dem Verstand erfassen konnte? Vor allem war es nicht möglich, Liebe zu erzwingen.

Amelia zog die Knie an und legte die kalten Hände zum Gebet zusammen, obwohl sie wusste, dass Leere folgen würde. Ihre Kommunikation mit Gott war eingebrochen, hatte niemals Tiefe gehabt, dabei hätte sie so gern an etwas geglaubt, das jenseits des begrenzten Horizonts der Menschen lag! Adam war ein gläubiger Mann gewesen und hatte das an Gray weitergegeben, der es perfektioniert hatte. Er hätte niemals seine Berufung zum Pastor für die körperliche Liebe zu einem Menschen geopfert! Adam schon. Aber auch das war Amelia viel zu spät klargeworden. Seine Hände auf ihren Schenkeln hatten sich falsch angefühlt, ebenso war sein warmer Atem an ihrem Hals unangenehm gewesen. Etwas an der zügellosen Begierde des Pastors hatte ihr trotz allem geschmeichelt. Sie hatte Begierde gespürt, nicht aber Liebe, und alles, was Adam Guss später geschrieben hatte, war nicht gut genug gewesen, um diese Tatsache zu ändern. Nur bei Gray waren die berühmten Schmetterlinge geflattert. Amelia sah ihn immer noch vor sich, wie er mit einem Leuchten in den Augen in ihre Richtung blickte, auf eine Art, der sie nie zuvor begegnet war. Sein Wesen war von einer unaussprechlichen Liebe erfüllt gewesen. Doch es war eine heilige Liebe gewesen. Keine, die durch Körperliches zum Ausdruck gebracht werden konnte. Trotzdem war da etwas zwischen ihnen gewesen. Hatte er nur ihr diese Blicke geschenkt? Oder war es ein Teil von Gray Guss gewesen, der Ausdruck seines sanften Wesens, den ganz Hollowfield gesehen und gespürt hatte?

Ein schrilles Klingeln riss Amelia aus den Gedanken. Hastig warf sie die Decke zurück, schlüpfte in ihren Hausmantel und ihre Pantoffeln und ging zur Tür. Wer mochte um diese Uhrzeit bei ihr aufkreuzen? Doch hoffentlich nicht Inspektor Subtle, denn der hatte sie erst am Vortag mit Fragen gelöchert.

Eine Welle der Erleichterung durchflutete sie, als es nicht die Polizei, sondern Jamie Higgins war, die auf der obersten Steinstufe stand. In der Hand hielt sie einen klatschnassen Schirm, und an einer Lederleine zerrte ihr Beagle. In ihrem schwarzen Mantel und der dunkelgrauen Stoffhose wirkte sie wie eine Trauernde. Ihre Haare hingen in Fransen neben ihren schmalen Wangen hinab, aber sie lächelte so hell wie selten.

„Jamie, was für eine Überraschung!“ Amelia zögerte,
Jamie hereinzubitten, denn ihr Haus befand sich in einem chaotischen Zustand, und sie war nicht auf Besuch vorbereitet. Sie könnte einen Tee kochen, aber
sonst?

„Ich will dir keine Umstände machen, Amelia.“ Jamies
Lächeln wurde noch breiter und widersprach den gerö-
teten Augen, die Amelia erst jetzt auffielen. „Hast du
Lust auf einen kleinen Spaziergang? Ich habe heute
frei, und da mich meine Hunderunde oft bei dir vorbei-
führt, dachte ich mir, ich könnte dich fragen.“

Es klang wenig überzeugend; sicherlich führte Jamie
mehr im Schilde und suchte nicht bloß eine Begleitung.
Bisher hatte sie nie bei ihr geklingelt.

„Ich weiß nicht.“ Amelia zuckte mit den Schultern.

„Es ist wirklich dringend.“ Jamie lehnte den Schirm
gegen die Hauswand und zerrte den Beagle von den
Sträuchern weg. „Wir könnten über Gray sprechen.“

„Gray?“ Amelia runzelte die Stirn. Sie wollte nicht
über Gray reden, und schon gar nicht mit Jamie!

„Ja, über Gray Guss. Meinst du nicht, dass es an der
Zeit ist?“

„An der Zeit wofür?“ Am liebsten hätte Amelia die Tür
zugeknallt.

„Dass wir offen miteinander reden.“

Offen? Es hatte auch bisher nie geholfen, die Dinge
auszusprechen.

„Nur eine kleine Runde.“ Jamie lächelte. „Bitte.“

Amelia schlüpfte in ihren Regenmantel und ihre Stiefel und folgte Jamie in Richtung des Waldes, denn ihre
Neugierde hatte über ihre Bedenken gesiegt. Sie waren

nur wenige Minuten gegangen, als erneuter Nieselregen einsetzte und Amelia die Schultern hochzog.

Plötzlich hielt Jamie an und packte ihren Arm. Ihr Griff war fest, wie der eines Schraubstockes, ebenso ihr Blick. „Du solltest dich stellen, Amelia."

Ihr Atem stockte. Die Zeit schien stillzustehen, während der Regen Jamies Haar benetzte. „Die Polizei hat genug um die Ohren, und früher oder später wird es sowieso herauskommen. Keine Sünde kann sich ewig vor den Augen der Gerechtigkeit verstecken." Sie klang ernst.

Amelias Angst war wie ein dichter, übelriechender Nebel, dem sie nicht entfliehen konnte. „Aber ich habe nichts mit Adams Tod zu tun." Verwundert lauschte sie ihrer zittrigen Stimme. Sie war schon immer ein leises, schreckhaftes Mäuschen gewesen, und in Jamies Gegenwart wurde ihr dies auf einen Schlag bewusster denn je.

„Es ist verständlich, dass du das sagst." Jamies Griff lockerte sich. „Aber du solltest dir klarmachen, dass die Strafe milder ausfallen wird, wenn du dich stellst und deine Tat bereust."

Im Gebüsch hinter Jamie raschelte es, und Amelia zuckte zusammen. Ein Reh vielleicht?

„Du tust allen einen Gefallen, Amelia, wenn du zu deinen Handlungen stehst. In erster Linie dir selbst."

Glaubte Jamie tatsächlich, dass sie Adam auf dem Gewissen hatte? Ihre Anschuldigung war eine Unverschämtheit, aber so sehr Amelia auch nach den passenden Worten suchte, es fiel ihr nichts ein. Am allerwenigsten wollte sie aufwärmen, was zwischen Jamie und

Adam geschehen war, denn genau das hatte ihre Haltung Adam gegenüber für immer vergiftet. Selbst wenn sie an seine Liebe hätte glauben wollen – nach jenem verfluchten Samstagnachmittag war alles für immer verdorben gewesen. Ihr geheimer Wunsch, Keira könnte eines Tages einen Vater haben, war zunichte gemacht und ihre kindliche Sehnsucht nach einem Mann, der es gut mit ihr meinte, begraben worden. Amelia schüttelte Jamies Hand ab und wich zurück.

„Gib dir einen Ruck, Amelia, ich flehe dich an!“ In Jamies Gesichtsausdruck mischte sich Wahn, nicht Mitgefühl. „Adam ist ein Mörder! Er hat seinen Sohn vergiftet, weil der moralischer war als er selbst! Und weil Gray der Einzige war, der dein wahres Gesicht erkannt hat.“ Jamie lehnte sich nach vorn und flüsterte: „Er hat gespürt, dass du ein guter Mensch bist und etwas Besseres verdient hast als Adam Guss.“ Ihr Blick war eisig kalt. „Adam hat alle im Stich gelassen: dich, mich, die Gemeinde von Hollowfield, die Kirche, sogar Gott. Er hat den Tod verdient, glaube mir.“ Amelia trat einen Schritt zurück. Sie sah nicht, wie etwas Pinkes hinter ihr vorbeihuschte.

„Ich fühle mit dir, Amelia. Deine Tat ist nachvollziehbar. Adam hat dich benutzt, um seine Begierde zu befriedigen, und du hast es ihm viele Jahre später heimgezahlt. Ich weiß, wovon ich rede.“

Amelia setzte noch einen Schritt nach hinten. Ihre Augen liefen über, diesmal mehr aus Wut als aus Trauer. Jamie Higgins war schon immer ein rotes Tuch für sie gewesen, allein schon wegen der Art, in der sie immer wieder über ihren Ehemann sprach, anstatt froh zu sein, eine Familie zu haben. Zweimal war Amelia auf Miss Pinkys Einladung hin beim Frauentee gewesen, hatte sich aber bald zurückgezogen, weil sie wusste, dass sonst auch sie eines Tages an der Reihe sein würde, die Frauen zu sich nach Hause einzuladen. Mit deren Herrenhäusern konnte sie nicht mithalten.

„Ich weiß nicht, was du von mir willst, Jamie." Amelia wischte sich über die von Tränen feuchten Wangen. „Du hast alles, was man sich wünschen kann. Lass mich einfach in Ruhe."

„Was fällt dir ein!" Jamie verengte die Augen. „Du kleines Flittchen willst mir sagen, wie es um mich steht? Soll ich dir etwas sagen? Du hast keine Ahnung, wie es im echten Leben zugeht. Du ziehst dich mit deiner Tochter in euer Nest zurück und beklagst dein Schicksal. Der Mann, den du geliebt hast, war unerreichbar. Jetzt ist er auch noch tot. Und den Mann, der dich geliebt hat, wolltest du nicht. Was auch gut war, denn er ist der unmoralischste Pastor gewesen, den Hollowfield jemals gehabt hat."

Wieder bewegte sich etwas im Gebüsch, aber es flog kein Vogel auf.

Jamie sah Amelia zunächst eine Weile fest an, dann bekam ihre Miene etwas Weiches, Mitfühlendes. „Es tut mir leid, hörst du?" Sie näherte sich Amelia und wollte sie berühren, doch die junge Frau zuckte zurück, als hätte sie sie verbrannt. „Verzeih mir, manchmal gehen meine Gefühle mit mir durch." Sie schüttelte langsam den Kopf. „Auch für mich waren die Ereignisse der letzten Wochen ein bisschen zu viel. Es wird Zeit, dass wieder Ruhe in Hollowfield einkehrt, und du kannst deinen Teil dazu beitragen, Amelia. Sprich aus, was deine Seele belastet. Im selben Zug kannst du die Wahrheit über Adam Guss ans Licht bringen und ganz Hollowfield beweisen, dass du aus Verzweiflung gehandelt hast."

Erst jetzt bemerkte Amelia den beißenden Wind, der eingesetzt hatte. Der Regen wurde wieder heftiger, ihr war entsetzlich kalt in ihren nicht gefütterten Gummistiefeln. Alles in ihr schrie danach, Jamies Worten etwas entgegenzusetzen, doch in ihrem Inneren herrschte eine Leere, die sie nicht bekämpfen konnte. Es war wie damals, als sie ein einziges Mal in ihrem Leben ihren ganzen Mut zusammengenommen hatte, um Gray zu überreden, sich auf ihre Seite zu stellen. Er hätte alles reparieren können, was sein Vater zerstört hatte. Alles wäre anders gekommen.

„Überlege es dir gut, Amelia." Jamie seufzte, schlug ihren Kragen hoch, und entfernte sich mit raschen Schritten. Ihr Gang war selbstsicher. Amelia wünschte, sie wäre stärker. Zu sich und seinen Gefühlen zu stehen, das war stark und nicht schwach.

Ermattet machte sie sich auf den Weg nach Hause. Der Regen verwandelte sich in Schnee. Amelias Gedanken waren zunächst bei Jamies Worten, dann wieder bei Gray. Die Liebe, die sie für ihn empfunden hatte, hatte an Wahn gegrenzt. Es war kein Tag vergangen, an dem sie nicht das Gefühl gehabt hatte, er beobachte sie von oben, wie eine allmächtige Präsenz, vor der alle ihre Handlungen rechtfertigen mussten. Sie war ihm verfallen gewesen, dabei hatte er ihr unmissverständlich zu verstehen gegeben, dass es für ihn nicht möglich war, eine Beziehung mit ihr einzugehen. In die Verzweiflung hatte sich mit der Zeit Verbitterung gemischt. In die Verbitterung Wut. In die Wut die Erkenntnis, dass es keinen Ausweg mehr aus diesem traurigen Leben gab. War es so, dass die Gefühle, die einen am intensivsten gekränkt hatten, am längsten nachhallten?

vier

Am nächsten Tag flocht Miss Pinky gedankenverloren eine rote Samtschleife in Ediths Haar, denn in einer halben Stunde begann die Adventsfeier im Gemeindehaus. Edith hatte die Frisur in einem Katalog gesehen und sich in sie verliebt. Sie saß auf einem roten Plastikhocker und Miss Pinky auf dem Rand der Badewanne. Ihre pinkfarbenen Leggings mit dem weißen Kunstfellbesatz passten zu ihrem weihnachtsmannmäßigen Oberteil, das sie in der Hitze des Flechtens neben sich abgelegt hatte.

„Mom, das zieht!" Edith drehte sich mit einem gespielt schmerzverzerrten Gesicht zu ihrer Mutter um. „Es zieht ganz arg!" In ihrem Blick lag ein unverblümter Vorwurf, den sich Kinder ohne nachzudenken erlaubten.

„Tut mir leid, mein Schatz." Miss Pinky drückte Edith einen Kuss auf die Nase. „Ich lockere das Band ein wenig, in Ordnung?"

„Seid ihr fertig?" Benedict trat in das Badezimmer. In seiner beigen Stoffhose und dem blauen Hemd war er, wie jeden Tag, enorm schick. „Ihr seht beide bezaubernd aus!"

„Wann gehen wir endlich?" Kit lehnte sich lässig gegen den Türrahmen und pustete sich eine Haarsträhne aus der Stirn. „Und muss ich da mit?"

185

„Ich will endlich lo-hos!" Pim tauchte hinter seinem Bruder auf und kitzelte seinen Bauch.

„Lass das!"

Und schon begann das Gerangel auf dem Teppichboden.

„Marlon hockt auf dem Sofa und spielt auf deinem Handy", bemerkte Benedict beiläufig und setzt sich neben Miss Pinky. „Alles in Ordnung?" Er legte den Arm um sie und zog sie sachte an sich heran. „Du solltest aufhören, überall auszuhelfen und herumzuschnüffeln."

Sie drehte sich zu ihrem Mann um, der sie sanft anlächelte. „Nicht jetzt", sagte sie nur und versuchte, sich wieder auf Ediths Frisur zu konzentrieren. Natürlich hatte er recht, und sie wünschte, sie wäre Amelia und Jamie gestern nicht gefolgt. Jetzt zermarterte sie sich den Kopf ohne Unterbrechung und hatte letzte Nacht nach einer ausgiebigen Beratung mit Benedict erst um drei Uhr einschlafen können. Ihr Entschluss war trotzdem gefasst, auch wenn Benedict mit Empörung reagiert hatte.

„Das ist nicht dein Ernst", hatte er gesagt und sie von hinten umarmt. Sein warmer Atem an ihrem Nacken und seine Hände an ihrem Bauch ließen sie eine Weile vergessen, was ihr Sorgen bereitete. Aber danach war alles auf einen Schlag wieder da, während Benedict wie ein Murmeltier schlief und sie im Nachthemd nach unten ging, um sich erfolglos vor dem Fernseher abzulenken. Sie hielt viel von Benedicts Meinung, aber in diesem Fall gab es keine andere Lösung! Natürlich war es leicht kriminell, aber heute Nachmittag war die perfekte Gelegenheit, weil quasi ganz Hollowfield im Gemeindezentrum versammelt sein und es bestimmt niemand merken würde, wenn sie für ein Stündchen davonhuschte.

„Hast du es dir noch einmal überlegt?", fragte Benedict, obwohl es in ihrer Familie ein großgeschriebenes Tabu war, vor den Kindern über Erwachsenendinge zu sprechen.

„Was ist, Mummy?" Edith verrenkte sich und fasste sich an den Zopf. „Bist du jetzt endlich fertig?"

„Ja!" Sie stand entschlossen auf. „Alles fertig und wunderhübsch!"

Benedict atmete geräuschvoll ein und genervt aus. „Du bist unverbesserlich."

„Das solltest du nach so vielen Ehejahren wissen." Sie lächelte, nahm Ediths Hand, sammelte ihre Söhne ein, wartete im Flur auf Benedict und genoss die warme Vorfreude in ihrem Bauch, die nur von einem Quäntchen Vorsicht gedämpft war. Denn heute, davon war sie überzeugt, würde sie im Fall Gray Guss und Adam Guss ein großes Stück weiterkommen!

Die Gemeindehalle, die vor zwei Jahren mithilfe einer großzügigen Spende von Benedicts Lederwarenfabrik einen geräumigen Anbau erhalten hatte, war bereits gut gefüllt, als die Familie Pretty eintraf. Aus den Lautsprechern plätscherte klassische Weihnachtsmusik. An den Wänden prangten bunte Weihnachtsgirlanden mit Engeln und glitzernden Sternen, die Miss Pinky zusammen mit Belinda angebracht hatte, auf den Tischen waren rote Schüsseln mit Lebkuchen und Haferkeksen verteilt, auf dem Büfett-Tisch gab es Sandwiches mit

Schinken, Käse, Senf und Gürkchen, dazu Chips, Popcorn aus einer Maschine, die Marlon mit einem Freund bediente, und vier Teller mit Christmas Pudding (den es eigentlich erst am ersten Weihnachtsfeiertag in Hollowfield gab, aber Miss Pinky hatte bereits beim Adventsfest vor zehn Jahren durchgesetzt, die Speise schon hier anzubieten. Und das, obwohl sie selbst die intensive Ingwer-Note des Gerichts nicht ausstehen konnte! Aber den meisten Gästen lief beim Anblick der dunkelbraunen Masse das Wasser im Munde zusammen). In der Ecke stand eine improvisierte Bar, an der Cocktails und Kinderpunsch angeboten wurden. Auf einer kleinen Bühne würde später eine Band aus dem Nachbarort auftreten, und an einer Tischreihe an der Fensterfront boten Schüler Lose zum Kauf an. Alle Einnahmen dienten natürlich einem guten Zweck, nämlich der Unterstützung eines Kinderkrankenhauses in London. Seit elf Jahren war Miss Pinky die treibende Kraft bei den Adventsfeiern, und jedes Mal war dieses Fest ein ganz besonderer Tag im eintönigen Grau der dunklen Jahreszeit.

„Du hast dich wieder einmal selbst übertroffen, Erin!“ Belinda stupste Miss Pinky an der Schulter an. Sie trug ein dunkelblaues, schlichtes Kleid, und sah aus, als hätte sie schon ein paar Cocktails zu sich genommen. Ihr Gesicht war gerötet, und ihre Augen leuchteten.

„Danke!“ Miss Pinky umarmte ihre Freundin zur Begrüßung. „Und ich freue mich, dass wieder so viele gekommen sind.“

„Keiner bleibt heute allein!" Belinda klatschte in die Hände. „Und wenn es für die Kinder zu spät wird, können sie im Anbau schlafen. Das hast du wunderbar organisiert!"

Der Boden im Nebenraum war mit Matratzen, den Kissen aus der Kirche, deren Bezüge Jamie gewaschen hatte, und Decken ausgelegt, damit alle Erwachsenen unbekümmert feiern konnten. Dass Amelia mit Keira allzu lange bleiben würde, bezweifelte Miss Pinky. Sie warf einen schnellen Blick auf ihr Handy: Es war erst fünf Uhr. Wann würde sie ihren Plan umsetzen? Gegen halb sieben? Und was, wenn Amelia gar nicht auftauchte? Vor allem nach Jamies verbalem Angriff am Vortag war das durchaus vorstellbar!

„Erin, meine Liebe!" Wenn man von Teufel sprach. Jamies farbenprächtiges Oberteil mit den Puffärmeln erinnerte an einen Papagei. Auf ihren Wangen glitzerte auffallend viel Rouge, und nichts verriet, dass sie gestern heimlich versucht hatte, Amelia ein Geständnis zu entlocken – nein, es ihr aufzuzwingen! Dabei war Miss Pinky davon ausgegangen, dass ihre Privatermittlungen eingestellt waren! Irgendetwas an der Sache war faul, und genau deswegen hatte sie den Entschluss gefasst, in Amelias Zuhause einzubrechen.

„Wie geht es dir, Jamie?" Miss Pinky fragte mit einer unterschwelligen Ironie. „Du siehst gut aus!"

„Danke, Erin. Das Kompliment kann ich nur zurückgeben. Ich bewundere es immer wieder, wie du mit der Mode spielst." Jamie umarmte Miss Pinky und küsste laut die Luft neben ihren Wangen. „Kann ich kurz mit dir reden?" Sie zog an ihrem Arm. „Nur für einen Augenblick."

Im Garderobenzimmer, das bereits mit dicken Jacken und Mänteln ausgepolstert war, flüsterte Jamie: „Was, wenn nicht Adam Guss seinen Sohn auf dem Gewissen hat, sondern Amelia durchgedreht ist?" Ihre Augen weiteten sich vor Aufregung. „Sie war Hals über Kopf in Gray verliebt, das hat sie uns doch selbst gesagt! Und er hat ihre Liebe nicht erwidert."

„Und Adam hat sie auch umgebracht?"

„Nein, das war Selbstmord."

„Auch wenn es ein sonderbarer Selbstmord gewesen wäre. Aber Vielleicht sollte es wie ein Mord aussehen." Miss Pinky schüttelte verwirrt den Kopf. „Wie dem auch sei, ich dachte, wir lassen ab jetzt die Finger von der Sache. War es nicht so ausgemacht?"

„Doch, schon." Jamie kratzte sich nervös am Hinterkopf. „Aber Amelia ist mir suspekt. Ich habe kein gutes Gefühl bei ihr."

Miss Pinky entfuhr ein verzweifelter Seufzer. Es stimmte, auch sie war inzwischen mit dem Amelia-Argwohn infiziert. Für den Bruchteil einer Sekunde fasste sie den Gedanken, Jamie in ihren Plan für heute Abend einzuweihen und sogar mitzunehmen, doch im nächsten Moment traf sie die ernüchternde Erkenntnis, dass sie niemandem mehr trauen wollte außer der eigenen Familie. Zu vieles war im Verborgenen geschehen, zu viele Gefühle waren unter den Teppich gekehrt worden, und selbst, Jamie als Komplizin betrachtet zu haben, kam ihr mit einem Mal absurd vor.

„Ich denke wirklich, wir sollten das alles James überlassen." Sie sagte es bestimmt und sah Jamie dabei fest in die Augen. „Wir sollten den heutigen Abend genießen, findest du nicht auch? Es ist genug Schreckliches in Hollowfield passiert." Ein süßes Lächeln. „Bitte verstehe mich, wenn ich jetzt nicht mehr über dieses Thema reden möchte. Ich habe ein bisschen Entspannung bitter nötig." Sie tätschelte Jamies Schulter. „Und du, so denke ich, auch."

Es war bereits stockfinster, als Miss Pinky den Saal verließ. Von drinnen dröhnte die weihnachtliche Popmusik der Band nach draußen, am Himmel hing ein schüchterner Neumond. Eine unheimliche Kälte schlich sich in ihren Körper, sie wickelte sich den Schal um den Hals und beschleunigte ihre Schritte in Richtung Ortsmitte. Zweimal hatte sie Amelia und Keira gesichtet, einmal kurz mit Amelia über Belangloses geredet, sie vor etwa zehn Minuten mit dem neuen Pastor tanzen sehen. Jetzt war der Zeitpunkt gekommen, um sich davonzuschleichen.

Unruhig überquerte sie den Marktplatz. Hier hatte sie sich präsentiert, um ganz Hollowfield zu sagen, dass sie diesen Fall lösen würde, und nun stand sie immer noch mit leeren Händen da! Mangelnde Lösungen waren etwas, das ihr Kopfzerbrechen bereitete, dabei passte es ganz und gar nicht zu ihr. Benedict hatte während ihrer Hochzeitsreise auf Hawaii zu ihr gesagt, er liebe ihre fröhliche Art. Ihre Fähigkeit, die Probleme mit einem Lächeln beiseite zu kehren, um Platz für Lösungen zu schaffen. Sie blieb stehen und richtete den Blick auf den Mond. Die beiden Tode, die in letzter Zeit alles überschatteten, hatten ihren Optimismus eindeutig auf die Probe gestellt, und nichts würde jemals wieder so werden wie früher. Das Misstrauen der Bewohner von Hollowfield hatte Miss Pinky tief getroffen, ihr Gerede gekränkt. Der neue Pastor war niemand, den man so schnell ins Herz schloss. Gray und Adam hatten leere Stellen hinterlassen, die niemand zu füllen vermochte.

Sie atmete einige Male tief durch, prüfte den Sitz ihrer Perücke, umklammerte ihre Handtasche und setzte sich wieder in Bewegung. Es gab kein Zurück mehr, der Plan war ein Entschluss, an dem sie nicht rütteln wollte! Egal, was die Hausdurchsuchung ergeben würde. Auch wenn es noch so illegal war. Manchmal führte der unkonventionelle Weg zum Ziel.

Amelias Haus lag in der letzten Straße vor dem kleinen Waldstück, in dem sie so manche Kindergeburtstage gefeiert hatten. Hinter dem leicht heruntergekommenen Gebäude erstreckten sich Felder, über denen der dunkelblaue Himmel im besänftigenden, blassen Licht des Mondes lag.

Das Haus hatte einem entfernten Verwandten von Adam Guss gehört, der jung verstorben war. Viele Monate hatte es leer gestanden, wurde später von der Kirche übernommen und dann verkauft. Das war lange bevor Miss Pinky nach Hollowfield gekommen war. Als sie Amelia über die Kirche kennenlernte, wohnte sie bereits zur Miete in dem Haus. Die Besitzerin war vor etwa einem Jahr nach Edinburgh gezogen, und im oberen Stockwerk hatte eine Zeitlang eine junge Familie gelebt, die aber nach wenigen Monaten nach London gezogen war. Das Haus war jetzt also leer.

Mit kalten Fingern und einem bleischweren Gewissen schob Miss Pinky die Gartenpforte auf. Der Rasen war ungepflegt, in einer Holzkiste neben einem abgedeckten Sandkasten häufte sich buntes Plastikspielzeug. Miss Pinky nahm den mit Kieseln ausgelegten

Fußweg zur Haustür. Sie war noch nie zuvor irgendwo eingebrochen und hätte sich nicht erträumt, es jemals zu tun!

Amelias Wohnung lag im Erdgeschoss, was enorme Vorteile hatte, auch wenn die Fenster zu dieser Jahreszeit natürlich alle verschlossen waren. Dass sie das in Amelias Abwesenheit waren, war keine Selbstverständlichkeit!

Miss Pinky musste an ihre Besuche im Sommer denken, bei denen sie Amelia nicht zu Hause, die Fenster aber leicht geöffnet vorgefunden hatte. In letzter Zeit hatte sie immer wieder gegrübelt, ob es tatsächlich etwas Verdächtiges an Amelia gegeben hatte, das sie in ihrem Glauben an das Gute im Menschen nicht hatte wahrnehmen wollen. Doch ihr war nichts eingefallen. Sie hatte ab und zu auf Keira aufgepasst, wenn Amelia einen Arzttermin gehabt hatte. Zudem hatte sie anfangs nach dem kleinen Mädchen gesehen, damit Amelia ihren Lebensmitteleinkauf in Ruhe hatte erledigen können, denn Keira war ein Wirbelwind, der es einem nicht gerade leicht machte, den Alltag zu bewältigen. Es hatte in der Vergangenheit viele Begegnungen gegeben, aber es war unvorstellbar gewesen, dass sie, Miss Pinky, eines Tages aus Argwohn in Amelias Wohnung einbrechen würde!

Die Eingangstür war sehr robust, also holte sie den Hammer aus ihrer Tasche, den sie aus Benedicts Werkzeugkasten entwendet hatte. Wenn der wüsste, zu welchem Zweck! Sie holte aus, schloss die Augen und lauschte gebannt dem Zerspringen von Glas. Entschlossen zog sie einen Arbeitshandschuh über ihre rechte Hand, schob sie vorsichtig durch das Loch in der

Scheibe und betätigte den Fenstergriff. Hier brauchte sie keine Angst vor Alarmanlagen zu haben. Mithilfe eines Hockers, der praktischerweise neben der Tür gestanden hatte, kletterte sie behutsam durch das Fenster und landete ein wenig ungeschickt auf dem Boden direkt neben dem Küchenmülleimer. Sie richtete sich auf, legte den Hammer zurück in ihre Tasche und zog Einweghandschuhe an. Sie wagte es nicht, Licht anzumachen, also zog sie die Vorhänge zu und schaltete die Taschenlampe ihres Handys an. Sie machte einige vorsichtige Schritte und entschied sich für das Schlafzimmer. Es musste schnell gehen, schließlich hatte sie nicht unendlich Zeit und wollte auch nicht, dass jemand ihr Fehlen bemerkte. Sie hoffte, dass ihr Spürsinn sie erfolgreich leiten würde.

Wo versteckte man Dinge, die einem lieb waren oder die einen womöglich belasteten? Miss Pinky steuerte auf die Kommode zu und zog eine Schublade nach der anderen heraus, wühlte vorsichtig darin herum und schob sie anschließend sachte wieder zu. Einige unscheinbare Höschen und BHs, Socken, Unterhemden, nichts, was ihr weiterhelfen würde. Hier musste es doch etwas geben, das Licht ins Dunkel brachte, man musste nur lange genug danach suchen!

Warum James noch keinen Durchsuchungsbefehl für Amelias Haus erzwungen hatte, war klar: Jeder im Ort hatte Mitleid mit der alleinerziehenden jungen Frau. Keiner wollte glauben, dass sie eine Mörderin war. Falls jedoch Adam Guss ebenfalls ein Mordopfer war, dann hoffte sicherlich auch die Polizei, dass Amelia eines Tages reden würde. Wenn es hier etwas zu entdecken gab, das diesen Prozess beschleunigen konnte, dann war Miss Pinky entschlossen, es ans Tageslicht zu zerren, auch wenn es ihren Ruf befleckte. Ganz abgesehen davon, dass es nicht mehr zu übersehen war, dass sich hier jemand unrechtmäßig Eintritt verschafft hatte. Die Schuhe! Sie würde ihre Stiefel entsorgen müssen, denn überall waren Abdrücke. Ach, was machte es noch für einen Unterschied? Man musste zu dem stehen, was man tat!

Miss Pinky drehte der Kommode den Rücken zu und starrte eine Weile auf das ungemachte Bett, auf dem zwei Kissen und eine große Decke lagen. Wo sollte sie nur nachsehen? Wo? In einer Teedose, die auf einem Küchenregal aufbewahrt wurde, unter einer losen Diele im Essbereich, unter der Matratze? Es gab so viele Möglichkeiten, und die Uhr tickte!

Eine Bewegung im Schatten des offenstehenden Schrankes ließ Miss Pinky zusammenzucken. Die Katze, es war bestimmt die Katze. Auf leisen Sohlen verließ sie das Schlafzimmer und blieb mitten im Wohnbereich stehen. Es war so düster, dass sie nur schlecht sehen konnte, obwohl sich ihre Augen bereits an die Dunkelheit gewöhnt hatten. Vorsichtig ließ sie den Schein der Taschenlampe über die Wände tasten.

Seit ihrem letzten Besuch hier hatte sich kaum etwas verändert. Der Wohnung haftete etwas Verwahrlostes, Trauriges an. Sie machte den Eindruck, als wohnte hier jemand, der sich nicht viel daraus machte, ein Nest zu haben, in dem er sich in seiner Freizeit einkuscheln konnte. An der Wand hingen keine Bilder, hier und da waren Kinderbücher verstreut, in der Luft hing der Geruch von Staub und Tomatensoße, und in der Küche lag ein Stapel Post, der unberührt aussah. Miss Pinky sah ihn durch: Werbung, vermutlich eine Rechnung, mehr Werbung. Nichts von Bedeutung. Sie zog die oberste Schublade auf, in der sie Gummiringe, eine Schere, Stifte, leere Umschläge, einen Lippenstift, Kastanien, einen Block und Briefmarken vorfand. Dinge, die gedankenlos hineinbefördert worden waren, ohne Zusammenhang, ohne sich die Mühe zu machen, auszusortieren. Sie seufzte. Was tat sie hier bloß? Zwei funkelnde Augen bewegten sich durch den Raum. Die Katze hüpfte mit einem verhaltenen *Miau* auf das Sofa. Miss Pinky öffnete weitere Schubladen, fand aber nur Küchenutensilien und Geschirr. In einer Nische neben der Kaffeemaschine, oberhalb der Mikrowelle, lag hinter einem Glas Orangenmarmelade und einem Töpfchen mit Honig ein Kästchen, das sie herunterholte. Sie stellte das Handy so auf, dass sie den Inhalt mit beiden Händen inspizieren konnte. Und tatsächlich, es waren jede Menge Schecks von Adam Guss, die nicht den Anschein machten, als wären sie jemals eingelöst worden! Die Beträge waren beträchtlich, und dem Datum nach zu urteilen hatte Adam die Dokumente in regelmäßigen Abständen geschrieben, aber erst etwa ein Jahr nach Keiras Geburt.

Miss Pinkys Finger zitterten, als sie den Stapel neben dem Kästchen ablegte, um nachzusehen, was noch zu finden war. Dort lagen, mit einem Gummiband zusammengehalten, etwa zwanzig Briefe. Sie löste das Gummi und hielt die nicht adressierten Umschläge zwischen ihren kalten Fingern. Sie starrte unschlüssig auf den obersten Umschlag, auf dem in geschwungenen, großen Buchstaben *Amelia* geschrieben stand. Es war klar, von wem die Briefe stammten. Sie öffnete den ersten und entfaltete ein kariertes Stück Papier, das mit Adams markanter Handschrift gefüllt war.

Wie oft hatte sie seine Predigten gesehen, die er stets von Hand verfasst hatte, häufig zwischendurch, nach einem Kaffee und vor der Kinderbibelstunde im Gemeindehaus. Miss Pinky überflog die Zeilen.

Meine Liebe ist aufrichtig, wann glaubst du es mir endlich? Es ist nicht so, wie du denkst.

Er schrieb über seine Pläne, seine Tätigkeit als Pastor aufzugeben und sich Amelia und Keira zu widmen.

Wir könnten eine Familie sein.

Miss Pinkys Stirn wurde heiß, und sie hatte eine leise Ahnung, was Adam durchgemacht haben musste. Er war bereit gewesen, sein Leben für diese Liebe umzukrempeln. Warum hatte sich Amelia nicht darauf eingelassen? War sie zu dem Zeitpunkt schon in Gray verliebt gewesen?

Wie oft muss ich noch betonen, dass die Dinge oft anders sind, als man im ersten Augenblick denkt? Wie kann ich dein Vertrauen zurückgewinnen?

Miss Pinky dachte angestrengt nach, versuchte, sich zu erinnern, ob es Zeiten gegeben hatte, in denen Amelia nicht so oft in der Kirche ausgeholfen hatte. Nach Keiras Geburt hatte sie sich zurückgezogen, das ja, aber das hatte sie für ganz selbstverständlich gehalten. So, wie jede Mutter es tat, wenn sie und ihr Baby sich erst einmal in trauter Zweisamkeit kennenlernen mussten. Da verschloss man für eine Weile die Tür zur Welt. Aber dass es mit Adam zu tun gehabt haben könnte, war Miss Pinky nicht in den Sinn gekommen.

Lass uns reden, Amelia! Ich kann es dir erklären.

Seine Zeilen hatten etwas Flehendes, beinahe Jämmerliches, als hinge sein Leben daran, Amelia für sich gewinnen zu können. Seine Gefühle waren also echt gewesen. Er war nicht nur seinem Trieb nachgekommen, er hatte Amelia nicht benutzt, sondern ihr durch seine körperliche Annäherung zu verstehen gegeben, dass er sie liebte. Warum hatte sie ihn so missverstanden, und was musste er ihr erklären? Miss Pinky riss die nächsten Briefe beinahe auf, so neugierig war sie geworden. Ein rascher Blick auf die Handyuhr verriet, dass sie sich sputen musste, denn sie blieb schon fast eine Stunde von der Feier fern. Fieberhaft scannte sie die Sätze, suchte nach einem Schlüsselwort. Da stolperte sie über einen Namen, den sie nicht erwartet hatte. Sie hielt den Atem an, hob das Blatt höher, verengte die Augen. War es möglich? Hatte sie etwas Wichtiges übersehen?

Das mit Jamie war ein Ausrutscher, glaube mir. Ich bestreite es nicht, aber das war eine einmalige Sache und hatte keine Bedeutung für mich. Es ist lange her, Amelia, und ich weiß nicht, warum es jetzt zwischen uns stehen muss.

Ungläubig faltete Miss Pinky das Papier zusammen, steckte es wie in Trance in den Umschlag, stapelte die

Schreiben, band sie wieder zusammen, verstaute sie in dem Kästchen und wiederholte denselben Gedanken immer und immer wieder: Jamie Higgins hatte etwas mit Adam Guss gehabt.

Sie legte vorsichtig die Schecks obenauf, stellte das Kästchen an seinen Platz zurück und schob die Marmelade und den Honig davor, in der Hoffnung, dass es nicht auffallen würde. Oder war es unerheblich? Weil sie ohnehin auspacken musste?

Verwirrt kletterte Miss Pinky wieder aus dem Fenster, zog es zu und sah in die leuchtenden Augen der Katze, die auf den Sims gehüpft war und sie vorwurfsvoll anblitzte. So war das also; Jamie war in die Sache verwickelt!

Teil fünf

eins

Miss Pinky musste ständig blinzeln, um die Tränen zurückzuhalten, während sie mit James im Pub saß und die Bläschen der Bierschaumkrone auf ihren Lippen platzen fühlte. An den Fenstern blinkten bunte Lichter, auf dem Tresen hockte eine dickbäuchige Weihnachtsmann-Stofffigur mit rosigen Wangen, und in der Luft lag der Duft von Zimt, Rum, Zucker und Bier, doch Miss Pinky war nicht in Weihnachtstimmung.

„Lass den Kopf nicht hängen, Erin." James prostete ihr zu. „Du solltest die Sache endlich in Ruhe lassen und diese besondere Zeit im Jahr mit deinen Lieben genießen."

Sie erwiderte nichts, sondern blickte starr vor sich hin. Nachdem James bei ihnen zu Besuch gewesen war, um sich zu einer Ledertasche für seine Frau beraten zu lassen, war Benedict mit den Kindern zum Weihnachts-Shopping nach London gefahren. Wenn sie ehrlich war, dann beneidete sie ihn in diesen Stunden ein wenig, denn sie hätte alles darum gegeben, jetzt mit ihrer Familie unter glitzernden Lichterketten die Oxford

Street entlang zu schlendern, anstatt mit James hier zu hocken und darüber nachzugrübeln, wie Gray und Adam ums Leben gekommen waren.

„Glaube mir", James legte seine Hand auf ihre. Sie war warm und schwer. „Ich habe letzte Woche zweimal mit Amelia gesprochen. Sie ist keine Mörderin. Und wenn du jetzt nicht artig bist und die Finger von diesem Fall lässt, dann werde ich dich verpfeifen." Er grinste. Sie hatte ihm gestanden, dass sie es gewesen war, die sich unerlaubten Eintritt in Amelias Wohnung verschafft hatte. Der Einbruch war im Vorweihnachtstrubel untergegangen, vor allem, weil nichts entwendet worden und außer der zerbrochenen Fensterscheibe kein Schaden entstanden war. Sie hatte natürlich sofort angeboten, für das neue Glas und den Einbau zu bezahlen.

„Das, was du bei Amelia gefunden hast, ist nichts." James zog seine Hand zurück und streichelte sich über den runden Bauch. „Die Menschen haben natürlich Geheimnisse. Es wird getuschelt, betrogen, geliebt, es gibt so viele Dinge, von denen wir nichts wissen." Er zuckte mit den Schultern. „Und das ist auch gut so. Dass Adam in Amelia verliebt war und Amelia in Gray, das hilft uns hier nicht weiter."

Und Jamie?, dachte Miss Pinky, denn den kleinen – aber vermutlich wichtigen – Punkt hatte sie nicht erwähnt. Zuvor wollte sie selbst mit Jamie reden, nur hatte es sich bisher nicht ergeben, und am Telefon wollte sie ein so heikles Thema nicht anschneiden. Außerdem schien Jamie zurzeit wieder einmal in Eheproblemen zu ersticken.

„Lass mich einen Haken unter die Sache setzen, Erin. Adam Guss hat seinen Sohn auf dem Gewissen. Jetzt gibt es sogar ein noch besseres Motiv: Adam sehnte sich nach Amelia, doch die empfand nur Liebe für Gray. Was für eine fatale Kombination! Adam hätte sogar das Priesteramt für seine Liebe zu Amelia aufgegeben. Die Liebe macht einen oft blind. Vielleicht war Adam angetrunken, wir wissen ja alle, dass sein Leben in London nicht gerade das beste war. Er hat einen Mord begangen und es bitterlich bereut. Aber mit der Schuld leben konnte er nicht. Deswegen hat er sich mit den Paternostererbsen selbst vergiftet."

„Aber James!" Glaubte er diese albernen Ausführungen tatsächlich? „Wer mischt sich denn Gift in den eigenen Pfefferstreuer? Das ist ein hinterhältiger Mord gewesen! Egal, ob Adam Guss seinen Ziehsohn auf dem Gewissen hat, hier in Hollowfield läuft immer noch ein Mörder herum!"

James trank von seinem Bier und wischte sich den Schaum mit dem Handrücken von den Lippen. „Und was willst du tun? Weiterschnüffeln? Dich womöglich selbst in Gefahr bringen?"

„Was ist deine Idee, James? Tatenlos herumsitzen? Die Sache verdrängen, weil es einfacher ist und wir nur noch in Sackgassen laufen? Ich kann mir auch nur schwer vorstellen, dass Amelia jemanden getötet hat. Aber was wissen wir schon, wie du richtig gesagt hast, über die Dinge, die hinter verschlossenen Türen geschehen?" Der Gedanke machte sie wütend. Vor allem, dass Jamie, ihre beste Freundin, ihr nie davon erzählt hatte, dass sie eine Affäre mit Pastor Adam Guss gehabt hatte!

James verschränkte die Arme vor der Brust. „Du meinst also, dass diese Liebesgeschichte zwischen

Adam, Amelia und Gray der Ausgangspunkt für zwei Morde war?" Er verengte die Augen. „Wir haben keinerlei Beweise, Erin. Wir tappen im Dunkeln. Es gibt nicht einmal einen neuen Aspekt, an dem wir ansetzen könnten. Ja, die Liebe macht seltsame Dinge mit einem, aber reicht es nicht, dass Adam seinen Ziehsohn Gray auf dem Gewissen hat? Er hat seine gerechte Strafe bekommen."

„Der Tod ist eine Strafe? Das sollten die Kirchlichen aber anders sehen!"

„Papperlapapp, Erin! Du weißt, dass ich an nichts glaube, was jenseits des Sichtbaren und Greifbaren liegt. Mich brauchst du also nicht in solch eine hochgeistige Diskussion zu verwickeln. Ich halte es für sehr wahrscheinlich, dass Adam mit den Jahren wegen Amelias Gefühlen ziemlich wütend auf Gray war. Amelia, die Frau, für die Adams Herz brannte. Mit der er ein Kind hatte!"

„Aber Grays Tod hat doch nichts an der Situation geändert."

„Nein, das nicht, aber im Kopf eines Mörders ist es eine gewisse Befriedigung, einen Konkurrenten auszuschalten."

„Wenn du meinst." Miss Pinky leerte ihr Bierglas in einem Zug und strich sich über die Perücke.

„Sieh dich an", sagte James, als hätte er es als Aufforderung empfunden. „Du versteckst dich auch. Trägst dieses alberne Ding auf dem Kopf, und keiner außer deiner Familie weiß, welche Haarfarbe du in Wirklichkeit hast."

Sie glaubte, nicht recht gehört zu haben. „Was soll das denn jetzt heißen? Ich liebe diese Perücke, sie ist mein

Markenzeichen, aber ich trage sie nicht, weil ich etwas verbergen möchte! Hier, wenn du willst, zeige ich dir mein Haar!" Sie griff sich an den Kopf, doch James wehrte ab. „Lass gut sein, Erin. Darum geht es nicht. Ich meine nur, dass jeder ein Recht auf Privatsphäre hat."

„Ja, wenn er damit niemandem schadet." Sie ließ die Arme sinken. „Aber wenn Amelias Liebe und Adams Besessenheit dazu geführt haben, dass Menschen sterben mussten, dann ist etwas gehörig schiefgelaufen."

Wieder schüttelte James den Kopf. Die Resignation stand ihm ins Gesicht geschrieben.

„Vielleicht hast du recht und ich sollte wirklich Abstand von den Ermittlungen nehmen." Miss Pinky ließ die Schultern sinken, die sie unwillkürlich bis zu den Ohren hinaufgezogen hatte. Ihre Nackenmuskeln waren verspannt. „Danke jedenfalls, dass du meinen Einbruch unter den Teppich kehrst." Sie lächelte aufrichtig. „Deine zwei Bier gehen auf mich."

Die Zeit vor Weihnachten war, bis auf die Adventsfeier im Gemeindehaus, davon geprägt, dass sich Familien zu Einkaufbummeln nach London zusammenfanden, die Dinge, die sie unbedingt noch vor Neujahr abschließen wollten, beendeten, dass Kinder, sobald neuer Schnee vom Himmel rieselte, Schneemänner in den Vorgärten bauten und viele Spendenaktionen liefen, von denen Miss Pinky einige betreute. Es gab eine Suppenküche in London, in der sie zusammen mit Amelia aushalf. Der Frauentee wurde ausgesetzt, weil jeder zu beschäftigt war. Es wurden Weihnachtssocken bestickt, Kostüme für die Schulaufführung vor den

Winterferien genäht, Schals und Socken für die Liebsten gestrickt und Weihnachtsbäume auf Autodächer geschnallt. Die Stimmung war herrlich, wie jedes Jahr, nur tat sich Miss Pinky nach wie vor schwer, darin einzutauchen. Zu sehr beschäftigte sie das, was sie bei Amelia gefunden hatte. Vor allem die Vorstellung, dass Jamie etwas mit Adam gehabt hatte, war absurd! Wusste Roger davon? War er vielleicht deswegen ein unzufriedener Ehemann, weil seine konservative Einstellung es verbot, seine Ehe infrage zu stellen, er aber einen unterschwelligen Groll gegen Jamie hegte?

Miss Pinky wickelte gerade eine Weihnachtgirlande um den Handlauf der Treppe im Eingangsbereich, als Benedict von der Arbeit heimkehrte. Es war sein letzter Arbeitstag vor Heiligabend.

„Du siehst wunderschön aus!" Er stellte seine Aktentasche neben der Tür ab, schlüpfte aus den schwarzen Lederschuhen, trat auf sie zu und drückte ihr einen Kuss auf den Mund. Auf seinem Haar saßen einige zarte Schneeflocken. Er machte ihr oft Komplimente, aber heute empfand sie es als unpassend, denn sie trug ihre Weihnachtsleggings mit den Zuckerstangen und ein übergroßes, rotes Sweatshirt mit Rudolphs Kopf auf der Vorderseite, an dem man die Nase zum Leuchten bringen konnte. Die Kinder liebten diesen Pullover.

Bei der Gelegenheit fiel Miss Pinky eine Frage ein, die sie seit dem Bier mit James nicht losgelassen hatte. „Sag mal, Benedict, findest du meine Perücke albern?"

Er runzelte die Stirn und lehnte sich gegen die Wand. „Wie kommst du denn darauf?"

„Findest du, dass es eine Fassade ist?"

Benedict schien nachzudenken. Schließlich seufzte er, denn er mochte es nicht, gelöchert zu werden, und hob die Augenbrauen. „Und wenn schon! Es ist dein Äußeres. So habe ich dich damals in den USA kennengelernt und mich Hals über Kopf in dich verliebt. Wen kümmert es, ob es eine Fassade ist?"

„Ich habe mich neulich mit James getroffen, als du mit den Kindern in London warst." Es klang beinahe wie eine Beichte. „Es ist immer noch wegen Gray, Adam und Amelia, du weißt schon." Ein schwerer Seufzer. „Ich habe ihm versprochen, dass ich aufhöre, da mitzumischen." Benedict wusste von ihrem Einbruch in Amelias Wohnung, sie hätte es an dem Abend im Ehebett nicht einmal verbergen können, wie aufgewühlt sie war. Und warum auch, er war ihr Ehemann! Er hatte nur den Kopf geschüttelt.

Miss Pinky nahm die Hand ihres Mannes. „Und ich werde mich ab jetzt da raushalten, Ehrenwort!"

„Ja, den Rest des Jahres", sagte Benedict. „Ich kenne dich."

„Wie dem auch sei, James hat so etwas gesagt, dass ich mich hinter meiner Fassade verstecke, oder so ähnlich."

„Seit wann beschäftigt es dich, was James Subtle denkt?" Benedict strich ihr über das Haar. „Wir drücken durch unseren Stil aus, wer wir sind." Sein Blick war butterweich. „Und du bist anders als die meisten Frauen, und genau das gefällt mir so an dir. Du traust dich was. Ich finde, es ist völlig in Ordnung." Er verengte die Augen. „Aber du willst mir damit etwas anderes sagen, nicht wahr?"

Miss Pinky ließ seine Hand los, befestigte das Ende der Girlande und setzte sich auf die Stufe. „Die Sache mit Jamie und Adam hat mich getroffen. Natürlich gehen Menschen überall auf der Welt fremd, aber es geschieht doch nicht hier, in Hollowfield! Und dann noch bei meiner engsten Freundin! Es lässt mich fragen, was sie mir noch alles verheimlicht." Sie senkte den Blick, als müsste sie sich für Jamie schämen.

„Da gibt es nur eine Lösung, mein Schatz." Er setzte sich zu ihr auf die Treppe, ihre Beine berührten sich. „Du musst mit Jamie reden." Jetzt nahm er ihre Hand, bettete sie sanft zwischen seinen kühlen Handflächen. „Aber versprich mir, dass du diese Gedanken zumindest für die nächsten Tage beiseiteschiebst. Ich möchte euch ganz für mich haben an Weihnachten. Die Sache mit Gray und auch die mit Adam ist tragisch, aber das Leben geht weiter."

„Ja, aber irgendetwas stimmt nicht. James hat keinen Schimmer."

„Woher willst du das wissen? Du bist keine Detektivin."

„Zum Glück! Es würde mich kaputtmachen, und ich würde nachts kein Auge mehr zubekommen."

Aus dem Wohnzimmer ertönte lautes Kinderlachen. Die vier sahen ihre liebste Serie, und Miss Pinky wusste, dass Benedict recht hatte. Alles zu seiner Zeit.

zwei

Eine bleierne Müdigkeit hatte sich in Jamie ausgebreitet. Sie saß in ihrem liebsten, geblümten Ohrensessel am Kamin, umklammerte ihre Teetasse und starrte in die Flammen. Die Feiertage waren wider Erwarten harmonischer gewesen als in den vergangenen Jahren. Jetzt beschäftigten sich Sarah und James ausgiebig mit ihren Tablets, die sie zu Weihnachten bekommen hatten, und Roger blätterte in seinen Geschichtsbüchern, die er immer um diese Zeit vom Regal in seinem Arbeitszimmer holte und abstaubte, um anschließend stundenlang in ihnen zu versinken. Jamie beobachtete ihren Mann, wie er in dem anderen Ohrensessel saß, mit übereinandergeschlagenen Beinen, der Lesebrille auf der Nasenspitze. Zwar physisch anwesend, aber doch meilenweit entfernt, und wieder einmal schlich sich dieses eisig kalte Bewusstsein in ihr Herz, dass es möglich war, inmitten einer Familie einsam zu sein.

An nichts zu denken funktionierte in den meisten Fällen nur für wenige Atemzüge. Jamie stellte die Tasse auf dem Beistelltisch ab und verflocht die Finger über ihrem Bauch. Erneut neigte sich ein Jahr seinem Ende zu, und wieder war sie unzufrieden. Ambitionierte Vorsätze hatte sie diesmal keine formuliert. Oft hatte sie es getan und so gut wie nichts davon einhalten können. Es waren Dinge gewesen, die, so ihre Therapeutin,

das innere Gleichgewicht und das Selbstwertgefühl er-
höhten. Oder wiederherstellten. Als hätte sie es jemals
besessen! Sie sollte die eigene Arbeit schätzen. Dabei
hasste sie es, als Sekretärin zu arbeiten, hatte es nie gemocht. Trotzdem war sie in die Tätigkeit hineinge-
rutscht, weil sie mit zwei Kindern praktisch war. Darüber hinaus hatte es sie, kaum waren Sarah und James
im Kindergarten, mit Entsetzen und Angst erfüllt, Vormittag für Vormittag im leeren Haus zu sitzen und dem
eigenen, viel zu schnellen Atem zu lauschen. Ihre
Schritte im Vorraum hallten wie in einem Museum. Sie
putzte die Böden, die Küche, die Badezimmer und kümmerte sich um den Garten, obwohl sie einen Dienst dafür hatten, aber am Nachmittag fühlte sie sich trotzdem leer und so, als hätte sie nichts geleistet. Nicht einmal als Mutter war sie gut. Ihre Kinder waren frech,
aber sie wagte es nicht, sich ihnen zu widersetzen. Vielleicht aus Angst, ihre Liebe zu verlieren.

„Wann essen wir zu Abend?" Rogers Worte rissen sie
aus ihren bleiernen Gedanken. Er sah auf. Sie hatte ihn
geheiratet, weil es keinen anderen gegeben hatte. Weder damals, noch jemals. „Wenn wir erst später essen,
dann gehe ich noch ein wenig mit dem Hund spazieren."

Er fragte nicht einmal, ob sie mitgehen wollte.

„Wir haben noch Hähnchenpastete von gestern",
sagte Jamie. „Ich kann sie jederzeit aufwärmen." Es
grämte sie, dass sie seit vielen Jahren kein gemeinsa-
mes Mahl mit ihrer Familie genossen hatte. Zum einen
kam Roger zu unvorhersehbaren Zeiten nach Hause,
zum anderen hatten die Kinder nicht gleichzeitig
Schulschluss und diverse Aktivitäten am Nachmittag,

die mit einer zuverlässigen Planung kollidierten. Erin hatte einmal gesagt, sie solle es nicht so eng sehen, sondern spontaner sein. Sich nicht in Vorstellungen verbeißen, die sie krank machten. Natürlich sagte sie damit etwas sehr Wahres, aber was, wenn man nicht dazu in der Lage war? Was, wenn man Einfluss auf sein Leben haben wollte und nicht dabei zusehen, wie es einem Jahr für Jahr mehr entglitt? Sie hatte es nie begriffen, wie es Erin gelang, so sorglos durch die Tage, Wochen und Monate zu navigieren und den Kurs einfach mit einem Lächeln zu korrigieren, wenn es nötig war.

„Dann drehe ich noch eine Runde." Roger erhob sich. Der Beagle kam aus dem Nebenraum angelaufen.

„Kinder?" Als Roger ins Wohnzimmer trottete, sah ihm Jamie hinterher. In der grauen Haushose wirkte sein Hinterteil noch flacher als sonst, fast wie das eines Greises. Sie wandte den Blick ab. Sie hätte niemals einen Mann heiraten sollen, der zwölf Jahre älter war und dem man es dermaßen ansah! Auch Adam war deutlich betagter gewesen, aber der hatte sich in Form gehalten.

„Kinder, wollt ihr mit mir rausgehen?" Schweigen als Antwort. Es wunderte Jamie nicht, dass die beiden zu Hause bleiben wollten. Sie waren in ihre Tablets vertieft, und draußen pfiff ein heftiger Wind, der an den Fensterläden rüttelte.

Als die Haustür ins Schloss fiel, schämte sich Jamie für ihre Erleichterung. Wenn Roger nicht da war, war es einfacher, sie selbst zu sein. Sie fühlte sich in seiner Gegenwart ständig beobachtet. Dabei sprach er nur selten mit ihr. Oder wartete sie nur darauf? Seit er von der Sache mit Adam erfahren hatte, war ihre Ehe endgültig zerbrochen. Die Wutanfälle, die Roger aus heiterem Himmel heimsuchten, waren womöglich seine Art, mit der Tatsache umzugehen, dass ihre Familie nicht das war, was man sich ersehnte. Sie waren keine Familie Pretty.

Jamie stand auf, begab sich in die Küche und deckte den ovalen Tisch, an dem sie an Wochentagen aßen. Sie legte die weißen Teller aus, das Besteck, das sie zur Hochzeit bekommen hatten, verteilte Gläser. Ihre Bewegungen waren automatisch, eingefahren, todlangweilig. Ihre Gedanken wanderten in die Ferne, wie jedes Mal beim Bügeln oder Kartoffelschälen, aber es waren nicht einmal Wunschträume, die sie heimsuchten, sondern schreckliche Erinnerungen. Je älter sie wurde, desto mehr kam aus der Vergangenheit hoch. Undurchdringbarer Morast, eine Last, die sie mit niemandem teilte, nicht einmal mit ihrem Therapeuten.

Gray Guss, wie er gegen die Kirchenmauer lehnt, in seinen Wellington-Boots, dem perfekt gekämmten Haar, dem wachen Blick. Das, was sie für ihn empfand, war nichts, was ihre Erziehung oder ihre Moral ihr erlaubten, und doch war es da.

Amelia trug an dem Tag ein langes, cremefarbenes Kleid, und ihre Schlüsselbeine stachen verlockend unter ihrer Haut hervor. Ihr Haar fiel offen über ihre schlanken Schultern. Jamie umfasste den Stamm des Baumes, hinter dem sie sich versteckte. Das Laub war so dicht, dass sie gut geschützt war. Es roch noch nach Sommer, aber die Blätter waren schon teilweise verfärbt, und über dem Erdboden waberte der Duft von Schimmel und Zerfall.

Eigentlich hatte Jamie gehofft, Gray alleine anzutreffen. Er musste bemerkt haben, dass sie am Sonntag nach der Messe seine Nähe suchte, ebenso bei jeder Kirchenveranstaltung, auf dem Wochenmarkt, wenn sie ihm winkte und sich wie ein schüchternes Schulmädchen verhielt, aber er ließ es sich nicht anmerken. Es gab Menschen, die ihre Berufung so sehr verinnerlicht hatten, dass sie unantastbar waren. Gray war so ein Mann gewesen. Rein, gewissenhaft, von Herzen gut und gleichzeitig verboten sexy. Es passte nicht zusammen.

„Muss ich auf die Knie gehen und dich bitten?", sagt Amelia und trat einen Schritt vor. Sie nahm Grays Hand, und die Selbstverständlichkeit dieser Berührung schnürte Jamie die Kehle zu. War es möglich, dass es eine heimliche Liebelei zwischen den beiden gab, von der niemand etwas wusste?

„Du weißt, dass es nicht möglich ist." Gray zog sie an sich. Eine Weile blieben sie so stehen. Romeo und Julia.

„Es ist noch nicht zu spät, Gray." Sie setzten sich auf den Boden, lehnten sich Schulter an Schultern gegen die Kirchenmauer. Jamie vergaß eine Weile zu atmen.

„Wir haben schon so oft darüber gesprochen." Er legte eine Hand an Amelias Wange. So zärtlich, dass es Jamie wehtat. „Ich kann Keira nicht als meine Tochter annehmen."

„Aber sie braucht einen Vater! Und ich liebe dich von ganzem Herzen." Sie nahm seine Hand, führte sie an ihre Lippen, küsste sie innig. Anschließend sahen sie sich eine gefühlte Ewigkeit in die Augen, und es kam Jamie vor, als wäre die Zeit stehengeblieben.

„Du machst es nicht besser." Gray rückte ein wenig zur Seite. „Wie oft muss ich es dir noch sagen? Ich habe mich bei Adam für Keira und dich eingesetzt."

„Hör auf damit!" Amelia hatte die Stimme erhoben. „Ich
will nicht mehr darüber reden! Ich will weder von Adams
Gefühlen sprechen noch sein Geld annehmen. Ich liebe nur
dich!"

Auf Jamies Brust lag auf einmal ein Druck. Etwas in ihr
schrie, dass niemand das Recht hatte, Gray Guss zu lieben,
außer sie selbst.

„Erstens kann ich es nicht tun, weil ich der Pastor von
Hollowfield bin und immer sein werde. Es ist ein wunder-
bares Gefühl, im Leben das zu tun, wozu man sich berufen
fühlt, verstehe das doch bitte. Und zweitens würde ich,
selbst wenn ich es könnte, Adam nicht decken."

„Warum nennst du ihn Adam und nicht Vater?"

„Weil ich nur noch Verachtung für ihn empfinde, auch
wenn es mir wehtut." Gray senkte den Kopf. „Durch sein
Verhalten hat er gezeigt, was für ein Mensch er ist. Er war
nicht in der Lage, Herr seiner Triebe zu sein. Selbst wenn er
dich liebt – er hätte die Kirche über alles stellen müssen, so
wie ich es tue. Auch ich habe Gefühle für andere Menschen
und nenne sie Liebe, aber ich werde mich niemals der
fleischlichen Lust hingeben. Selbst wenn es schwache Momente im Leben gibt und ich in Versuchung gerate, ich bin
entschlossen, ihr nicht nachzugeben. Aber Adam war es
nicht, und deswegen sollte er zu dir und Keira stehen. Wenn
er konsequent ist, dann ist seine Lage weniger verwerflich."

„Aber warum kannst nicht auch du diesen Weg gehen?"
Amelia kuschelte sich wie ein bedürftiges kleines Kind an
Grays Schulter, doch er schob sie von sich.

„Lass mich bitte damit in Ruhe."

„Und das ist Nächstenliebe? Mich von dir zu stoßen, wenn
ich dich brauche?"

„Du kannst nicht von mir verlangen, dass ich meine Berufung wegwerfe und mich als Vater des Kindes ausgebe, das Adam gezeugt hat!" Es war das erste Mal, dass Jamie Gray aufgebracht erlebte. Er sprang auf, stemmte die Hände in die Hüften und sah Amelia fest an. „Ich sage es dir ein für alle Mal. Ich kann, bei aller Nächstenliebe, nicht erfüllen, was du von mir erwartest."

Auch Amelia erhob sich. Ihr Blick wanderte in die Ferne, und Jamie zog sich einige Schritte zurück, als sie in ihre Richtung sah, aus Angst, entdeckt zu werden. Doch Amelia ging, ohne sich zu verabschieden.

Die Szene war zwar nicht ermutigend, aber auf eine sonderbare Art beschwichtigend gewesen. Nach diesem Streit war nicht zu erwarten, dass sich Gray auf Amelia einlassen würde, auch wenn sie sehr vertraut gewirkt hatten. Ein Kuss auf den Mund konnte freundschaftlich sein, eine zarte Berührung platonisch. Aber war es noch möglich, sich Hoffnungen bei Gray zu machen? Hatte sie es jemals ernsthaft getan? Jamie schlich sich davon, aber nicht ohne vorher einen letzten Blick auf Gray zu werfen, der die Hände vor dem Gesicht zusammengelegt hatte und in die Hocke ging. Ein leiser Seufzer drang aus seiner Kehle, dann regte er sich lange Zeit nicht. Jamie lauschte dem zögerlichen Vogelgezwitscher in den Baumwipfeln, dem Rascheln im Unterholz, dem Wind in den Blättern. Der Sommer neigte sich seinem Ende zu. Sie verlagerte das Gewicht von einem Bein auf das andere, unschlüssig, ob sie zu ihm gehen sollte. Aber was sollte sie sagen? Dass sie ihn auch liebte? Dass sie mit Amelia empfand und dass es stimmte, dass Adam ein sündiger Mensch war? Doch stattdessen machte sie kehrt und schritt so leise wie möglich über den Waldboden, der bereits von rostfarbenen Blättern gesprenkelt war. Ihr Kopf fühlte *sich leer an. Ihre Hoffnung war aufgebraucht. Es war ein gemeiner Trick des Schicksals, einen so gutaussehenden und liebenswerten Menschen wie Gray im Dienst der Kirche zu fesseln.*

drei

Der erste Frauentee im Jahr fand bei Lilly statt und begann mit aufgeregtem Gezwitscher. Jede erzählte von ihrem Weihnachtsfest, einige waren über Neujahr beim Skifahren in der Schweiz gewesen, und ach, es war so aufregend, jetzt das Jahr 2000 zu schreiben, und dem Herrn sei Dank war der Millennium-Bug nur ein Mythos gewesen!

Miss Pinky war als Letzte angekommen und saß direkt hinter der Wohnzimmertür und neben Jamie, die ihr den Platz freigehalten hatte.

„Ich werde das Mopedfahren für eine Weile aufgeben", verkündete Lilly, während sie ein Tablett mit Marmeladengläsern hereintrug. Sie stellte es ab und legte die Handflächen demonstrativ auf ihren Unterbauch. Die Augen der anderen Frauen weiteten sich.

„Oh, das sind ja wundervolle Neuigkeiten!" Selma strahlte über das ganze Gesicht, fast so, als wäre sie selbst schwanger.

„Herzlichen Glückwunsch!", rief Katherine, und in ihrem glasigen Blick las Miss Pinky, dass sie voller Wehmut an ihre eigene Schwangerschaft und daran dachte, dass diese Phase für sie vermutlich nicht wiederkommen würde.

„Dann wirst du in nächster Zeit noch viel mehr aufgeben müssen, mein Schatz", scherzte Ruth. Oder war es ernst gemeint? Auf einmal war sich Miss Pinky nicht ganz sicher.

„Wir haben noch eine Weile, ich bin gerade einmal im dritten Monat, aber die Aufregung ist natürlich groß“, sagte Lilly und reichte einen Korb mit Brötchen herum. „Es war nicht geplant, aber was soll's.“

„Manche Dinge muss man nicht planen im Leben, nicht wahr?“ Miss Pinky lächelte in die Runde und bediente sich am Gebäckkorb. „Und du hast in Derek einen so treuen und liebevollen Ehemann, ich bin mir sicher, ihr werdet eine wunderbare Familie werden.“

„Erst einmal werden sie ein Ehepaar mit Kind sein“, korrigierte Katherine, die etwas blass wirkte. „Für mich ist das noch keine Familie.“

„Nanana, was soll das denn heißen?“ Selma kräuselte die Stirn. „Wir leben in einer modernen Welt, da entscheiden sich viele Paare für nur ein Kind.“

„Ihr kennt meine Einstellung.“ Katherine nippte an ihrem Tee. Mit ihrem Einzelkind war sie seit jeher unzufrieden gewesen, und die Midlife-Crisis machte es nicht besser.

„Wir gratulieren von Herzen“, bemerkte Jamie ein wenig zu leise und sah zu Miss Pinky. „Können wir nachher reden?“ Jetzt flüsterte sie.

„Ja, unbedingt.“ Es war höchste Zeit, in Ruhe mit Jamie zu sprechen. Was auch immer ihr auf dem Herzen lag, auch sie hatte einiges, worüber sie sich austauschen wollte.

Es wurden Baby-Weisheiten preisgegeben, und Miss Pinky schlug vor, eine *Baby Shower* für Lilly zu organisieren, gern bei ihr zu Hause. Selma, Belinda und Ruth hielten es für eine amerikanische Tradition, aber der

Rest der Frauen hatte schon davon gehört und war hellauf begeistert.

„Es ist wirklich Zeit für fröhliche Ereignisse in Hollowfield, da sind wir uns sicher alle einig“, bemerkte Katherine wie beiläufig, dabei war klar, dass sie das Thema wechseln wollte.

„Wie steht es denn mit den Ermittlungen?“ Selma sah Miss Pinky mit weit aufgerissenen, neugierigen Augen an. Jamie drehte nervös an ihrem Ehering.

„Ich habe keine Neuigkeiten.“ Miss Pinky zuckte mit den Schultern. „Ehrlich gesagt habe ich mir über Weihnachten und Neujahr eine kleine Pause gegönnt.“

„Verständlich!“ Das Wort kam gleichzeitig aus drei Mündern.

„Ich denke, wir können davon ausgehen, dass es einen Mord und einen Selbstmord gab.“ Kaum hatte sie es ausgesprochen, bereute sie es schon. Jamies strafender Blick erinnerte sie daran, dass es nicht in Ordnung war, so etwas auszuplaudern. „Aber ich weiß nicht, was James inzwischen alles herausgefunden hat.“ Sie versuchte zurückzurudern, aber die Strömung war zu stark. Sechs wissbegierige Augenpaare waren auf sie gerichtet.

„Alles bleibt unter uns“, flüsterte Ruth. „Sag schon, Erin, was weißt du?“

Und so erzählte sie von dem verhängnisvollen Tag, an dem sich Adam Guss der armen Amelia näherte, und erntete jede Menge *Ohs* und *Ahs*. Sie sprach langsam und bedächtig, immer auf der Hut, die richtigen Worte zu wählen und nicht zu viel zu verraten, niemanden zu beschmutzen, nicht vorschnell zu urteilen. Sie berichtete von Grays Versuchen, Adam zu überreden, zu dem

Kind zu stehen, und ihren Streit. Amelias Liebe zu Gray behielt sie für sich. Ebenso ihren Einbruch und die Sache zwischen Jamie und Adam. Es schien ohnehin, dass diese Neuigkeiten mehr als genug für die Anwesenden waren.

„Was du nicht sagst! Adam Guss hat ein leibliches Kind!“ Ruth schlug die Hände vor dem Mund zusammen und wurde feuerrot.

„Ich kann mich noch gut an den Tag erinnern, als er mit dem kleinen Gray in der Kirche auftauchte.“ Katherine blickte aufgeregt in die Runde. „Damals war auch ich noch eine junge Frau und ich bewunderte Adam dafür, dass er diesen Waisenjungen wie ein eigenes Kind bei sich aufnahm. War Gray nicht über einen entfernten Verwandten zu ihm gekommen?“

„Ich glaube über einen Cousin, ja“, sagte Belinda.

„Es war so entsetzlich traurig und rührend zugleich.“ Katherine war aufrichtig betreten. „Da nimmt sich ein Pastor eines kleinen Jungen an, der sonst niemanden hatte. Er wäre sonst im Waisenhaus gelandet, da bin ich mir sicher.“

„Er hatte es gut bei Adam, das haben wir immer alle so gesehen, nicht wahr?“ Belindas Augen glänzten. „Es ist schade, dass sich die beiden mit der Zeit immer mehr voneinander entfernt und zuletzt nicht mehr verstanden haben. Ich habe mich immer gefragt, warum Adam gegangen ist. Aber jetzt begreife ich es.“

Das folgende Schweigen wollte kein Ende nehmen.

„Aber trotzdem ergibt das alles keinen Sinn für mich.“ Lilly runzelte die Stirn. „Gray wollte, dass Adam zu dem Kind steht. Und? Ich kann das gut nachvollziehen.“

Adam war in Amelia verliebt, trotz allem, dachte Miss Pinky, aber die wollte nur seinen Ziehsohn. „Lassen wir das Thema." Sie seufzte theatralisch. Sie wollte Amelia nicht erwähnen, auch wenn sie sicherlich etwas mit den Toden zu tun hatte, wenn auch nur indirekt. „Überlassen wir es der Polizei, die Wahrheit zu finden. Wir sollten lieber unseren Tee genießen und uns mit Lilly freuen. Es ist besser, in die Zukunft zu blicken, als in der Vergangenheit zu wühlen. Man macht sich nur die Finger dreckig."

Gegen halb zwölf verabschiedeten sich die Frauen voneinander und gingen getrennte Wege. Bis auf Miss Pinky und Jamie. „Die Kinder haben heute länger Schule", flüsterte Jamie. „Ein Pint im Gasthof?"

„Ein Pint, um die Uhrzeit!" Manchmal überraschte Jamie ihre Freundin noch. Immer wieder, um ehrlich zu sein.

„Ich dachte nur, weil es so ungemütlich hier draußen ist." Die beiden standen auf dem Gehweg hinter Lillys Gartentor, weiße Schlieren wehten über den Asphalt. „Oder wir gehen zu mir. Was ist mit deinen Kleinen?"

„Heute ist der Sitter da, weil ich nachher noch nach London fahren muss. Frauenarzt." Miss Pinky rollte mit den Augen.

„Bist du etwa auch schwanger?", neckte Jamie, doch im nächsten Augenblick schien ihre Stimmung zu sinken. „Bei mir wäre es nicht einmal denkbar, so selten, wie Roger und ich Sex haben." Die zwei Freundinnen setzten sich langsam in Bewegung. Es war der perfekte Punkt, um das Gespräch auf Jamies Affäre zu lenken, aber etwas in Miss Pinkys Innerem blockierte.

Sie entschieden sich tatsächlich für den Pub, der ganz in der Nähe lag. Jamie hielt die Tür des senfgelben Gebäudes auf. An der Bar saßen lediglich ein älterer Herr, den die beiden flüchtig aus der Kirche kannten, und ein Pärchen, das vor kurzem zugezogen war. Miss Pinky bestellte doch ein Pint – manchmal war es hilfreich, sich Mut anzutrinken.

„Ich wollte dich fragen, ob wir im Sommer gemeinsam verreisen", sagte Jamie auf einmal. „Ich meine, wir alle." Sie rieb sich die Stirn. „Du weißt ja, dass der Zusammenhalt in meiner Familie nicht so innig ist, wie man es sich wünscht, und da dachte ich mir, es könnte eine schöne Abwechslung sein."

Miss Pinky war überrumpelt. Dieses Thema passte rein gar nicht in das Konzept, das sie sich für dieses Gespräch zurechtgelegt hatte: eine offene Beichte über Jamies Verhältnis zu Adam. Wenn sie ehrlich war, dann zögerte sie nicht ohne Grund. Ein einziges Mal waren sie mit einer befreundeten Familie durch die USA gereist, noch bevor Edith auf die Welt kam, und es hatte etliche Situationen gegeben, in denen es mühsam gewesen war, auf all die Bedürfnisse Rücksicht zu nehmen. Ganz davon zu schweigen, dass Benedict nicht gerade ein Fan von Roger war.

„Lass es dir durch den Kopf gehen. Rede am besten mit Benedict darüber."

Das Thema des gemeinsamen Urlaubs schien vom Tisch zu sein. Und nun?

„Können wir offen miteinander reden, Jamie?" Miss Pinky nahm einen Schluck und legte den Kopf schräg. Ihre Freundin wirkte müde, beinahe ausgemergelt.

„Ich frage mich in letzter Zeit, ob wir wirklich offen miteinander umgehen.“

„Was meinst du damit?“ Jamie strich sich umständlich eine Haarsträhne hinter das Ohr und prostete ihr zu. Die Haut zwischen ihren Fingern war rot und rissig.

Miss Pinky wollte reden, auch wenn es ihr nicht leichtfiel, schließlich war Jamie ihre Komplizin gewesen, und dann hatte sie ihr wichtige Details vorenthalten. „Du warst eine meiner ersten Freundinnen hier in Hollowfield, Jamie, und doch habe ich immer wieder den Eindruck, dass du mir etwas verschweigst. Auch in Bezug auf den Tod von Gray Guss.“ Es hatte in der Tat Jahre gedauert, bis Jamie aus sich herausgegangen war. Zunächst war ihre Freundschaft oberflächlich gewesen, hatte sich um Alltägliches, die Kinder, den Kindergarten und später die Schule gedreht.

Unwohlsein zeichnete sich auf Jamies Gesicht ab. Sie fuhr mit ihrem Zeigefinger über die Tischkante, legte die Hände schließlich in den Schoß, zupfte an der Serviette herum und rollte kleine Kugeln aus den abgerissenen Stücken.

„Ich weiß, dass es oft nicht leicht ist, über Vergangenes zu reden.“ Miss Pinky versuchte, Jamies Blick einzufangen, doch der war nicht fokussiert und … müde. Ihre Augen waren glasig. „Ich sage dir jetzt etwas, das ich bisher nur James und Benedict anvertraut habe.“ Es war der einzige Weg, um zu Jamie vorzudringen. Sie musste ihr das Gefühl geben, dass sie immer noch unter einer Decke steckten, obwohl sie sich nicht mehr sicher war, ob es der Wahrheit entsprach. Immer wieder drängte sich ihr der unwillkommene Gedanke auf, dass

Jamie Amelia eins auswischen wollte, warum auch immer. Weil sie jung war vielleicht. Und bildhübsch. „Ich bin in Amelias Wohnung eingebrochen.“

Jetzt hob Jamie interessiert den Blick. Die Haut unter ihren Augen war dunkel und wirkte hauchdünn. Es war nicht zu übersehen, dass etwas auf ihrer Seele lastete.

„Du hast was getan?“ Jamie kratzte an ihrem Nagelbett.

„Ich musste mehr darüber erfahren, was Amelia mit der Sache zu tun hat. Weil ich im Gegensatz zu dir überzeugt bin, dass sie unschuldig ist.“

„Amelia ist eine Schlange!“ Jamie verengte die Augen. „Sie ist vielleicht keine Mörderin, aber sie hat den Frieden in Hollowfield von Anfang an gestört. Mit ihrem langen, wilden Haar, dem bemitleidenswerten Blick, den tiefen Ausschnitten. Damit hat sie Adam und Gray den Kopf verdreht.“

„Gray?“ Miss Pinky wollte genau an dieser Stelle weiterbohren.

„Sie ist nicht so brav, wie du denkst, Erin. Ich habe selbst gesehen, dass sie sich an Gray herangeschmissen hat, obwohl der sich gewehrt hat.“

„Und warum hast du das nicht der Polizei gesagt? Oder zumindest mir?“

„Weil ich nicht denke, dass es etwas mit den Toden zu tun hat.“

Miss Pinky ließ die Worte nachhallen und suchte fieberhaft nach einer Überleitung zum Thema Adam Guss.

„Es verwundert mich, dass hier in Hollowfield anscheinend so viel im Verborgenen geliebt wurde", sagte sie schließlich und studierte genau Jamies Regungen.

„Nicht jeder kann so heilig sein wie du, Erin." Jamie lächelte müde. „Nicht einmal die Pastoren Adam und Gray Guss."

„Du meinst also, dass sowohl Adam als auch Gray eine Affäre mit Amelia hatten?" Wunderbar, jetzt war Adam wieder im Spiel!

„Ich meine es nicht nur, ich weiß es."

„Woher?"

Betretenes Schweigen. Waren sie an dem Punkt angekommen, an dem Jamie die dünne Schutzschicht um den wahren Kern der Geschichte durchstoßen musste?

„Weil ich Gray eine Zeitlang beinahe schon gestalkt habe."

Miss Pinky stutzte. Gray?

„Ich war tatsächlich in Gray verliebt. Vielleicht war es so etwas wie: Wenn ich den Vater nicht bekommen kann, dann nehme ich eben den Sohn." Ein Hauch von Röte legte sich auf Jamies Wangen.

„Du warst zuerst in Adam und dann in Gray verliebt?" Sonderbar, was einem alles entging, selbst bei einer Freundin! Allmählich zweifelte Miss Pinky ernsthaft an ihrer Menschenkenntnis.

„Du hast wirklich nie etwas davon bemerkt?" Jamies Augen wurden feucht. „Es war nichts, worüber ich gern sprechen wollte, wenn du mich jetzt fragen willst, warum ich mich dir nicht anvertraut habe. Es gehört sich nicht für eine verheiratete Frau mit zwei Kindern, dem Pastor hinterherzuschielen. Aber die Liebe ist ein böses Spiel, nicht wahr?" Sie wischte die Tränen mit dem

Handrücken weg. „Man kann sich nicht gegen sie wehren, sondern nur darauf warten, dass sie eines Tages verwelkt.“

„Das klingt ja schrecklich.“ Mitleidig sah Miss Pinky ihre Freundin an.

„Ich wollte diese Gefühle nie, glaube mir, habe versucht, gegen sie anzukämpfen, aber sie waren stärker als ich. Es hat mir gezeigt, dass etwas zwischen Roger und mir definitiv kaputt war.“

„Hat er denn davon gewusst?“ Es war kaum vorstellbar, dass man einem Ehemann so etwas Wesentliches verheimlichte, oder?

„Erst, als ich mit Adam geschlafen habe.“ Jamies Stimme war schwach.

„Du hattest eine Affäre mit Adam?“ Es wurde immer unglaubwürdiger! Bisher hatte sie es sich nicht erlaubt, so weit zu denken!

„Nein, keine Affäre. Es war eine einmalige Sache. Nach einem Adventsfest und ein bisschen zu viel Whisky. Du weißt doch, dass Adam immer wieder heimlich getrunken hat?“

Miss Pinky war sprachlos, was nicht oft vorkam.

„Ich wollte dich nie anlügen, Erin.“ Wieder rollten große Tränen über Jamies Wangen. „Aber ist es überhaupt eine Lüge, nichts zu sagen? Ist es nicht nur dann eine Lüge, wenn man das Gegenteil von etwas behauptet?“

„Du hast mich nicht angelogen. Alles okay.“

„Nichts ist okay. Ich ziehe nicht gern den Namen eines Toten durch den Dreck, aber Adam Guss war ein widerlicher Mensch. Manchmal denke ich, dass er Gray nur adoptiert hat, um die Fassade nach außen zu wahren. Wer weiß, welch ein Ziehvater er überhaupt war. Gray können wir nun nicht mehr fragen." Jamies Miene verfinsterte sich.

„Du bist also wütend auf Adam?"

„Nein, nicht mehr. Ich war verbittert, das ja. Weil ich ihn geliebt habe, er aber anscheinend nur meinen Körper wollte. Es ist eine gemeine Laune der Natur, dass Männer ihre Triebe nicht unter Kontrolle haben, während wir Frauen erst dann mit einem Mann ins Bett steigen, wenn wir etwas empfinden. Also ich jedenfalls."

Miss Pinky beschloss, diese Aussage nicht zu kommentieren. Es war ein wenig rückschrittlich zu denken, dass Frauen dermaßen konservativ waren und Sex nicht einfach so genossen.

„Wie dem auch sei", Jamie wedelte mit der Hand, als verscheuchte sie eine lästige Fliege. „Meine Gefühle für Gray überlagerten alles, was mit Adam geschehen war. Aber Gray war eine Nuss, die niemand knacken konnte, nicht einmal Amelia."

„Ich dachte, die beiden hatten etwas miteinander?"

Jamies Mundwinkel sackten nach unten.

„Hast du nicht gesagt, dass du mehr darüber weißt?"

„Ich weiß, dass Amelia Gray überreden wollte, Adams Kind anzunehmen und mit ihr eine Familie zu gründen."

Das waren ja mal Neuigkeiten! Natürlich hatte Amelia das nicht erwähnt. War sie doch eine Mörderin?

„Gray hat sie so liebevoll behandelt", sagte Jamie mit einem Funken Neid in der Stimme. „Es war herzerwärmend, sie zusammen zu sehen."

„Du hast den beiden nachgestellt?“

„Nur ab und zu.“ Jamies Blick verklärte sich. „Ich weiß nicht, ob du verstehst, wie es ist, einen Menschen so sehr zu lieben, dass es wehtut. Weil klar ist, dass es keine Hoffnung für diese Liebe gibt. Vielleicht berühren diese Liebesgeschichten am meisten, gerade weil sie niemals in Erfüllung gehen.“

Miss Pinky wartete auf Informationen zwischen den Zeilen, während sie versuchte, das Ungeheuerliche an den Neuigkeiten zu ignorieren.

„Ein einziges Mal habe ich erlebt, dass Gray doch nicht so standhaft war, wie ich immer vermutet hatte. Da hat er Amelia geküsst. Immer und immer wieder. Und ich stand da in meinem Versteck, wie versteinert, und habe zugesehen.“ Jamie sah Miss Pinky fest an. „Kannst du dir vorstellen, wie weh das tut? Wenn du dich so sehr danach sehnst, diese Hände an deinem Körper zu spüren?“

„Wusste Gray denn etwas von deinen Gefühlen für ihn?“

Jamie schüttelte vehement den Kopf.

„Es tut mir so leid, Jamie.“ Miss Pinky nahm die Hand ihrer Freundin. Sie war schmal und zerbrechlich. Wie hatte sie dieses Leid nur übersehen können?

„Du kannst ja nichts dafür.“ Ein verhaltenes Lächeln. „Es tut gut, es dir gesagt zu haben, ehrlich.“

Eine Weile saßen sie schweigend da, gefangen in Gedanken an Vergangenes, während sich Miss Pinky immer wieder fragte, was diese Enthüllungen für die Ermittlungen bedeuteten. Sie würde keinesfalls James aufsuchen, das wollte sie ihrer Freundin nicht antun.

Es gab zwei übergeordnete Gründe für Mord: Geld und Liebe. Hier handelte es sich definitiv um Liebe. Diese verzwickte Situation, in der Vater und Sohn mit derselben Frau zu tun gehabt hatten, war verwirrend. Wieso nur hatte Adam nie mit ihr geredet? Es hatte so viele Gelegenheiten gegeben! Etwas in ihr sträubte sich dagegen, die Erklärung zu akzeptieren, dass Adam Gray vergiftet hatte.

Jetzt kamen auch noch Jamies Gefühle ins Spiel. Oder waren sie unerheblich? Was von alledem, was Menschen verheimlichten, war wichtig? Und warum hatte Jamie so lange still gelitten, anstatt ihr Herz zumindest bei einem Gespräch unter Freundinnen zu erleichtern? Sie leerte ihr Bierglas und blickte verstört aus dem Fenster des Pubs. Weihnachten und Neujahr waren vorbei, es war an der Zeit, sich wieder dem Fall Guss zu widmen. Sie würde ohnehin keine Ruhe finden. Nicht, bevor es eine plausible Lösung gab. Adams Tod war kein Selbstmord gewesen! Wie konnte James das auch nur erwägen!

Voller Energie stand sie auf. Jamie war in sich zusammengesackt und erhob sich nur zögerlich.

Als sie sich draußen zum Abschied umarmten, flüsterte Jamie: „Du bist die einzig wahre Freundin, die ich jemals hatte. Ich hoffe, du weißt das."

vier

Beim nächsten Frauentee waren weder Jamie noch Lilly anwesend. Lilly litt an morgendlicher Übelkeit und Jamie hatte vor wenigen Minuten bei Selma angerufen, um abzusagen.

„Also wenn du mich fragst, dann ist Jamie nicht krank." Selma war bekannt für ihre provokativen Aussagen.

„Sie sieht in letzter Zeit aber krank aus." Belinda nippte an ihrem Tee. „Es kann natürlich an der Jahreszeit liegen, ich habe auch immer wieder Halskratzen."

„Warum reden wir eigentlich ständig über diejenigen, die nicht anwesend sind?" Es war Miss Pinky augenblicklich in den Sinn gekommen und herausgerutscht. Sie erntete konsternierte Blicke. „Ich meine ja nur. Es ist so eine Krankheit, nicht wahr, dass man gern über diejenigen lästert, die nicht da sind und sich somit nicht wehren können." Es war ein unmissverständlicher Seitenhieb auf all das Gerede im Herbst über sie und Gray.

„Es ist nicht so, wie du denkst, meine Liebe." Ruth goss sich Milch und dann Tee ein. „Wir sind keine Bestien."

„Nein, aber wir tuscheln gern." Katherine Terry kicherte unpassend hinter vorgehaltener Hand, wie ein aufgeregtes Schulmädchen.

„Genau das ist es ja." Miss Pinky wurde nachdenklich. „Meint ihr nicht, dass es vieles kaputtmacht?"

„Was, dass wir uns Gedanken machen?" Selma schüttelte verständnislos den Kopf. „Das ist doch lächerlich, Erin. Wir sind neugierig, das ist alles."

„Und wenn wir anderen damit Unrecht tun?" Sie wollte nicht lockerlassen.

„Jetzt klingst du wie ein Moralapostel!" Wieder lachte Katherine.

„Dabei war Pastor Gray Guss der einzige, der die göttliche Moral verinnerlicht hatte", bemerkte Belinda und löste sofort betretenes Schweigen aus. Miss Pinky beschloss, den Mund zu halten.

„Habt ihr gehört, dass sein Haus immer noch nicht leergeräumt ist?" Selma hob die Augenbrauen. „Es ist wohl eine langwierige Angelegenheit, weil nicht klar ist, was mit seinen Sachen und dem Gebäude geschehen soll. Der neue Pastor möchte nicht umziehen."

„Das habe ich auch gehört!" Ruth hob den Zeigefinger. „Dabei ist es doch eine unnötige Strapaze, aus Tunbridge Wells anzureisen. Aber jeder, wie er will, nicht wahr?"

„Man sagt, der neue Pastor halte Hollowfield für ein fürchterliches Kaff." Katherine rollte die Augen. „Dabei ist Tunbridge Wells auch nicht viel besser!"

„Dass Gray keine Angehörigen hat, macht alles noch komplizierter", sagte Belinda. „Aber gestern, als ich zur Kirche gegangen bin, um zu beten, da habe ich gesehen, dass ein Lastwagen auf dem Weg zu Grays Haus parkte. Wahrscheinlich ist es nun doch so weit, und alles wird entrümpelt."

„Wie schrecklich!" Katherine fasste sich an die Wangen. „Ist es nicht furchtbar, wie unser Besitz nach unserem Tod mit Füßen getreten wird?"

Wen kümmert es dann noch, dachte Miss Pinky, schwieg aber weiterhin. Es war amüsanter, zuzuhören. Gleichzeitig fühlte sie sich auf eine sonderbare Art fehl am Platz.

„Jedenfalls fehlt Gray nach wie vor." Belinda senkte ihr Haupt und nahm einen Schluck Tee.

„Absolut! Ich vermisse ihn immer noch schmerzlich", sagte Selma. „Manche Menschen sind nicht zu ersetzen."

„Als Adam damals ging, war es ein Gewinn für die Gemeinde, nicht wahr?" Katherine blickte aufgeweckt in die Runde. „Gray hat alles besser gemacht als er. Dabei hatten wir Adam auch für gut gehalten."

„Ach was!" Selma winkte energisch ab. „Wir wissen doch alle, dass Adam kein guter Mensch war. Lasst uns offen und ehrlich darüber reden."

„Man redet nicht schlecht über Tote", bemerkte Belinda trocken. „Es ist wie mit den nicht Anwesenden, da gebe ich Erin recht."

„Hör doch bitte auf damit, Belinda!" Katherine wirkte aufgebracht. „Allein die Tatsache, dass sich Adam das Leben genommen hat, beweist, dass er im Herzen nicht gut war. Es hat ihn verfolgt. Er hat ein unschuldiges Mädchen befleckt, ist nach London geflüchtet und in ein Leben abgerutscht, das wir uns lieber nicht ausmalen wollen."

Miss Pinky musste an Adams heruntergekommene Wohnung denken und schluckte schwer. Hätte man es verhindern können? Riefen manche Menschen stumm nach Hilfe?

„Lass uns über erfreulichere Dinge reden", schlug Ruth vor und ließ einen Teller mit Scones herumgehen. „Das Wetter ist trüb genug."

Am nächsten Vormittag machte Miss Pinky nach einer Erledigung in der Apotheke einen Schlenker in Richtung der Rodney Road. Vor dem zweistöckigen Haus war tatsächlich eine mittelgroße Schuttmulde abgesetzt worden, und die Haustür stand offen. Die gelben Fensterläden leuchteten nur fad im Licht der Wintersonne, und der Garten war von verwehtem Laub und abgebrochenen Ästen übersät. Die Felder lagen verführerisch friedvoll da. Miss Pinky musste an Gray Guss denken, wie er in Gedanken versunken auf der Schaukel saß und seine nächste Predigt im Kopf formulierte, während die Eichhörnchen neugierig um seine Füße schlichen und auf ihre Fütterung warteten. Bei ihm hatte immer alles so idyllisch gewirkt, doch was wussten sie schon, wie es im tiefsten Inneren eines Menschen brodelte? In letzter Zeit dachte sie zu häufig an solche Dinge.

„Guten Morgen!" Die laute Stimme eines rothaarigen, jungen Mannes in einer olivgrünen Barbour-Jacke ließ sie zusammenzucken. Lässig trat er aus dem Haus und zündete sich hinter vorgehaltener Hand eine Zigarette an. Er war auffallend gutaussehend, sein Kinn erinnerte sogar ein wenig an Grays!

„Guten Morgen." Miss Pinky gesellte sich zu ihm und reichte ihm die Hand, die er mit einem Lächeln auf den Lippen ergriff. „Sie räumen das Haus aus?"

„Ja, wir versuchen es. Aber an manchen Dingen bleibe ich hängen.“

„Zum Beispiel?“

„Naja, es gibt alte Fotoalben, Kinderfotos, Tagebücher. Da tue ich mir schwer, sie in den Container zu geben.“ Er presste die Lippen zusammen. „Traurige Sache, das hier. Der Kerl war jung, oder?“

„Gerade einmal siebenundzwanzig“, sagte sie.

„Und dann schon so ein begnadeter Prediger, wenn man dem glaubt, was die Leute so erzählen.“

„Oja, da kann ich nur zustimmen!“

Der Mann bot ihr eine Zigarette an, die sie dankend annahm. Zwar hatte sie das Rauchen vor der ersten Schwangerschaft aufgegeben, aber es gab Momente, da gönnte sie sich immer noch gern ein paar Züge. Aber nur, wenn die Kinder nicht in der Nähe waren.

„Coole Perücke übrigens!“ Der Kerl lächelte bezaubernd. „Sieht man nicht oft hier.“

„Nein, das stimmt. Und danke.“ Miss Pinky mochte ihn.

„Sie kommen aus den USA, nicht wahr?“ Er zog genüsslich an seiner Zigarette.

„Ja, und den Akzent möchte ich auch behalten.“ Sie lächelte zurück.

„Und Sie kannten diesen Pastor gut?“

„Gut? Ich weiß nicht. Inzwischen zweifle ich daran, dass ich überhaupt jemanden gut kenne. Außer mich selbst.“

„Weise Worte!“ Er boxte ihr sanft gegen den Arm, und für den Bruchteil einer Sekunde glaubte sie zu verstehen, wie es für Jamie gewesen sein musste, sich in einen

Mann zu verlieben. Amor lauerte an jeder Ecke, mit einem gespannten Bogen. Auch wenn sie ihren Benedict niemals eintauschen wollte!

Die beiden betraten das leergeräumte Wohnzimmer.

„Tee? Ich habe eine ganze Kanne dabei, aber mein Kollege hat sich vorhin krankgemeldet."

„Klar!"

Die beiden begaben sich in den Flur; Miss Pinky voller Ehrfurcht. Die blassgelben Wände wiesen Schleifspuren auf, also war das schwere Mobiliar bereits abtransportiert worden. Drei helle Stellen verrieten, dass dort Bilder gehangen hatten. Sie war nur wenige Male bei Gray zu Hause gewesen, um etwas zu besprechen, immer in Bezug auf die Kirche, die sein Leben gewesen war. Erwartete ein Gott tatsächlich von einem Pastor, dass er für die Liebe zu ihm und für die Kirche so viel aufgab? Oder war es nur etwas, das sich die Kirche ausgedacht hatte? War es in Ordnung, so etwas Übermenschliches zu erwarten?

„Bitte sehr." Der Mann reichte ihr eine dampfende, gelbe Campingtasse. „Ich heiße übrigens Christopher." Er prostete ihr mit seinem Tee zu.

„Und ich bin Erin Lovejoy, genannt Miss Pinky." Sie deutete auf ihren Kopf und hob dann die Hand mit dem fehlenden kleinen Finger empor.

„Autsch!" Christophers Gesicht zerknitterte.

„Halb so wild. Schnappschildkröte."

„Ich verstehe." Er zerdrückte seine Zigarette auf einem Teller.

„Darf ich mich ein wenig umsehen?", fragte sie. Jetzt oder nie.

Christopher schenkte ihr einen erstaunten Blick. „Sie sind also auch so eine? Wie die kleine Unordentliche, die hier immer wieder rumgeschlichen ist."

„Kleine Unordentliche?"

„Na, so ein süßes Ding mit langem Haar. Die ist ab und zu hier aufgetaucht, saß einmal sogar auf der Schaukel, und als ich sie angesprochen habe, ist sie davongelaufen."

Amelia, dachte Miss Pinky.

„Ja, ich bin verdammt neugierig." Sie legte den Kopf schräg. „Und da Sie mir von persönlichen Dingen erzählt haben …"

„Sind Sie denn mit Gray verwandt gewesen?"

„Nein, aber befreundet."

„Das gilt." Er grinste. „Mir ist das egal. Die Sachen landen sowieso im Müll. Früher oder später." Er wandte sich ab und begann, ein Regal abzuschrauben. „Ich habe nichts gesehen!", rief er über die Schulter hinweg.

Miss Pinky durchquerte bedächtig den Raum, in dem ihre Schritte hallten wie in einer Kirche. Es war nicht mehr viel von Grays Besitztümern übrig. Auf einem Tisch, der an die Wand geschoben war, lagen einige Bücher und Bilder. Die beigen Vorhänge waren noch an den Stangen befestigt, auf dem Kaminsims lag eine Mundharmonika. Wie sonderbar es sich anfühlte, hier zu sein! In einem Haus ohne Seele. Bisher war es ihr nicht einmal in den Sinn gekommen, hier zu schnüffeln, dabei war es sehr clever, zumindest auf diese Art den Toten zu befragen. Bestimmt war James hier gewesen. Sie hoffte inständig, dass sie nicht zu spät dran war.

Sie nahm die Stufen nach oben. Dort befanden sich lediglich das Schlafzimmer, ein Arbeitszimmer mit Einbauregalen aus dunklem Holz und ein winziger, leerer Raum. Der graue Teppichboden im größten Zimmer war an der Stelle, an der das Bett gestanden hatte, viel heller und mit Abdrücken versehen. In der Ecke kauerte eine Stehlampe mit grünem Schirm, sonst gab es nichts mehr. Tote Räume, dachte Miss Pinky mit einem Kloß im Hals und ging wieder nach unten.

„Hier!" Christopher kam auf sie zu und reichte ihr drei Büchlein mit schwarzem Ledereinband. „Das könnte Sie interessieren."

Sie nahm die Bücher dankend an, setzte sich auf den Boden, zog die Knie an und legte ihre Beute zunächst neben sich auf dem Parkettboden ab.

„War die Polizei eigentlich hier?"

„Nicht, dass ich wüsste." Christopher lehnte einige Regalbretter gegen die Wand.

James war bestimmt hier gewesen. Warum hatte er diese Bücher nicht beschlagnahmt? Miss Pinky nahm das erste und strich über den glatten Einband. Gray hatte also Tagebuch geführt. Wie untypisch für einen Mann seines Alters. Sie blätterte aufmerksam durch die Seiten. In engen Zeilen drängte sich auf jeder Grays präzise, kleine Handschrift. Er war einer der wenigen Menschen gewesen, die sie kannte, die noch mit einem Füllfederhalter und echter Tinte geschrieben hatten. Es handelte sich eindeutig um sehr persönliche Tagebucheinträge. Fast jeden Tag hatte er Revue passieren lassen. Oft waren es Gedanken zu Bibelstellen oder Stichworte zu Predigten, ab und zu folgten ein Psalm oder ein Zitat aus einem Evangelium. Doch das Meiste war das, was ihn bewegt hatte.

Miss Pinky überflog die Seiten, bis sie an etwas Vertrautem hängenblieb. Das Auge sucht instinktiv nach den Stellen, zu denen man einen Bezug hat, und da stand plötzlich ihr Name!

Ich bin angetan von Erin Lovejoy, der quirligen Amerikanerin mit dem pinken Haar

stand da. Ihr blieb der Mund offen stehen.

Miss Pinky, was für ein passender Name!

Die Notizen waren wohl nach der ersten großen Adventsfeier in Hollowfield entstanden.

Miss Pinky bringt frischen Wind nach Hollowfield. Ihr kann keine Frau in diesem langweiligen Dorf das Wasser reichen

schrieb er an einer anderen Stelle.
Miss Pinkys Blick zuckte über die Zeilen.

Sie ist erfrischend anders und sagt, was sie denkt. Man könnte neidisch werden.

Sie hielt inne und blickte auf. Christopher trug gerade die Bretter nach draußen. Kälte kroch an ihrem Rücken hoch, obwohl sie einen Wollmantel trug, und sie schüttelte ungläubig den Kopf. Solch einen Eindruck hatte sie auf Gray gemacht? Wenn James das gelesen hatte, dann warf es kein gutes Licht auf sie! Dann war die Schlussfolgerung, dass ihr Liebesbrief an Gray echt war, gar nicht so abwegig!

Sie schlug das erste Buch zu.

„Und, haben Sie etwas gefunden?", wollte Christopher wissen und drehte sich zu ihr um.

„Nein, noch nichts", log sie und hoffte, dass man es ihr nicht ansah.

„Soviel ich gehört habe, war dieser Gray ein Frauenmagnet", sagte Christopher und hockte sich ihr gegenüber auf den Boden. „Im Pub wird geredet. Angeblich hatten so gut wie alle Frauen in Hollowfield ein Auge auf ihn geworden." Er grinste verschmitzt. „Sogar die Ehefrauen. Sie auch?"

„Ich?" Sie stupste Christopher am Arm an. „Was denken Sie von mir?"

„Dass Sie auch nur ein Mensch sind." Er zog eine weitere Zigarette aus der Hemdtasche und bot auch ihr eine an, doch sie lehnte dankend ab.

„Macht es Ihnen etwas aus, wenn ich die Büchlein für ein paar Tage entführe?" Sie legte eine Hand auf den Stapel. „Nur, damit ich alles in Ruhe lesen kann und nichts übersehe."

„Ist mir völlig egal, ehrlich." Christopher zückte ein neongelbes Feuerzeug. „Von mir aus können Sie sie für immer behalten, denn in ein paar Tagen bin ich hier weg." Er zwinkerte ihr zu. „Eigentlich bin ich schon heute fertig. Aber wenn Sie möchten, können wir morgen noch ein Bier zusammen trinken."

Ihre Wangen kribbelten. „Lieber nicht, aber danke für Ihr Angebot." Es war besser, von Anfang an einen großen Bogen um die Versuchung zu machen, und dieser Christopher war ein Prachtkerl!

„Wie Sie meinen." Er sprang auf, zündete die Zigarette an und nahm einen intensiven Zug. „Man sieht sich."

Mit den drei Büchern saß Miss Pinky am späten Nachmittag auf ihrem Bett. Edith lag bäuchlings neben ihr und blätterte in einem Bilderbuch. Pim und Marlon hatte sie vor einer halben Stunde zum Fußballtraining gefahren und würde sie bald abholen müssen. Ihr Verein lag zwei Orte weiter. Kit hatte sich, wie in letzter Zeit immer häufiger, in sein Zimmer verkrochen.

Ich habe eine besondere Halskette für Erin in Auftrag gegeben

schrieb Gray.

Edith summte leise ein Lied, das sie zurzeit im Kindergarten sangen. Miss Pinky streichelte ihr übers Haar.

Sie wird aus Paternostererbsen bestehen. Sie sind für mich ein Sinnbild dafür geworden, dass man von Wunderbarem am besten die Finger lässt.

Miss Pinkys Gesicht glühte. War es möglich, dass Gray in sie verschossen gewesen war? Und warum hatte sie das nie bemerkt?

„Mummy, was liest du da?" Edith setzte sich auf und
legte den Kopf schräg. Die Ähnlichkeit mit Benedict
war nicht zu übersehen.

„Ach, nichts Besonderes." Sie legte das Buch beiseite,
damit sich Edith in ihren Schoß kuscheln konnte. „Soll
ich dir vorlesen?" Mit einem begeisterten Nicken
schnappte sich Edith das Buch und positionierte es behutsam auf ihren Oberschenkeln.

Es war herrlich, mit Edith in einer Welt mit sprechen-
den Tieren und Pflanzen zu versinken, weit weg von
der Realität. Als Miss Pinkys Timer an der Uhr bim-
melte, zuckte sie zusammen.

Gemeinsam mit Edith holte sie die Jungs vom Trai-
ning ab. Anschließend bereitete sie das Abendessen vor
und half Kit bei seinen Mathehausaufgaben.

Gegen dreiundzwanzig Uhr lag sie immer noch wach
im Bett. Benedict hatte ein Geschäftsessen in London,
bei dem es um ein Lederwarengeschäft im Westen der
Stadt ging, das die Produkte der Firma *Pretty & Son* ex-
klusiv vertreten wollte. Das Thema war schon seit fast
einem Jahr im Gespräch, aber immer wieder war etwas
dazwischengekommen.

Miss Pinky knipste erneut die Leselampe an. Sie hatte
zwei der Bücher durchgesehen und war nun im letzten
Teil des dritten angelangt. Sie wusste jetzt, dass Gray
Guss eine Kette für sie hatte anfertigen lassen. Es sollte

offiziell ein Dankeschön für ihre Bemühungen in der Kirche sein, brachte aber heimlich seine Gefühle für sie zum Ausdruck, die ihm als Pastor verboten gewesen waren.

Sie schlug das Tagebuch erneut auf.

Amelia hat die Kette entdeckt und als Geschenk missverstanden. Ich war nicht in der Lage, die Sache zu korrigieren. Wie auch? Hätte ich es getan, dann wären meine Gefühle für Erin ans Tageslicht gekommen. Ich traue Amelia sogar zu, dass sie mich in der Gemeinde anschwärzen würde. Schließlich ist unsere mehr als enge Beziehung auch kein Vorhängeschild für einen jungen Pastor!

An manchen Tagen wird mir das alles zu viel, und ich verstehe Adam. Das, was von uns erwartet wird, ist übermenschlich. Warum ist die katholische Kirche so altmodisch und verbissen? Evangelischen Pfarrern ist es doch auch erlaubt, zu heiraten und Kinder zu haben! Obwohl ich mich selbst nicht für einen modern denkenden Mann halte, bin ich überzeugt, dass die Einstellung der katholischen Kirche falsch ist. Ich glaube an Gott und an die persönliche Beziehung jedes Einzelnen zu ihm. Aber ich halte strenge Verbote für fraglich, sogar für die Menschen, die sich in den Dienst der Kirche stellen.

Miss Pinky hielt inne. Deswegen also leuchtete die Halskette aus Paternostererbsen an Amelias Hals! Der arme Gray! Er war hin und her gerissen gewesen und nicht der ruhende Pol, für den die Gemeinde ihn gehalten hatte. Wieder drängte sich der Gedanke einer Fassade auf, die Menschen um sich herum aufbauten, damit sie nicht noch verletzlicher waren.

Miss Pinky beschloss, diesen Eintrag zu Ende zu lesen und dann eine Melatonin-Tablette zu schlucken.

Die Kette steht Amelia gut. Ich mag das Mädchen, aber das, was ich für Erin empfinde, ist anders. Manchmal macht es mir Angst, und Angst ist dann besonders lähmend, wenn man sie mit niemandem teilen kann. Ich weiß, dass ich diese verbotene Liebe für immer werde geheim halten müssen. Es tut gut, zumindest über sie zu schreiben. Nicht nur, dass es mir als Pastor verboten ist, eine Frau zu begehren, es handelt sich auch noch um die Ehefrau von Benedict Pretty! Erin hat vier wunderbare Kinder und einen Ehemann, allein dieser Umstand wird mich daran hindern, mich ihr jemals zu nähern. Heute fühle ich mich sündiger denn je. Meine Gedanken an Erin lenken mich von dem ab, was ich tun sollte: meine Predigten schreiben, beten, für meine Gemeinde da sein. Ich werde es weiterhin versuchen, so gut ich kann, und wenn alle Stricke reißen, dann muss ich mir eingestehen, dass ich zu schwach bin. So wie Adam.

fünf

„Wahrscheinlich muss ich diese Tagebücher James geben." Miss Pinky saß mit Jamie in deren Wohnzimmer und knetete die Hände. Es war über eine Woche her, dass Christopher ihr Grays persönliche Aufzeichnungen überlassen hatte, und seither plagte sie das schlechte Gewissen. Schließlich hatte die Polizei das Recht, die Beweismittel zu sehen. Was auch immer sie belegten. Zumindest, dass Gray in sie verliebt gewesen war. „Je mehr ich über das nachdenke, was Gray da geschrieben hat, desto mehr glaube ich, dass wir es mit zwei Selbstmorden zu tun haben. Aus Enttäuschung an der Liebe und der eigenen Person."

„Du machst dir das Leben zu schwer, Erin." Jamie hatte es sich mit einer grauen Wolldecke vor dem knisternden Kamin bequem gemacht und kaute an ihren Fingernägeln. Sie hatte überraschend gefasst auf die neuen Enthüllungen reagiert, beinahe so, als hätte sie es schon immer gewusst. „Ich an deiner Stelle würde mich überhaupt nicht mehr in diesen Fall einmischen. So, wie du es dir schon vor einer Weile vorgenommen hast. Er scheint schließlich auch zu ruhen."

„Aber er ist nicht gelöst!" Es war haarsträubend, dass Jamie so lethargisch geworden war. Damals, als sie ihre Hilfe bei den Ermittlungen angeboten hatte, da hatte

Miss Pinky den geteilten Eifer genossen, Licht ins Dunkel zu bringen. Doch jetzt schien es nur noch sie zu interessieren, wie es weiterging!

„Ich habe meine eigenen Sorgen, Erin, ich brauche mich nicht auch noch um die anderer zu kümmern."

„Was soll das denn jetzt heißen?" Es war manchmal schwer, aus Jamie schlau zu werden.

„Roger will die Scheidung einreichen", flüsterte Jamie. Beschämt senkte Miss Pinky den Kopf und fühlte sich schuldig dafür, dass sie ihre Freundin immer wieder in ihre Nachforschungen hineinzog, schließlich hatte sie eindeutig klar gemacht, dass sie nicht mehr Teil des Ermittlungsteams sein wollte.

„Das tut mir schrecklich leid, Jamie." War sie so unsensibel geworden oder hatte sie gar nie die feinen Regungen der Menschen um sich herum wahrgenommen? Der Gedanke war ernüchternd. Oder waren die anderen schuld, weil sie sich nie ganz zeigten?

„Wir haben immer wieder gestritten. Wegen diesem und jenem." Jamie weinte. „Und nach Weihnachten sagte er doch tatsächlich, wir seien keine Familie mehr."

Miss Pinky fand keine tröstenden Worte, deshalb schwieg sie. Eine Trennung war nicht das Ende, es gab sie immer wieder und überall auf der Welt, doch bei Jamie, für die ihre Familie immer alles gewesen war, war es ein bitterer Dolchstoß. Vor allem, weil es von ihm aus kam. Sie hatte alles erduldet, um der Familie willen und weil sie moralisch sein wollte. Jetzt stellte sie sich sicherlich die Frage, ob es sich gelohnt hatte. Miss Pinky kratzte sich an der Schläfe unter der Perücke.

„Vielleicht ist es nur eine dumme Idee, Jamie. Wer weiß, was Roger für Sorgen hat. Im Geschäft oder mit sich selbst.“

„Wir haben alle Sorgen, siehst du das nicht!“ Jamie riss die Decke förmlich von ihren Beinen und stand ruckartig auf. Ihr Gesicht war stark gerötet, und ein Zittern durchfuhr ihren Körper. „Wir können nicht alle so entspannt sein wie du. Ich frage mich ständig, wie du das machst. Du jonglierst dein Familienleben, den Haushalt, deine freiwilligen Dienste in der Kirche, deine Aushilfstätigkeit in der Schule, einfach alles parallel, und niemals fällt auch nur ein einziger Ball herunter!“

Miss Pinky erschrak. „Du weißt, dass das so nicht stimmt“, sagte sie und wunderte sich über ihre dünne Stimme. „Ich habe schon immer vieles gleichzeitig gemacht. Es bereitet mir Freude, vielleicht wirkt es deshalb so auf andere, als könnte ich es mit Leichtigkeit. Ehrlich, Jamie, ich brauche keine Zeit vor dem Fernseher. Das war nie so. Ich erhole mich, während ich Dinge tue. Neben vier Kindern ist das irgendwann auch nicht mehr anders möglich.“

„Du brauchst dich nicht dafür zu entschuldigen, dass du perfekt bist.“

„Ich bin nicht perfekt!“

„Aber du wirkst auf andere so! Begreife es doch endlich, Erin. Deshalb haben alle sofort hinter deinem Rücken geredet. Der Brief in Grays Tasche war ein Anhaltspunkt, um an deiner unheimlichen Fassade zu zweifeln.“

„Unheimlich? Fassade?“ Miss Pinky bekam Kopfschmerzen. „Ich habe keine Fassade und ich bin ein ganz normaler Mensch!“

Den Brief hatte sie beinahe schon vergessen. Oder verdrängt. Den sonderbaren Brief, den jemand in ihrem Namen verfasst haben musste, der vielleicht sogar wusste, dass Gray Gefühle für sie hatte. „Kannst du dir denn vorstellen, wer mir diesen Brief andichten wollte?“

„Ich?“ Jamies Augen weiteten sich. „Woher sollte ich das wissen?“

„Warum müssen wir jetzt streiten?“ Sie wollte Jamie unbedingt beschwichtigen, denn das hier gefiel ihr nicht. Sie konnte sich nicht erinnern, wann sie das letzte Mal mit jemandem gestritten hatte.

„Hör auf, mir einreden zu wollen, dass mein Leben gut ist.“ Wieder rollten dicke Tränen über Jamies Gesicht. Sie sah elend aus. „Nichts wird sich zum Guten wenden, Punkt. Sogar Roger hat inzwischen die Nase voll von mir. Die Kinder kümmert es sowieso nicht, was ich tue oder lasse. Manchmal kommt es mir so vor, als hätte ich diese Familie nur, weil es sich so gehört.“

„Wie kannst du so etwas sagen?“

„Wie ich das kann? Es ist ganz einfach, Erin. Nicht jeder ist mit so viel Liebreiz gesegnet wie du. Nicht jeder ist in der Lage, das Leben als Spiel aufzufassen. Seit meiner Kindheit hadere ich mit mir. Fühle mich in meiner Haut nicht wohl, weder innerlich, noch äußerlich. Kannst du dir vorstellen, wie das ist?“ In ihren Blick mischte sich etwas, das Miss Pinky Angst machte. Eine unbändige Wut, gepaart mit Hass. „Also hör bitte auf damit, mir zu sagen, was ich zu fühlen habe!“

„Das habe ich nie getan.“

„Aber du versuchst, mich zu beruhigen, und es macht mich verrückt.“ Jamie hockte sich wieder auf den Boden und schlang die Decke um die Füße. „Ich erwarte nicht einmal deine Hilfe, ich will nur, dass du verstehst, dass ich von Gray und Adam und Amelia nichts mehr wissen will.“

„Ist schon gut, entschuldige.“ Miss Pinky stand auf, nahm ihre Lederhandtasche von der Couch und ging auf die Tür zu. „Es tut mir wirklich leid, dass es dir nicht gut geht. Ich wünsche dir viel Kraft.“ Mit diesen Worten verabschiedete sie sich, und als sie auf der Straße vor dem Haus stand, spürte sie, dass schon längst etwas in ihrer Freundschaft zerbrochen war. Ohne, dass sie es bemerkt hatte.

Teil sechs

eins

Das letzte Mal hatte Amelia vor Weihnachten an Grays Grab gekniet. Der Boden war von feinem Puderschnee bedeckt gewesen, der sich wie weiße Asche auf den Grabstein gesetzt hatte. Sie lagen nicht einmal beieinander, Vater und Ziehsohn, denn Adam war gemäß seinem letzten Willen auf einem Friedhof in Tonbridge, seinem Geburtsort, beigesetzt worden.

Jetzt stand Amelia vor Grays Grab und flüsterte ihm zu, obwohl sie daran zweifelte, dass er sie hörte.

„Ich weiß, dass du deine Berufung zum Pastor über alles gestellt hast, Gray." Müde strich sie sich eine Haarsträhne von der Wange. Keira war seit drei Tagen krank und wurde von Hustenanfällen und Fieberträumen geschüttelt. Sie waren eben beim Arzt im Nachbarort gewesen, und das Mädchen schlief im Wagen, den Amelia vor dem Friedhof abgestellt hatte, bei leicht heruntergelassenen Fenstern und in eine warme Decke gehüllt. Amelia hatte vor allem in der vergangenen Nacht kaum ein Auge zubekommen. Sie starrte auf Grays Grabstein. „Ich möchte dir nur sagen, dass ich dich verstehe. Es macht wahrscheinlich keinen Unterschied mehr, weil du jetzt woanders bist. Aber falls du mich hören kannst, dann sollst du wissen, dass ich es dir nicht übelnehme. Damals schon, da hat es mich wütend gemacht, weil ich so maßlos in dich verliebt war." Sie musste bei der Erinnerung, die trotz ihrer Bitterkeit auch süß war, sanft lächeln. „Ich war verzweifelt und wusste nicht, was ich tun sollte. Vielleicht habe ich auch nur nach dir als einen rettenden Anker gegriffen, weil ich sonst keinen Ausweg gesehen habe. Und doch kommen wir jetzt ganz gut zurecht, Keira und ich. Wir schlagen uns durch, wie man so sagt. Ich habe neulich eine Anzeige in der Zeitung gesehen, die im Gemeindehaus auslag. Eigentlich hat sie mir Erin unter die Nase gehalten. Die suchen jemanden in einem Büro im East End von London. Es klingt interessant und jetzt, da Keira älter wird und länger in die Kinderbetreuung gehen kann, könnte ich es mir sogar vorstellen. Ich denke, es wäre in Ordnung, sie aus Hollowfield herauszureißen, sie hat hier keine nennenswerten Freundinnen. Was meinst du?" Amelia schloss die Augen. Wie schön es doch wäre, jetzt bei einer Tasse Tee mit Gray zusammenzusitzen! Es gab nur wenige Menschen, mit denen sie reden konnte. Da war immer diese Angst, jemand könnte ihr etwas Böses wollen, so wie damals ihr Vater. Es war nicht möglich, die Vergangenheit hinter sich zu lassen. Nicht ganz.

„Gestern war James wieder bei mir. Seine Gegenwart ist unangenehm, sie lähmt mich. Er roch nach Pfeifenrauch und ein bisschen nach Schweiß, und ich habe versucht, ihn abzuwimmeln, aber er sagte etwas von Tagebüchern, die Erin ihm ausgehändigt hat. Er hat mich gefragt, ob ich gewusst habe, dass du in sie verliebt gewesen bist. Ist das so? Wenn ja, dann hast du es immer gut versteckt. Bei dem Gedanken war ich nicht einmal mehr eifersüchtig, und das hat mir gezeigt, dass ich über dich hinweg bin, Gray Guss.“ Sie putzte sich die Nase, in der die kühle Winterluft kitzelte. „Wie dem auch sei, ich hoffe, du hast deinen Frieden gefunden. Ich weiß ja, dass du die fleischliche Liebe als Sünde betrachtet hast, zumindest für dich persönlich. Ich habe es nie ganz verstanden, tue es ehrlich gesagt immer noch nicht. Was, wenn man sich verliebt? Kann man das steuern? Ich denke nicht.“ Amelia seufzte schwer. „Das, was wir beide hatten, war ein Hauch dessen, was die Liebe ausmacht. Wenn überhaupt. Du hast es ja nicht zugelassen, dass ich dich näher kennenlernen konnte, hast dich immer wieder in dein Schneckenhaus zurückgezogen. Die Eichhörnchen waren dir immer am liebsten, die Einsamkeit erschien dir heiliger als die Liebe zwischen zwei Menschen. Aber wer weiß, vielleicht warst du nie einsam, sondern bei Gott. Ich habe ihn immer noch nicht gefunden, obwohl du damals geduldig versucht hast, meinen persönlichen Weg zu ihm zu ebnen. Und jetzt stehe ich hier und spreche mit dir, einem Toten, dabei glaube ich nicht einmal daran, dass nach dem Tod noch etwas kommt.“ Amelia ließ die Tränen laufen, sie setzten sich salzig in ihre Mundwinkel, und ihre Augen brannten. „Leb wohl, Gray Guss. Es kann sein, dass ich hier bald weg bin. Du warst ein Engel. So sehr, wie es für einen Menschen möglich ist. Du hast nur selten die Stimme erhoben. Ein einziges Mal, da habe ich dich mit Jamie gehört. Ich habe immer das Gefühl gehabt, dass du ihr den Kopf verdreht hast, der armen Verrückten. Ich mochte sie noch nie. Sie hat etwas Unheimliches an sich. Einmal habe ich gesehen, dass sie uns beiden gefolgt ist. Vielleicht hätte ich das James sagen sollen. Es kommt mir gerade erst wieder in den Sinn.

Bestimmt hat sie abends im Bett neben ihrem Ehemann nur an dich gedacht. Entschuldige bitte, die Erinnerung geht mit mir durch. Jedenfalls war es gut, dass du Jamie in ihre Schranken verwiesen hast. Sie war eine Klette, hat immer versucht, zuckersüß zu sein, um dir zu imponieren, aber niemand hat es ihr je abgenommen. So war es doch, nicht wahr? Ich habe es dem Inspektor nicht gesagt. Immer, wenn er mich befragt, bin ich wie gelähmt. Aber Erin werde ich es anvertrauen, sobald ich sie das nächste Mal in Ruhe sehe. Ihr vertraue ich die Wahrheit gerne an. Nur ist mir auch der Streit damals, als sie und Jamie mir all die Fragen gestellt haben, nicht in den Sinn gekommen. Ganz davon abgesehen, dass ich Jamie nicht leiden kann. Ihre Auseinandersetzung mit dir kam mir nie bedeutend vor, aber wenn ich jetzt darüber nachdenke, dann kann es gut sein, dass sie wichtig war."

Amelia trat einige Schritte zurück, ließ den Blick über die grauen Grabsteine gleiten, drehte sich um und begab sich mit eiligen Schritten zu ihrem Auto, das nur wenige Meter hinter der Kirche stand. Die undurchdringliche, graue Wolkendecke am Himmel hing tief. Keira schlief noch wie ein Murmeltier, ihr Atem ging schnell und rau.

In Gedanken noch bei Gray, fuhr Amelia nach Hause, hob ihre Tochter aus dem Wagen, trug sie in die Wohnung, legte sie auf das Sofa und deckte sie zu. Dann

setzte sie sich an den Esstisch und versuchte sich an
den ersten Formulierungen für ein Bewerbungsschrei-
ben. Es war höchste Zeit, ihr altes Leben für immer ab-
zuschütteln.

zwei

„Wir haben keinerlei Beweise, Erin!" James schlug mit seiner fleischigen Hand auf den Aktenordner, der vor ihm auf dem Schreibtisch lag. Sein Gesichtsausdruck verriet, dass er im Grunde genommen keine Lust mehr hatte, diesen Fall neu aufzurollen. „Ich gehe davon aus, dass sich Gray und Adam Guss beide das Leben genommen haben."

„Du machst es dir zu bequem." Miss Pinky hatte ihre Gedanken notiert, nächtelang gegrübelt, Benedict befragt, ob sie den Inspektor besuchen sollte, und jetzt saß sie an einem nebligen Februarmorgen hier in seinem Büro. Der Winter hatte Hollowfield fest im Griff, draußen sah man kaum noch Menschen, nur hier und da rollte ein Auto die Straße entlang oder jemand führte mit einer fest in die Stirn gezogenen Wollmütze seinen Hund spazieren. Es war der graueste Monat im Jahr, und jedes Mal sehnte sie sich nach dem blauen Himmel ihrer Heimat.

„Und was schlägst du vor, Erin? Es ist langsam müßig, über diesen Fall zu spekulieren, findest du nicht auch?"

„Nein, ist es nicht, James, und das weißt du genauso gut wie ich. Mein Gefühl sagt mir, dass Gray und Adam ermordet worden sind."

„Dein Gefühl! Herrgott, Erin! Was hat dein Gefühl hier zu suchen? Es geht um Fakten und Beweise, und wir haben nichts, aber auch rein gar nichts in der Hand! Aus dem, was Amelia und du mir erzählt haben, kann ich schließen, dass es einige unglückliche Liebesgeschichten in Hollowfield gab. Die, nebenbei bemerkt, nicht einmal unbedingt etwas mit unserem Fall zu tun haben.“

„Amelia hat mir neulich gesagt, dass sie einen heftigen Streit zwischen Jamie und Gray mitgehört hat.“ Sie wusste, dass sie James weiterhin bedrängen musste. Es war nicht der richtige Zeitpunkt, um aufzugeben! Ach, im Grunde genommen war es nie richtig, das Handtuch zu werfen!

„Jeder streitet mal.“

„Aber laut Amelia war es ein bitterer, gemeiner Streit, bei dem man hätte meinen können, dass Jamie Gray gleich an die Gurgel geht.“

„Frauen werden so, wenn sie in ihrem Stolz verletzt sind, nicht wahr?“ James’ Grinsen wirkte reichlich amüsiert. Allmählich ärgerte es sie, dass er sie anscheinend nicht ernst genug nahm.

„Warum sträubst du dich dagegen, der Sache noch einmal ein paar Gedanken zu schenken? Es ist noch nicht zu spät! Aber wenn Jamie sich scheiden lässt und Amelia nach London zieht, dann ist der Zug womöglich abgefahren.“

„Wir können jeden immer und überall verhaften, Erin.“

„So meine ich das gar nicht! Ich will damit nur sagen, dass wir jetzt noch alle in unserer Blase in Hollowfield leben und vielleicht noch die Wahrheit aus dem Mörder herauskitzeln könnten.“

„Herauskitzeln? Hm.“ James seufzte. „Es ist höchst unwahrscheinlich, dass es noch ein Geständnis geben wird. Es ist zu viel Zeit vergangen.“

„Wir haben nie versucht, eines zu bekommen.“

„Weil wir weder wissen, ob es Morde waren, noch, wer der Mörder sein könnte.“

„Die Mörderin!“, korrigierte sie. Es hatte sie einige Überwindung gekostet, alles, was sie in den letzten Monaten in Erfahrung gebracht hatte, vor James auszuschütten, aber es war die einzige Möglichkeit gewesen, um ihn zu überzeugen, die Ermittlungen nicht so einfach abzuhaken. „Ich denke, dass eine Frau Gray ermordet hat, weil sie seine Liebe nicht gewinnen konnte.“

„Meinst du nicht, dass diese Behauptung etwas gewagt ist?“

„Es ist keine Behauptung, sondern ein Gefühl.“

„Mit deinen Gefühlen kommen wir nicht weiter! Wir brauchen Fakten!“ James rollte die Augen. „Warum sollte man jemanden, den man liebt, denn umbringen?“

„Aus Verzweiflung. Und damit keine Andere ihn bekommt.“

„Das ist Frauenlogik! Außerdem war Gray offenbar ein durch und durch heiliger Mann, den eine Frau niemals hätte umstimmen können, nicht wahr? Nun ja, bis auf dich vielleicht.“ Er kicherte unpassend. „Aber du hast ihn ja nicht umgebracht.“

„Nein, habe ich nicht.“

„Das habe ich auch nie ernsthaft erwogen.“

„Aber du hast dich von dem Brief verwirren und dem Gerede der Bewohner beeinflussen lassen.“

„Das ist doch normal, Erin!“

„Ist es nicht! Du bist ein Polizeiinspektor, du solltest dir deine eigenen Gedanken machen! Aber höre mir bitte noch ein einziges Mal zu.“ Sie räusperte sich. „Wir haben den Brief bisher nicht genügend beachtet. Jemand, der vielleicht sogar gewusst hat, dass Gray in mich verknallt war, hat ihn in meinem Namen verfasst, um den Verdacht auf mich zu lenken. Dass er mit der Maschine geschrieben war, ist natürlich sonderbar, aber wie dem auch sei, er hatte eine gewisse Wirkung auf Hollowfield. Und sogar auf dich.“

„Und was willst du mir damit sagen?“

„Dass die Mörderin etwas gegen mich hat.“

„Mag sein.“ James zuckte mit den Schultern und nahm einen Schluck Tee. „Wie hilft uns das weiter?“

„Die einzigen Frauen, die in dieser Angelegenheit etwas gegen mich haben könnten, sind Amelia und Jamie. Weil sie beide in Gray verliebt waren.“

„Weiter.“

„Und nehmen wir an, eine von beiden hat Gray auf irgendeine Weise eine zermahlene Paternostererbse in sein Essen gemischt, wie könnten wir das jemals beweisen? Abrin ist eines der stärksten Pflanzengifte überhaupt, ich habe es gegoogelt. Schon eine kleine Menge reicht aus, um einen Menschen umzubringen. Und Gelegenheiten, das Zeug in Grays Essen zu schmuggeln, gab es mehr als genug! Denken wir nur an die Suppenküchen in London oder andere Veranstaltungen im Gemeindehaus. Was hat kurz vor seinem Tod stattgefunden? Hast du das damals in Erfahrung gebracht?“

„Erin, mach bitte einen Punkt!“ James runzelte die Stirn. „Wir haben keinerlei Beweise, und es wird auch nicht zu belegen sein, dass jemand Abrin in Grays Essen gemischt hat. Wie willst du das anstellen?“

„Keine Ahnung, bin ich bei der Polizei?“ Allmählich wurde sie ungeduldig. „Aber jeder Mörder macht irgendeinen Fehler, und ist er noch so klein!“

„Vielleicht nicht. Wenn sich die Mörderin zum Beispiel in Grays Haus geschlichen und Überschuhe und Handschuhe getragen hat, dann wird es keine Spuren geben.“

„Aber irgendwo muss sie die Paternostererbsen doch herbekommen haben!“ Auf den Gedanken hatte sie Benedict am Vortag gebracht. Wie konnte ihr das all die Monate entgangen sein! Sie hatte Adarsh damals eine wesentliche Frage nicht gestellt: *Wer hat sonst noch Erbsen bei dir gekauft?*

„Ich bereue es, dass ich Adam Guss nie ordentlich befragt habe“, sagte James plötzlich in nachdenklichem Ton. Sein Blick wurde düster. „Ich denke, wir haben uns alle gehörig in ihm getäuscht.“

„Und ich denke, er hatte die Nase voll von ganz Hollowfield.“

„Und?“

„Und deswegen hat er sich tatsächlich selbst vergiftet, und zwar so, dass es aussieht, als habe jemand anderes es getan.“

„Hm.“

„Nicht hm! Ich meine es todernst, James! Je mehr ich darüber nachdenke, desto sicherer bin ich mir da.“

„Aber es ist nur ein Gefühl.“

„Alles ist bei mir ein Gefühl." Sie verengte die Augen und musterte ihn herausfordernd. „Du solltest das Gefühl einer Frau niemals unterschätzen."

„Wenn du meinst." Er nahm einen der Kekse, die neben seinem Tee auf einer Serviette lagen, und biss hinein.

„Und auf wen er den Verdacht lenken wollte, ist wohl klar, oder?" Sie wollte, dass endlich auch James ihre Spekulationen aussprach!

„Auf Amelia."

„Genau. Weil ihn die Schuld und die unerwiderte Liebe zerfressen haben, auch wenn er geflüchtet war. Sie wäre seine Rettung gewesen, wenn sie seine Gefühle erwidert hätte. Man muss Mitleid mit ihm haben." Miss Pinky senkte den Blick. Am Ende war Adam das größte Opfer in dieser verworrenen Geschichte.

„Ich folge dir, Erin. Es ist durchaus vorstellbar, dass Adam Abrin in den eigenen Pfeffersteuer gemixt hat, um es nach Mord aussehen zu lassen. Seine Wut galt natürlich ebenso Gray, aber der war ja bereits tot." James rieb sich das stoppelige Kinn. „Wie hinterhältig, jemandem einen Mord in die Schuhe schieben zu wollen. Und damit hätte er nicht nur Amelia, sondern seiner eigenen Tochter eins ausgewischt."

„Ich weiß nicht, ob man in solch einer verzweifelten Lage so weit denkt, James. Wir sitzen hier und sinnieren, aber ein verzweifelter Mann, der vielleicht auch noch angetrunken war, tut das nicht. War Adam angetrunken?"

„Ja, mehr als das sogar." James presste beschämt die Lippen zusammen. „Ich schätze deine Beharrlichkeit, Erin Lovejoy." Er hielt ihr den letzten Keks entgegen, den sie ihm dankend abnahm. „Vielleicht hast du recht, und ich mache es mir zu bequem, aber weißt du was? Manchmal denke ich, dass es keinen Unterschied macht."

„Eines ist sicher: Es macht einen Unterschied, ob eine Mörderin unbestraft herumläuft."

„Hm, das schon. Aber so wie ich das sehe, sind uns die Hände gebunden. Es gibt nichts, woran wir uns festhalten könnten, nur unerwiderte Liebe und womöglich Eifersucht. Wir können nur hoffen, dass die Mörderin die Last der Schuld nicht länger ertragen kann und sich stellt."

Miss Pinky schüttelte den Kopf. „Unwahrscheinlich. Amelia wird mit Keira wegziehen und alles hinter sich lassen, um einen neuen Lebensabschnitt zu beginnen. Jamie wird vielleicht auch mit ihren Kindern wegziehen."

„Machen wir uns nichts vor, Erin, wir sind an unsere Grenzen gestoßen."

„Ich möchte noch eine Sache in Erfahrung bringen." Miss Pinky hatte es am Morgen beschlossen und wollte, dass James eingeweiht war.

„Und die wäre?"

„Ich will noch einmal Adarsh Kumar befragen und herausfinden, ob außer Gray noch jemand diese Erbsen erworben hat."

„Und was, wenn die Mörderin das Gift auf einem anderen Weg bekommen hat? Ich meine, es gibt viele Händler auf der Welt. Wäre es nicht sinnvoller, einen Umweg zu gehen? Eine schlaue Mörderin wird wohl kaum eine solche Spur hinterlassen, oder?"

Miss Pinky dachte angestrengt nach. Die Sache war verzwickt, und wenn sie aufmerksam in sich hineinhörte, dann rief eine leise Stimme, dass es an der Zeit war, aufzugeben. Dass es niemals gelingen würde, Licht ins Dunkel zu bringen. Gleichzeitig flüsterte eine andere, warnende Stimme, dass Jamie die Giftschlange war. Jamie Higgins, die unglückliche Ehefrau, die verschmähte Liebende, voller Neid auf Amelias Schönheit und ... Der Gedanke schoss Miss Pinky schmerzlich durch den Kopf: voller Neid auf ihre vermeintlich beste Freundin, Erin Lovejoy. Denn das hatte sie bei ihrem Streit herausgehört.

Jamie hatte es nicht so ausdrücken wollen, aber es war glasklar: Jamie empfand Eifersucht, weil ihr eigenes Leben bleischwer war. Es gab keine Leichtigkeit in ihrem Wesen. Die hatte es nie gegeben. Vielleicht hatte sie diese Freundschaft nur deshalb gewollt, weil sie sich etwas abschauen wollte. Bei dem Gedanken sträubten sich ihr die Nackenhaare. Was, wenn Jamie Gray auf dem Gewissen hatte? Sie hatte damals ihre Hilfe bei den Ermittlungen nur deshalb angeboten, um den Kopf aus der Schlinge zu ziehen. Um Freundlichkeit vorzutäuschen. Denn war es nicht so, dass Angriff die beste Art der Verteidigung war?

„Erin?" James' Stimme riss sie aus ihren Gedanken.

„Entschuldige bitte, was hast du gesagt?"

„Ich habe gefragt, ob ich die Sache mit Adarsh übernehmen soll."

„Ja, das wäre wunderbar." Sie stand auf. Ihre Hände und Füße fühlten sich taub an, und in ihrem Kopf brannte ein Feuer. „Danke, James. Ich warte darauf, von dir zu hören."

drei

Die Grippe fesselte James Subtle zwei Wochen lang ans Bett. Als Miss Pinky ihn anrief, um zu erfahren, wie das Gespräch mit Adarsh Kumar verlaufen war (und weil sie nichts mehr gehört hatte), stöhnte der Inspektor nach jedem Satz. Sein Fieber war ungewöhnlich hoch, und die Medikamente hielten es immer nur für wenige Stunden unter Kontrolle.

„Ich werde dir morgen ein bisschen Hühnersuppe vorbeibringen", versprach Miss Pinky, nachdem sie beschlossen hatten, dass sie die Reise nach London übernehmen sollte. Schließlich hatte man nicht ewig Zeit, und die Untersuchungen waren oft genug aufgeschoben worden. Ja, von deiner Seite aus schon, dachte Miss Pinky und legte auf.

Der Freitag, an dem sie sich auf den Weg nach London machte, war einer jener Tage, an denen man schon den Frühling erschnuppern konnte, obwohl es eigentlich noch viel zu früh dafür war. Die Luft war milder und blumiger als sonst. Über den Häusern, die an den Fenstern des Zugabteils vorbeizogen, hing ein noch zäher Nebel, doch darüber war bereits die Sonne zu erahnen. Miss Pinky hatte sich um neun Uhr in einer Bagel-Bude mit Adarsh zum Frühstück verabredet. Leider rollte der Zug mit zwanzig Minuten Verspätung ein.

Miss Pinky schlang ihren pinkfarbenen Wollschal enger um den Hals, als sie in London ausstieg und eilig die Plattform überquerte, denn die Luft war beißend kalt. Mit klappernden Absätzen ging sie die Straße entlang, blickte in die noch verschlafenen Gesichter von Geschäftsmännern und -frauen in eleganten Anzügen und adretten Kostümen.

Als Miss Pinky die Bagel-Bude betrat, erblickte sie sofort Adarsh, der einen Fensterplatz eingenommen hatte und ihr entgegenlächelte. Er trug einen bunt gemusterten Pullover und umklammerte eine dampfende Tasse. Am Tresen saß ein Mann mittleren Alters, sonst war der Raum leer. An den Fensterscheiben baumelten noch einige vereinsamte Lichterketten.

„Miss Pinky! Wie schön, Sie zu sehen!" Adarsh sprang auf und hüllte sie in eine innige Umarmung. „Wie geht es Ihnen, und was macht Hollowfield? Und vor allem, sind die Ermittlungen abgeschlossen?" Er nahm wieder Platz. „Ich schätze nein, sonst wären Sie jetzt nicht hier."

„Die Ermittlungen sind zäh." Miss Pinky hängte ihren Mantel über die Lehne und ließ sich auf den Stuhl fallen. „Immer wieder bekomme ich das Gefühl, dass James und ich wichtige Details übersehen haben."

Die beiden bestellten Kaffee und Bagels mit Frischkäse, und schon bald hing der Duft frisch getoasteten Gebäcks im Raum.

„James möchte die Sache abhaken", sagte Miss Pinky, ohne die Unzufriedenheit in ihrer Stimme zu verbergen. „Und inzwischen bin auch ich der Meinung, dass sich Adam das Leben genommen hat. Aber Gray?" Sie warf die Hände in einer Geste der Hilflosigkeit in die

Luft. „Hatten Sie jemals den Eindruck, dass er so verzweifelt war? Ich meine, so sehr am Boden, dass er sich selbst vergiftet hat!"

„Gray war zwar ein guter Freund, aber er war meist recht verschlossen." Adarsh seufzte. „Ich wünschte, ich könnte Ihnen weiterhelfen."

„Sie können mir bestimmt eine Frage beantworten, die womöglich ein bisschen Licht ins Dunkel bringt. Hat außer Gray noch jemand in letzter Zeit bei Ihnen Paternostererbsen bestellt?"

Adarsh warf einen Blick auf seine Armbanduhr und rieb sich das Kinn. Miss Pinky wusste, dass sie seine Zeit beanspruchte, und hatte ein schlechtes Gewissen, weil sie ihn persönlich hatte treffen wollen. Zum einen, weil sie es für die bessere Art der Unterhaltung hielt, und zum anderen, weil sie Londoner Stadtluft atmen wollte. „Es ist wie die Suche nach der Nadel im Heuhaufen. Wissen Sie, wie viele Händler es in London gibt? Es wird kaum möglich sein herauszubekommen, wer wann und wo Paternostererbsen erworben hat. Dazu kommt, dass die Erbsen für Schmuck und Gebetskränze sehr beliebt sind und nicht schlecht werden. Wenn es einen Mörder gibt, kann er sie schon vor Jahren gekauft haben." Adarsh hob den Zeigefinger. „Aber um auf Ihre Frage zurückzukommen. Ich habe keine Eintragungen für Hollowfield in meinen Büchern gefunden. Es tut mir wirklich leid."

Eine Welle der Ernüchterung durchflutete Miss Pinkys Körper. Was tat sie hier bloß? War es eine Schande aufzugeben? Ganz davon abgesehen, dass es nicht einmal ihre Aufgabe war, diesen Fall zu lösen.

Falls es überhaupt etwas gab, das sie bisher nicht erwogen hatte.

„Ich hoffe, ich bin nicht unhöflich." Adarsh rückte auf dem Stuhl hin und her. „Aber ich muss mich verabschieden."

Die Wege der beiden trennten sich, und Miss Pinky blickte dem Händler eine Weile hinterher, bis er im dichten Nebel verschwand. Die Sache war aussichtslos.

Um sich von ihrer Handlungsunfähigkeit und den mangelnden Beweisen abzulenken, nahm sie die nächste U-Bahn ins Zentrum und bewunderte die liebevoll dekorierten Schaufenster, die vielen Menschen, die Straßenmusikanten, genoss das Stimmengewirr und die Tatsache, dass sie niemanden kannte. Etwas in ihr wollte hierherziehen, mehr denn je, und sie wurde den Gedanken nicht los, es noch heute Abend mit Benedict zu teilen. Aber die Kinder! Sie konnte unmöglich die Kinder aus ihren Freundeskreisen herausreißen!

Als sie einige Stunden später und mit etlichen bunten Tüten beladen in einem Café saß, starrte sie aus dem Fenster auf eine Reihe schwarzer Taxis und einen feuerroten Touristen-Doppeldeckerbus und wusste, dass sie Jamie, sobald sie sich gesammelt und einen Plan hatte, zur Rede stellen musste.

An einem trüben Morgen Anfang März stand Jamie unerwartet mit einem dickbäuchigen Koffer in der Hand vor Miss Pinkys Haustür. Ihre Haare hatte sie aufwendig am Hinterkopf aufgetürmt, und ihre Augen waren verheult.

„Ich nehme den nächsten Zug, Erin." Sie umarmte sie ein wenig hölzern. So war Jamie oft gewesen, auf eine sonderbare Weise unnahbar und steif. „Die Kinder bleiben bei Roger. Ich werde versuchen, mein Leben neu zu ordnen.“

Miss Pinky runzelte ungläubig die Stirn. Dabei hatte sie ihre Freundin heute Nachmittag anrufen wollen, um bei einem Tee zu klären, wie es um ihr Verhältnis stand. Um sich an eine vielleicht entsetzliche Wahrheit heranzutasten. Jetzt stand Jamie hier, um Abschied zu nehmen.

„Ich habe dir noch etwas mitgebracht.“ Jamie kramte in ihrer Handtasche. Es war eine weinrote aus Benedicts Fabrik mit vielen Außentaschen für Krimskrams, ein Weihnachtsgeschenk von vor vielen Jahren. „Hier!“ Jamie blickte wieder auf und reichte ihr ein kleines Glas mit einem roten Deckel und einer weißen Schleife. „Es ist Salz mit Kräutern aus unserem Garten.“ Sie lächelte müde. „Die Kinder haben sie gesammelt.“

Miss Pinky nahm das Geschenk dankend an. „Möchtest du nicht hereinkommen?“ Ein mulmiges Gefühl machte sich in ihrem Bauch breit. Es war höchst sonderbar, dass Jamie so unverhofft abreisen wollte. „Wir könnten zusammen frühstücken.“

„Nein, danke. Ich muss so schnell wie möglich weg, sonst überlege ich es mir womöglich noch anders.“ Jamie zuckte mit den Schultern. „Und du weißt, wie das mit Entscheidungen ist. Man fällt sie, um sie im nächsten Augenblick zu bereuen.“

Miss Pinky wusste nicht, wovon ihre Freundin sprach, sagte aber nur: „Komm doch herein, nur für eine halbe Stunde. Die Kinder sind schon weg, Benedict ist bei der Arbeit. Wir könnten reden.“ Sie trat einen

Schritt zurück in den geräumigen Vorraum und stolperte beinahe über die Kante des Perserteppichs. War es eine gute Idee, Jamie zu sich einzuladen, wenn sie ihr nicht mehr trauen konnte?

„Danke für alles, Erin." Jamies Blick irrte in die Ferne. „Ich habe viel von dir gelernt, aber es leider nie anwenden können."

„Hör auf, so zu reden."

„Es ist aber die Wahrheit. Du hast uns allen gezeigt, wie schön das Leben sein kann. Aber für manche ist es eben nicht schön."

„Bitte, Jamie, komm herein!" Ihre Finger verkrampften sich um das Kräutersalz-Glas. „Du kannst doch nicht einfach so gehen!"

„Ich muss." In Jamies Blick lag bodenlose Trauer. „Es tut mir leid, dass ich dich als Freundin enttäuscht habe."

„Aber wovon redest du! Du hast mich nicht enttäuscht." Sie wollte nach Jamies Arm greifen, doch die wandte sich rasch um, warf einen letzten Blick über die Schulter und eilte auf den Gartenzaun zu.

„Wir hören voneinander, nicht wahr?", rief Miss Pinky ihrer Freundin hinterher, doch kaum hatte sie diese Worte ausgesprochen, glaubte sie nicht mehr daran.

Verblüfft stand sie in der Tür, bis die kühle Luft unter ihren Morgenmantel kroch und sie fröstelte. Jamie hatte ihren Koffer eingeladen und saß immer noch im geparkten Wagen. Der Frühnebel stieg von den Feldern auf.

Nachdem Miss Pinky die Haustür zugezogen hatte, stellte sie das Gläschen mit dem gesprenkelten Salz in ihr Gewürzregal. Sie duschte, ließ das heiße Wasser besonders lange über ihren Rücken laufen, ging nach unten, betätigte den Tretmülleimer, beförderte Jamies Abschiedsgeschenk hinein und wählte die Nummer der Polizei.

vier

Mit zitternden Händen stand Jamie am Abhang und blickte auf die weißen Klippen von Dover. Ihr Auto hatte sie an der Straße abgestellt, sie wollte noch einmal frische Luft schnappen. Unwohl fühlte sie sich seit einer halben Stunde. In ihrem Magen brannte es. Das Höllenfeuer. Die gerechte Strafe.

Das letzte Stück der Fahrt war eine Folter gewesen. Du verdienst es, sagte sie sich immer wieder, du eifersüchtige, unglückliche Frau.

Natürlich hatte sie an Sarah und James gedacht und daran, was sie auch ihnen antat. Aber hatte sie nicht schon vor vielen Jahren gesündigt? Vielleicht war es manchen Menschen einfach nicht vergönnt, zufrieden zu sein. Es lag nicht an ihr, sondern an den Umständen. Auch wenn Erin vor vielen Jahren, als die Probleme mit Roger angefangen hatten, immerzu gesagt hatte, dass Jamie es selbst in der Hand habe, wie glücklich sie sei. Damals hatte sie auf ihre beste Freundin hören wollen. Heute hielt sie es für Unsinn. Nicht jeder war so gesegnet wie Erin Lovejoy. Es war ungerecht. Die Welt war ungerecht.

Der Wind tat gut. Vorhin hatte sie sich übergeben, kaum dass sie aus dem Auto gestiegen war. Der Geschmack von Galle erfüllte noch ihren Mund. Krämpfe

268

hatten ihre Mitte durchzuckt. Und sie hatte nicht einmal Mitleid mit sich. Wenn es nichts mehr gab, worauf man sich freute, dann war das Leben wertlos geworden.

Es war zu lange her, dass sie glücklich gewesen war. Vielleicht mit ihrem Sohn auf dem Schoß, im Schein der Leselampe. Seine milchverschmierten Lippen an ihrer Brustwarze. Das süße Gefühl, gebraucht zu werden. Unersetzlich zu ein. Doch auch die Zeiten waren vorbei. Jetzt wollte sie nur noch verwelken.

Es hatte sie kaum Überwindung gekostet, die wunderhübschen Erbsen in den Mund zu nehmen und zu zerkauen. Sie hatte sie auf eine Scheibe Brot gelegt. Sie gefaltet, geknetet. Ihre Wut auf diese Welt an diesem Bissen ausgelassen, um ihn dann auf die Zunge zu legen. Es tat gut, Kontrolle über das eigene Ende zu haben. Wenigstens etwas, das sie zu steuern in der Lage war.

Die Brise frischte auf. Ihr war kalt. Sie legte die Arme schützend um sich. Keiner hielt sie mehr. Einen Gott gab es nicht.

Gray, du hast mich am meisten verletzt, dachte sie. Nur Menschen, die man abgöttisch liebte, konnten einem solche seelischen Wunden zufügen. Gray war auch selbst schuld an seinem baldigen Tod gewesen. Der Plan war einfach gewesen. Und genial. Sie wollte, dass Gray Guss nicht mehr existierte.

Jamies Erinnerungen waren so lebendig wie schon lange nicht mehr. Sie murmelte die Worte, die ihr in den Sinn kamen. „Erinnerst du dich, Gray, als ich dich besucht habe, und du auf die Toilette gegangen bist? Ich

habe die Schublade gesehen, in der einige Paternostererbsen umherrollten. Habe mir zwei, drei auf die Handfläche gelegt. Sie waren glatt. Feuerrot, mit einem pech-
schwarzen Mal. Ich kannte sie von deinem Gebetskranz. Daneben lag in einer Schachtel eine herrliche
Halskette in einem Bett aus schwarzem Samt. Die Klo-
spülung rauschte. Ich schloss das Kästchen, zog die
Hand zurück, als hätte ich mich verbrannt. Für wen
war dieses Schmuckstück, habe ich damals gedacht,
etwa für mich?"

Die Hoffnung war bald verweht, denn wenige Tage
später sah sie die Kette an Amelias Hals. Nie zuvor
hatte sie so viel Hass empfunden. Dieses Gefühl war
wie ein giftiger Nebel, der sie umhüllte und ohnmäch-
tig werden ließ. Zwar hatte sie gelernt, mit ihm zu leben, aber die Dosis war auf Dauer zu hoch. Adam hatte
sie schon lange gehasst, aber dann war der Hass auf
Gray hinzugekommen, an dem ihre Liebe abprallte wie
an einer Wand.

Ein Krampf zuckte durch Jamies Mitte. Sie beugte
sich nach vorn, legte die Hände auf den Bauch. Tränen
quollen aus ihren Augen.

*Du hättest mich erlösen können, Gray. Meine Gefühle für
Adam waren bereits so gut wie erloschen. Ich sehnte mich
so sehr nach dir! War es dir egal? Wie konntest du zusehen,
wie eine Frau nach der anderen nach dir schmachtete?
Was ist schon die Liebe zu einem Gott, den man nicht greifen kann? Mit dem man nicht einmal reden kann! Dessen
Existenz niemand beweisen kann! Natürlich, ich vergaß,
bitte verzeihe mir! Du konntest mit Gott reden. Nur weiß
ich nicht, ob er dir jemals geantwortet hat.*

Wieder sah sich Jamie in Grays Zuhause, vor der aufgezogenen Schublade, begierig nach diesem besonderen Schmuckstück. Sie steckte sich ein paar Erbsen in die Tasche. Bei dem Gedanken musste sie trotz ihrer Schmerzen lächeln. *Es waren so viele Erbsen in der Schublade, Gray, du hast es bestimmt nicht einmal bemerkt, oder?*

Jemand, der sie so leiden ließ, verdiente eine Strafe. Diese Überzeugung hatte sich immer fester in ihr verankert, sodass sie eines Tages beschloss, Gott zu spielen. Es war so einfach! Und weil sie die Polizei rätseln lassen und die liebe, perfekte Miss Pinky mit hineinziehen wollte, schrieb sie einen Liebesbrief in ihrem Namen. *Du hast dich gefreut, als du ihn bekommen hast, nicht wahr, Gray?*

Diese Schmerzen! Jamie krümmte sich, ging in die Hocke. Sie dachte immer noch nur an Gray. *Sehen wir uns im Himmel? Gibt es einen Himmel? Oder komme ich in die Hölle? Ich hatte zu der Zeit längst bemerkt, welche Blicke du Erin zuwarfst. Du sahst sie auf eine besondere Art an. Lag es nicht nahe, dass sie dich vergiften würde? Weil du ihre Liebe nicht erwidert hast. So, wie ich dich getötet habe, weil ich diese Pein nicht mehr ertragen wollte.*

Jamie richtete sich auf, machte einen Schritt nach vorn. Taumelte. Das Weiß der Klippen war gleißend im Licht der Mittagssonne. Es war bereits Mai. Die schöne Jahreszeit. Sie würden sie hier finden und sich fragen, was geschehen war. Und niemals wissen, wie sie gelitten hatte. Es war lächerlich zu denken, dass die Qualen der anderen jemals sichtbar waren. Jeder litt am Ende für sich. Niemand würde begreifen, was in ihr vorgegangen war und wie sie die Zeit gefoltert hatte.

Sie legte sich ins Gras, zog unter Krämpfen die Knie hoch. Schloss ergeben die Augen. Alles in ihr wollte platzen.

Vielleicht war es gerecht, dass sie so litt.

Der Wind streichelte ihr Haar. So zärtlich, wie es nie ein Mann getan hatte.

Sie bereute nichts.

Sie musste an Miss Pinky denken. Mit den Jahren hatte sich ihr Neid auf deren perfektes Leben in ein beengendes Gefühl verwandelt, das sie überallhin verfolgte. Ihr war damals mit einem Mal klargeworden, dass Erin Lovejoy das Zentrum ihres Elends war. Alles wurde noch unerträglicher, wenn jemand vor einem herumtanzte, der die Leichtigkeit mit Löffeln gefressen hatte.

Jamie schrie vor Schmerzen auf.

Trotz allem warst du meine beste Freundin. Natürlich hat niemand geglaubt, dass du hinter dem Mord an Gray stecken könntest, dazu bist du ein zu guter Mensch. Und wer hätte schon gedacht, dass du dich in die Ermittlungen einschaltest, du verrücktes Huhn?

Jamie schloss die Augen, presste die Lider zusammen. Bunte Punkte tanzten. Es war, als rammte jemand einen Dolch in ihre Mitte. Ihr Hals war trocken.

Wo war er, der Tod? Und vor allem, wie war er? Sanft oder bissig? Langsam oder schnell?

Eine Sirene ertönte. Wurde immer lauter. Unerträglich durchdringend.

Vergessen, sie wollte nur noch vergessen.

Aufgeregte Stimmen. Finger an ihrem Hals. An ihrem Augenlid. Ein kurzer Lichtschimmer.

„Schnell!" Noch mehr Hände. Flinke Finger.

Jamie wollte etwas sagen, aber es war, als hätte jemand ihre Stimmbänder gekappt. Nur ein leises Röcheln drang aus ihrer Kehle. Sie wollte ihnen zu verstehen geben, dass es in Ordnung war. *Lasst mich sterben.*

Sie spürte etwas an der Haut, ein sanftes Piksen. Kaum spürbar in dem Taumel aus Schmerzen, die sie zu zerfleischen drohten.

Dann war es auf einmal still und dunkel.

fünf

„Du hast schon den richtigen Riecher gehabt, Erin." James saß an seinem wuchtigen Schreibtisch und nahm einen Schluck aus seiner Teetasse. Durch das Fenster hinter ihm blendete die Frühlingssonne Miss Pinky, die ihre Augen mit der Hand abschirmte. Die Neuigkeiten über Jamie hatten sie schockiert.

„Oder sollte ich lieber sagen, deine Gefühle haben dich geleitet?" James hob die Augenbrauen. Er sah mitgenommen aus, verweilte wohl, wie ganz Hollowfield, in einer Art Schockstarre. Es war erschreckend, wie sehr man sich in den Menschen täuschen konnte.

„Egal, wie du es nennst, ich danke dir dafür, dass du überhaupt noch auf mich gehört hast." Miss Pinky erhob sich, denn in einer halben Stunde musste sie in der Mädchenschule sein, um bei den Vorbereitungen für eine Veranstaltung für die Absolventinnen zu helfen.

„Keine Ursache." James nickte anerkennend. Seit Jamies plötzlichem Verschwinden vor drei Tagen hatte sie die Polizei auf Miss Pinkys Bitte hin beschattet. Um ihr am Ende das Leben zu retten. Noch lag sie im Krankenhaus, aber sobald es ihr besser ging, würde sie sich vor Gericht für den Mord an Gray Guss verantworten müssen. Denn sie hatte gestanden, kaum dass sie die Intensivstation verlassen hatte. In die Enge getrieben. Nicht mehr gewillt, sich zu verstecken. Ausgelaugt und ergeben, aber nicht reumütig, so hatte es James formuliert.

„Da habe ich fast etwas Wesentliches vergessen." James sprang auf, holte Miss Pinkys Mantel von einem Haken an der Bürotür und hielt ihn ihr entgegen. „Na ja, vielleicht ist es auch nicht so wichtig, aber für dich als Freundin ..."

„Ex-Freundin", betonte Miss Pinky so gelassen wie möglich. Dabei schmerzte es immer noch, dass Jamie sie dermaßen hintergangen hatte.

„Wie dem auch sei, wir haben den Inhalt des Kräutersalz-Gläschens, das du wieder aus dem Müll gefischt hast, untersuchen lassen." James machte eine lange Pause, dabei war Spannung das Letzte, wonach sich Miss Pinky jetzt sehnte. Eher nach einem Longdrink im Golf-Club. „Darin befand sich kein Abrin und auch sonst nichts Bedenkliches. Du hättest es also ruhig beim Kochen verwenden können."

Für einen Augenblick schämte sich Miss Pinky für ihr Misstrauen. Sie hatte Jamie tatsächlich zugetraut, ihr ein tödliches Abschiedsgeschenk zu hinterlassen!

„Lächle, Erin!" James tätschelte ermutigend ihre Schulter. „Wenigstens hat dich unsere Jamie nicht auch zur Strecke bringen wollen."

„Wie beruhigend." Sie schlüpfte in ihren pinkfarbenen Mantel.

„Gönne dir ein langes Wochenende mit deiner Familie." James öffnete die Tür für sie. „Mit der Zeit werden wir wieder zu unserer alten Gelassenheit zurückfinden."

Miss Pinky nahm den Fußweg durch den Park und setzte sich schließlich auf dem Marktplatz auf eine Bank. In ihrem Kopf drehte sich alles, als wäre sie eben aus einem Karussell gestiegen. Das war eine Idee! Sie würde einen Jahrmarkt in Hollowfield organisieren! Jetzt hatte sie wieder Zeit und Ruhe, um sich um Dinge zu kümmern, die das Gemüt erfreuten.

Ihr Handy klingelte.

„Erin, wo bist du?" Es war Benedict, und er klang nervös.

„Ich komme gerade von James und bin gleich zu Hause."

„Die Kinder sind schon mit Belinda in den Zoo gefahren, und ich bin ausgehfein."

Miss Pinky warf einen Blick auf die Uhr am Bahnhofsgebäude. In der Tat war es schon nach fünf. Wie sie die Zeit in James' Büro vergessen hatte!

„Beeil dich, ich kann es kaum noch erwarten." Benedict klang wie früher bei einem ihrer ersten Dates. Sie hatten Karten für das Musical *Oliver Twist* in London und davor Reservierungen in einem Nobel-Restaurant in Kensington. Sie verabschiedeten sich, und Miss Pinky sprang auf, obwohl all die Wahrheiten sie erschlagen hatten. In ihrer vermeintlich besten Freundin hatte sie sich getäuscht wie nie zuvor in einem Menschen.

Mit eiligen Schritten überquerte sie den Platz. Einige Tauben rannten mit wackelnden Köpfen zur Seite oder flogen auf. An den Bäumen, die den Weg säumten, spross das saftige Hellgrün des Frühlings. Miss Pinky sehnte sich so sehr nach Verlässlichkeit und Geborgenheit wie noch nie zuvor. Die Aufregung der letzten Zeit war zu viel gewesen, und die Gewissheit, dass sie in einen zuverlässigen Hafen zurückkehren konnte, überwältigend.

Ein Textnachricht traf ein. Miss Pinky zückte ihr Mobiltelefon.

Der neue Job ist toll! Auch Keira gefällt ihr Kindergarten.

Es war Amelia.

Zufrieden verstaute Miss Pinky das Handy wieder in der Handtasche und ließ den Blick über die Felder gleiten. Hollowfield hatte sie wieder, und vorerst wollte sie an diesem Zustand auch nichts ändern.

Danksagung

Wie immer gibt es Grund zum Danken. Einmal den glücklichen Umständen, unter denen ich meinen Kindheitstraum vom Schreiben leben kann, und dann den Menschen, die mir dabei helfen.

Dann dem dp Verlag, der immer wieder an mich und meine Geschichten glaubt, und meiner lieben Lektorin Stefanie. Die Arbeit mit dir hat wieder einmal sehr viel Spaß gemacht!

Natürlich danke ich ebenfalls meinen Leserinnen und Lesern, die mich durch Rezensionen, die Beteiligung an Leserunden, Weiterempfehlungen und sonstige Werbeaktionen bei Instagram und auf Facebook und schlicht und einfach dadurch, dass sie meine Romane lesen, unterstützen. Ihr seid toll!